회귀 경찰의

리
셋
라
이
프

KB036139

회귀 경찰의 리셋 라이프 25

초판 1쇄 발행 2023년 8월 11일

지은이 ㅣ 한길
발행인 ㅣ 최원영
편집장 ㅣ 이호준
편집 ㅣ 송영규 최종건 정재웅 양동훈 곽원호 조정범 강준석 김시언
편집디자인 ㅣ 한방울
영업 ㅣ 김민원

펴낸곳 ㅣ ㈜ 디앤씨미디어
등록 ㅣ 2002년 4월 25일 제20-260호
주소 ㅣ 서울시 구로구 디지털로 26길 111 JnK디지털타워 503호
전화 ㅣ 02-333-2513(대표)
팩시밀리 ㅣ 02-333-2514
E-mail ㅣ papy_dnc@dncmedia.co.kr
블로그 ㅣ blog.naver.com/gnpdl7

ISBN 979-11-364-4642-8 04810
ISBN 979-11-364-2581-2 (SET)

한길 현대 판타지 장편소설

Papyrus Modern Fantasy

회귀 경찰의

리셋 라이프

25

PAPYRUS
파피루스

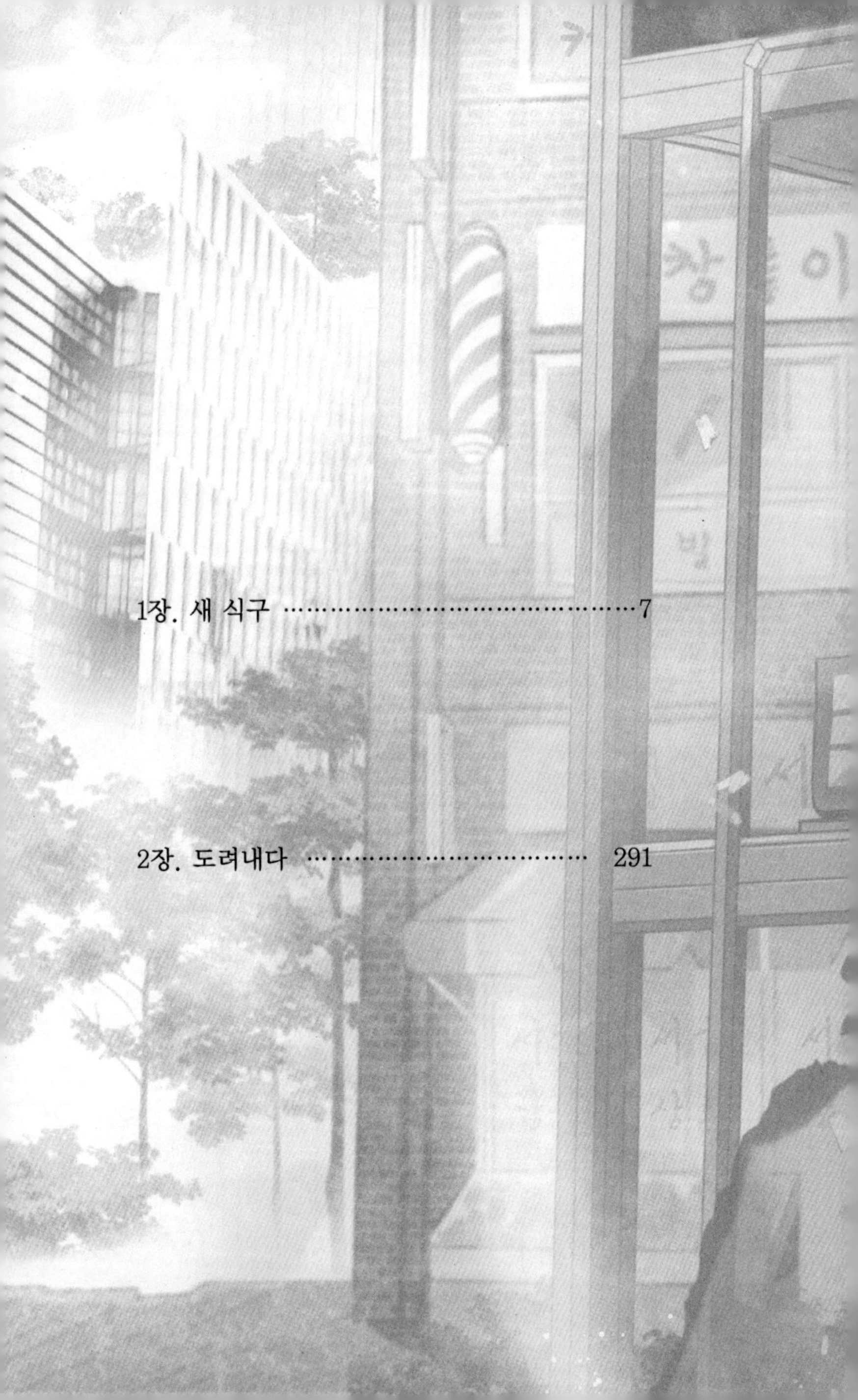

1장. 새 식구

새 식구

지이잉!

−최 경정! 나 기억하지?

"쯧."

반사적으로 문자를 확인했던 종혁이 부스스한 얼굴로 몸을 일으킨다.

"흐아암! 몇 시야?"

어느새 오전 9시.

평소 일어나는 시각을 훌쩍 넘겨 살짝 놀랐던 종혁은 이내 배를 북북 긁으며 방을 나섰다.

그런 그의 입에서 새어 나오는 지독한 술 냄새.

"저건 또 왜 소파에서 자고 있는지⋯⋯."

소파에 죽은 것처럼 누워 있는 순철과 그런 오빠를 한심하게 쳐다보며 뒤통수를 때리는 순희의 모습에 종혁은 피식 웃고 말았다.

"내가 술은 마시지 말라고 하지 않았네! 이기지도 못할 술은 왜 그렇게 마시는 거…… 오빠! 윽!"

얼마나 화가 났는지 거의 교정한 이북 사투리가 나오는 순희.

종혁을 발견하고 후다닥 달려오던 순희는 종혁의 몸에서 나는 술 냄새에 그대로 몸을 돌려 방으로 들어가 버렸다.

쿠궁!

"희, 희야가 날…… 헉! 설마 사춘기?"

당장 어제까지만 해도 엉덩이춤 애교를 추던 딸이 갑자기 '아빠 싫어!'라고 외치는 사춘기.

종혁의 억장이 무너져 내린다.

종혁은 비척비척 소파로 걸어가 순철의 머리맡에 앉았다.

"살아 있냐?"

"……살려 주시라요. 우욱!"

다급히 입을 막으며 화장실로 뛰어가는 순철.

종혁은 그런 그를 보며 입맛을 다셨다.

"하긴 어제 많이 마시긴 했지."

정말 작정하고 대접을 하려고 한 듯 끊임없이 나오던 술과 안주. 술자리가 새벽 4시쯤 끝났을 정도였으니 어젠 진짜 죽는 줄 알았다.

몸을 일으킨 종혁은 순철이 뛰어 들어간 화장실 문 앞에 섰다.

쾅쾅쾅!

"야! 대충 게워 내고 나와. 사우나랑 해장국 때리러……."

지이잉! 지이잉!

"응? 이 양반이 왜? 예, 감독님."

고등학교의 은사이자 현 유도 국가대표 감독이며, 유도 협회 기술 고문이자 전무인 신성일 감독.

곧 협회장 오른다는 말이 파다하다.

ㅡ으잉? 이제 일어났냐? 출근 안 했어?

"오늘부터 휴갑니다."

ㅡ뭔 형사가 이렇게 자주 쉬어? 그래서 범인 잡겠어? 점심은?

"이제 9시예요."

ㅡ밥 먹자. 나와.

종혁은 뚝 끊긴 전화를 황망히 쳐다봤다.

"뭐야. 흠…… 철아!"

"웨엑!"

"해장은 알아서 해라! 난 잠깐 나갔다 온다!"

종혁은 안방 화장실로 향했다.

* * *

"잔돈은 됐습니다. 수고하세요."

운전을 하면 안 될 것 같아 택시를 이용한 종혁은 솔바람이 불어오는 오륜기와 태극마크가 새겨진 넓은 길을 보며 아련한 표정을 짓는다.

"예전엔 참 많이 왔는데 말이야."

오기만 했을까. 여기서 숙식도 해결하며 매일매일 피와 땀을 비처럼 흘렸었다.

태릉선수촌.

전국의 모든 태극전사, 국가대표들이 모여 훈련을 하는 곳.

"그게 벌써 8년 전이네."

2000년 시드니올림픽을 마지막으로 오지 않았으니 거의 8년 만이다.

종혁은 핸드폰을 들었다.

-텔미, 텔미, 테테테테테 텔미.

"얼씨구?"

전화를 받지 않는 것도 모자라 윤아의 그룹과 라이벌인 그룹의 노래를 컬러링으로 해 놓았다.

"에이."

전화를 끊은 종혁은 머리를 긁으며 길을 향해 발을 내디뎠다.

뚜벅뚜벅.

선선하게 불어오는 바람과 사방에서 들리는 기합 소리.

그리고 휘슬 소리.

"하나! 둘!"

"삐삑!"

하나도 달라진 게 없는 정경은 저절로 미소를 짓게 만든다.

산책을 하듯 느긋이 걸음을 옮긴 종혁은 실내체육관 중하나인, 그가 기부해 세운 유도 센터의 문을 열고 들어갔다.

그 순간 그를 덮치는 뜨거운 열기.

"하앗!"

"으앗!"

터엉! 텅!

'크. 좋다. 좋아.'

수십 명의 남녀 유도 국가대표들이 한꺼번에 운동을 하는 모습이 참 보기 좋다.

예전엔 다른 종목들과 한 체육관을 공유해야 했던 유도. 매트도 고작 8개뿐이라 대련할 수 있는 인원도 고작 16명에 불과했고, 훈련 시설을 누가 먼저 쓰느냐로 매일같이 기싸움을 했어야 했다.

물론 시설의 이용 시간이야 정해져 있지만, 젊은 피들이 부대끼는 곳에서 그런 게 지켜질까.

거의 매일같이 싸워야 했었다.

신발을 가지런히 벗어 정리한 종혁은 정면의 태극기를 향해 정중히 고개를 숙이곤 신성일 감독을 찾았다.

"학태, 뭐해! 더 빠르게 움직이란 말이야! 희정이! 손! 왼손은 뒀다가 국 끓여 먹을래!"

'에라이.'

역시나 코칭을 하느라 바빴던 것 같다.

종혁은 그에게 걸어갔다.

"밥 먹자고 사람 불러 놓고 뭐하십니까? 전화도 안 받고."

"저 새끼들이?! 야, 쌍둥이! 너희 계속 놀…… 어, 왔나?"

"어, 왔냐고요? 와! 나 지금 섭섭할라고 해. 예전엔 어? 우리 종혁이, 우리 종혁이 해 놓고. 어?"

"……최종혁, 엎드려."

"에이씨."

얼굴을 구긴 종혁은 정말 엎드리려고 했고, 신성일 감독은 피식 웃으며 그를 말렸다.

"됐어, 인마. 애들한테 손이나 흔들어 줘."

"네?"

어느새 조용해진 유도 센터.

종혁은 이쪽을 보며 수근거리는 선수들의 모습에 살짝 당황했다.

"저, 저분 최종혁 선배님 아니야? 맞지? 맞는 거 맞지?"

"와, 씨! 감독님 말이 진짜였다니!"

대한민국 유도의 역사를 바꾼 천재, 90년대 세기말 마지막 황금 세대를 이끈 초살의 괴물 최종혁.

종혁이 개발한 훈련법으로 훈련하는 그들로서는 마치 슈퍼스타를 발견한 소녀팬과 같은 심정이 될 수밖에 없었다.

종혁은 방금 전과 다른 의미로 달아오르는 체육관의 분위기에 싱긋 웃었다.

"애들아, 안녕?"

"안녕하십니까-!"

국가대표 태극전사들의 허리가 반으로 접혔다.

* * *

선수들에게 사인을 해 주고 사진도 찍은 종혁은 신성일 감독과 함께 점심시간이라 조용해진 태릉선수촌을 걸었다.

"여긴 8년 만에 왔는데도 변한 게 없네요."

저 앞, 견학을 온 건지 교복을 입은 채 어딘가로 향하는 체고 학생들도 태릉선수촌의 일상 중 하나다.

"변한 거 많다. 공용 훈련 센터랑 식당도 리모델링하고, 각 체육관 훈련 시설들도 싹 새 걸로 바꿨어."

"오! 지원이 많아졌나 봐요?"

"좋은 일이지."

일평생 메달만 보고 달려온 선수들이 아무 걱정 없이 운동만 할 수 있다는 건 정말 큰 축복이다.

"아까 내 체면 세워 줘서 고맙다. 짜식들이 네가 내 제자라는 걸 안 믿더라고."

"에라이. 그래서 저보고 오라고 하신 거…… 엥? 아직 현역인 선배들 있지 않아요?"

"……그 개놈의 시키들."

맞다고 고개를 끄덕여도 모자랄 판에 뒷짐을 지고 물러

나 킬킬 웃기만 하던 쌍놈의 웬수들.

"에고. 우리 감독님 왜 이렇게 하찮아지셨을까."

"최종혁, 엎드려."

"그래서 무슨 일인데요?"

신성일 감독이 아무런 이유 없이 부르진 않았을 터.

종혁의 눈을 본 신성일 감독은 담배를 꺼내 물었다. 그에 종혁의 눈에 걱정이 서린다.

'담배 끊었다고 들었는데…….'

"후우. 이번 올림픽 성적 알지?"

금메달 2개에 은메달 1개, 동메달 3개.

남녀 전 체급 14명이 출전해 메달을 6개나 땄다면 충분히 훌륭한 성적이었지만, 문제는 국민들이 그렇게 생각하지 않는다는 거다.

종혁이 주장으로서 유도 대표팀을 이끌었던 2000년 시드니올림픽. 금메달 3개, 은메달 3개, 동메달 4개.

전 체급을 거의 석권했다시피 했던 그때의 영광.

압도적이었던 경기 내용.

이후 지난 8년 동안 총 두 번의 아시안게임과 두 번의 올림픽을 겪었지만, 시드니올림픽 때만큼 메달이 나와 주지 않았다.

그에 국민들의 관심도 멀어지고 있었다. 아니, 이미 멀어졌다고 봐야 했다.

종혁에 의해 빙상협회가 갈려 나가면서 유도협회도 자체 정화를 통해 쇄신을 꾀하며 양궁처럼 오직 실력 위주를 표방했음에도 성적이 기대만큼 나와 주지 않아서.

거기에 하계 종목으로는 이번 베이징올림픽에서 한국 수영 역사상 최초의 금메달이 나왔고, 동계 종목에서는 손연아라는 피겨 영웅이 광고계마저 휩쓸고 있었다.

현재 대한민국은 수영과 피겨 열풍에 휩싸여 있다고 해도 과언이 아니었다.

'아, 정태환 선수.'

이맘때 한국에 수영 열풍을 불게 만든 선수.

그를 떠올린 종혁은 볼을 긁었다.

'앞으로 몇 년간은 지속될 텐데…….'

하지만 그건 그거고, 이건 이거다.

종혁은 하고 싶은 말이 뭐냐는 듯 신성일 감독을 봤다.

"그러니 애들 정신무장 좀 시켜 줘야겠다."

"정신무장이요? 흐음."

종혁은 굳이라는 생각을 가졌다.

솔직히 메달 성적이 생각보다 부진해서 TV로 경기를 관람하던 중 욕을 한 게 한두 번이 아니지만, 그래도 대표팀들은 충분히 제 몫을 해 주고 있다.

굳이 정신무장을 할 필요까진 없어 보였다.

"달리 부탁할 것도 있고."

"……그게 진짜 목적이시네요. 뭔데요?"

"푸후우. 종혁아, 내가 원래 이런 말 안 하는 거 알지?"

"그냥 말하시면 되세요."

신성일은 은사이고, 은인이다.

회귀 전 그가 아니었으면 되지 못했을 경찰.

아니, 경찰이 뭔가. 아마 어디 조폭 나부랭이 밑으로 들어가 생활이나 뛰다가 어느 뒷골목에서 칼 맞아 죽었을 거다.

신성일에게는 아직 갚아야 할 빚이 많았다.

"그렇게 말해 줘서 고맙다. 그럼 말할게. 애들 취업 좀 시켜 주라."

놀랐던 종혁은 이내 눈을 가늘게 떴다.

"성적이 기대만큼 나오지 않으면 방황하는 애들이 많아졌어."

개중엔 든든한 거목으로 정신적 지주가 되어야 할 선수도 있고, 아직은 2군이지만 조금만 노력하면 충분히 주전에 속할 수 있는 선수도 있었다.

"무슨 말인지 알겠어요. 그런데 일단…… 저라고 해서 경찰에 입사시킬 수 있는 건 아니에요."

"알아. 내가 설마 그런 걸 바라겠냐?"

포기한 이들에게 경찰이라는 길도 있다는 걸 알려 주고 싶은 거다.

"굳이 경찰을 시키려는 이유는 뭐예요?"

"깡패가 되는 것보다는 낫잖냐."

종혁은 순간 공허해지는 신성일의 모습에 눈을 감았다.

"누구예요?"

"……있다. 얼마 전 칼 맞아 죽은 놈이. 배달 뛰다가 사

고 나서 죽은 애도 있고, 공사판을 전전하다가 떨어져 죽
은 애도 있어."

"빌어먹을……. 후, 알겠습니다."

"정말? 아, 아니다. 힘들면 억지로 할 필요 없어. 종혁
이 너도 내 제자야."

"괜찮아요. 아무리 제 손을 타지 않았다고 해도 제 후
배들인걸요."

'아니, 그냥 이참에 팀원으로 삼을 만한 놈을 고르는 것
도 나쁘지 않겠어.'

자신의 곁에서 놈들 조직을 쫓기 위해선 제 한 몸은 지
킬 수 있는 능력을 지니고 있어야 했다.

그런 의미에서 유도 국가대표는 충분히 종혁 자신의 눈
에 찰 인재다.

그럴 수밖에 없다. 이곳의 훈련 시스템을 종혁이 만들
었으니 말이다.

이곳 유도 센터 역시 그가 뿌려 놓은 씨앗 중 하나.

생각을 정리한 종혁은 눈을 빛내며 입을 열었다.

"2군까지 싹 다 모아 주세요. 그리고……."

신성일 감독은 이어지는 말에 입을 떡 벌렸다.

웅성웅성.

식사를 마친 후 유도 센터.

본래라면 휴식 시간이어야 하지만, 신성일 감독의 명령
하에 집합하게 된 유도 국가대표들이 흥분한 얼굴로 이

야기꽃을 피운다.

"와씨, 정말? 최종혁 선배님이 오셨었다고?"

"짜잔!"

"아오! 내가 왜 오늘 외출을 했을까!"

"와, 진짜 등빨이 막…… 동양인 피지컬이 아니시던데? 순간 흑인인 줄."

"그 정도였어?"

"이게 말로 설명할 수준이 아니라니까? 현역에서 물러난 지 8년이나 되셨는데도 몸이…… 어휴."

"괜히 한국 유도 역사상 무제한 체급 최초의 금메달이시겠냐. 그보다 감독님은 왜 2군뿐만 아니라 외출 나간 사람들까지 싹 다 소집하신 거야?"

"글쎄? 월말 평가전 때문인가? 아니면 이번에 합류한다는 전국체전 애들 때문?"

그들은 어리둥절해했지만 심각하게 생각하진 않았다.

그 순간이었다.

콰앙!

굉음을 내며 열려지는 유도 센터의 문.

"누구야! 누가 예의 없게 문을…… 흡?!"

얼굴을 구기며 짜증을 내던 선수뿐만이 아니다. 유도 센터에 모인 모든 선수들이 경악을 한다.

"화, 황금 세대!?"

최연소 주장 최종혁을 비롯해 2000년 시드니올림픽에서 광풍을 일으켰던 당시의 대표팀 선수들. 한국 유도의 마지막 황금 세대.

"억! 미친! 황금 세대다!"

"우와아아아아아!"

선수들은 다급히 몸을 일으켜 종혁들에게 달려간다.

종혁과 황금 세대의 주역들은 그런 그들을 보며, 앞으로 자신들에게 무슨 일이 닥칠지도 모른 채 달려오는 선수들을 보며 사악하게 웃었다.

'정신 무장 빡세게 해 보자, 애들아.'

* * *

어느덧 해가 진 저녁.

쾅!

유도 센터의 문이 거칠게 열리며 황금 세대의 주역들이 걸어 나온다.

"어우, 개운하다."

"와, 오랜만에 대련 뛰니까 빡세네."

"크크. 한 판이래요. 한 판이래요. 새파랗게 어린 후배에게 한 판이나 당하고. 야, 왜 사냐?"

"한 판 아니거든! 되치기거든!"

희희낙락 시시덕거리는 그들의 뒤로 펼쳐진 지옥.

분명 현 국가대표들임에도 일어서 있는 선수가 한 명 없다.

가장 상태가 좋아 보이는 선수도 일어서려다가 센터에

가득 고인 땀에 미끄러져 거친 숨만 몰아쉰다.

그걸 본 황금 세대의 주역들은 종혁을 보며 얼굴을 구긴다.

"저 괴물 시키. 어떻게 현역에서 물러난 지 8년이나 됐는데도 폼이 여전하냐."

"여전? 지랄. 저거 그때보다 더 진화했어."

자신들이 현 국가대표들 가운데 40퍼센트를 상대했다면, 종혁이 나머지 60퍼센트를 상대했다.

초살은 세월이 흘렀어도 초살이었다.

"자자, 다들 수고하셨고 오랜만에 봐서 존나게 반가웠습니다!"

"나도!"

"오오!"

종혁은 지치지도 않는지 울부짖는 그들의 모습에 피식 웃었다.

"뭘 영영 안 볼 것처럼 말해요? 내일도, 모레도, 글피도 계속해야 돼요."

저들의 정신이 무장될 때까지.

저들에 대한 검증이 끝날 때까지.

범인을 쫓는 일은 전투력만 갖추고 있다고 해서 될 일이 아니었다.

경찰로서의 사명감과 의무감.

종혁은 앞으로 휴가가 끝나는 일주일 동안 계속 이곳에 출근하며, 그것을 가질 수 있는 이들이 있는지 검증할 생각이었다.

"알아. 그냥 분위기상 말해 본 거야. 그보다 뒷풀이 자리는 어디로 잡아 놓으셨는가, 주장님?"

종혁이 주장이었을 땐 삼겹살은 쳐다도 안 봤던 그들.

그들의 눈이 초롱초롱 빛나기 시작하자 종혁은 입맛을 다셨다.

"아. 야, 그러지 마. 에이, 진짜 이건 아니다. 우리 8년 만에 모이는 거야!"

"죄송해요! 진짜 미룰 수 없는 약속이라서요! 일단 회식 장소는 여기로 잡아 뒀거든요? 오늘 수고하셨고, 내일 봐요!"

종혁은 혹여 잡힐까 다급히 땅을 박찼고, 반사적으로 종혁을 잡아 세우려 했던 그들은 순식간에 멀어지는 종혁의 모습에 혀를 차며 멈춰 설 수밖에 없었다.

예전부터 그 달리기가 육상 대표들과 맞먹었던 종혁.

결국 포기한 그들은 종혁이 준 명함을 보곤 깜짝 놀랐다.

"와, 씨. 랍스터 전문점?"

"크! 역시 우리 주장님!"

그들의 눈이 다시 빛나기 시작했다.

한편 택시를 잡아 탄 종혁이 도착한 곳은 서울의 한 술집이었다.

딸랑!

문을 열자마자 훅 하고 콧속으로 빨려 들어오는 거친 향기.

"어? 종혁아!"

"뭐야, 인마! 약속을 잡은 놈이 제일 늦게 오면 어떡해!"

종혁은 자신을 반기는 경찰대 동기 전원을 보며 씩 웃었다.

팀원이 필요하다? 그러면 종혁 자신의 사람으로 채우면 되는 거다.

자신이 직접 씨를 뿌리고 예쁘게 키워 낸 동기 친구라는 인재들을.

이번엔 종혁의 눈이 빛나기 시작했다.

"미안, 미안. 갑자기 일이 생겨서."

"사건?"

누가 경찰 아니랄까 봐 다들 그쪽으로만 생각한다.

"아, 그건 아니고."

"뭐야. 사건도 아닌데 늦은 거야?"

"야, 이……! 나 오늘 엄청 눈치 받으면서 퇴근했다고!"

"맞아! 막내가 개념 없이 선배들보다 먼저 퇴근한다고 얼마나 욕먹었는 줄 알아?!"

갑작스런 호출에 부랴부랴 모인 경찰대 48기.

멀리 부산이나 제주도에서 근무하는 탓에 오지 못한 동기들을 제외한 모든 동기가 모였다.

"크큭. 선배들 시다 노릇 하느라 고생이 많지? 선배들 속옷 빨래하고, 양말 빨래하고. 어휴. 토 나와."

"……야, 이 새끼 잡아."

"오케이."

수십 명이 일어나 다가오자 종혁은 다급히 항복을 했다.

"미안, 미안. 아, 거 미안하다니까. 대신 벌주 마실게!"

"준호야!"

"어!"

동기들 사이에서 걸어 나오며 1000cc잔에 담긴 맥주를 원샷한 남자 동기가 그 안에 소주를 콸콸 때려 박기 시작한다.

소주를 거의 3병이나 때려 박고, 그 위에 맥주를 병아리 오줌만큼 떨어트린 그.

쿠웅!

"너 오기 전에 딱 이 정도 마셨다."

"……썩을 놈의 시키들."

키우라는 간부로서의 함양은 안 키우고 주량만 키운 것 같다.

"어? 뭐라고? 거기에 양말을 말고 싶다고? 누구 세수하고 싶은 사람!"

"나! 나, 나! 나 3일째 못 씻었어!"

"사랑한다."

"아, 왜!"

"사랑한다고."

다급히 말린 종혁은 떨리는 눈으로 맥주잔을 응시하다가 이내 눈을 질끈 감으며 폭탄주를 들이켰다.

꿀꺽꿀꺽꿀꺽! 터엉!

"크어어!"

재빨리 안주를 입안에 집어넣으며 킬킬 웃는 동기들을 째려본 종혁은 글라스에 소주를 따랐다.

"다들 잔들 채워 봐! 오랜만에 만났는데 건배는 해야지!"

"오오!"

"역시 최종혁!"

그제야 표정이 풀린 동기들이 얼굴에 미소를 그리며 각자의 잔을 채운다.

"경찰대 48기!"

"만나서 반갑다!"

"웃샤아!"

채재쟁!

그들의 술자리가 본격적으로 시작됐다.

"너 파출소 갔다며? 파출소는 어때?"

"어우, 말도 마. 내가 진짜 민원인만 아니라면……!"

"강력계는 좀 어때?"

"어떻긴. 일 배우느라 대가리 터지지. 정신적으로든, 육체적으로든. 여기 땜빵 보이냐?"

"누가 상황 센터 갔다고 했더라?"

부어라, 마셔라.

오늘 이 술집 안에 있는 술을 모두 작살내겠다는 듯 끝도 없이 들이켜는 그들.

그러나 그것도 잠시. 술기운이 알딸딸하게 올라오자 다들 잔을 내려놓고 종혁을 본다.

그에 어리둥절해하다 이내 피식 웃은 종혁도 술잔을 내려놓는다.

"하여튼 눈치는 귀신같이 빠르지."

"네가 그렇게 만들었어, 새꺄."

출동을 하면 주변부터 살펴라.

그 어떤 상황에서도 결코 긴장의 끈을 놓지 마라.

언제든 생각하고 또 생각해라.

어떤 사건을 맡든 겉이 아니라 그 속내를 들여다봐라.

피해자가 말을 해도 일단 의심부터 해라.

종혁은 20년이 넘는 형사 생활 동안 겪고 배우며 체득한 노하우를 아낌없이 전수했었다.

"무슨 일인데? 먹다가 체하기 전에 불어."

무슨 일이기에 동기들을 전부 모은 걸까.

그들의 눈에 걱정이 서리기 시작한다.

"다들 일은 좀 어때? 할 만해?"

그 질문에 모두 울적해진다.

군 제대 후 호기롭게 시작했던 경찰 생활.

경찰이라는 사명감과 경찰 간부라는 자긍심과 넘치는 열정은 그 어떤 시련의 파도가 와도 이겨 낼 수 있을 거라 생각했었다.

하지만 진짜 현장은 그들의 생각과 달랐다. 아주 많이.

사람은 그들의 생각보다 몇 십 배 더 영악하고 **뻔뻔했**
으며 처절했다. 피해자인 줄 알았던 사람이 가해자였고,
악마는 곳곳에 있었다.

　어떻게 이럴 수 있냐 싶을 정도로, 이게 정말 현실이냐
고 눈물을 흘렸을 정도로 처절하게 사는 사람들도 많았
다.

　그리고 또 너무 쉽게 삶을 포기했다.

　현장에 투입된 이후 지금까지 그들이 겪은 죽음만 수십 번.

　종혁은 그런 그들의 모습에 씁쓸히 웃었다.

"힘들지?"

　그 한 마디가 그들의 심장을 후려친다.

"……씨발! 내 관할에 있는 어떤 할머니는 자식들에게
버림받고 폐지 주우며 살고 있어! 하루 온종일 걸어 봐야
고작 이천 원, 삼천 원으로 산다고! 그 거지 같은 냉골 쪽
방에서! 자식 새끼들은 30평, 40평 아파트에 떵떵거리며
사는데!"

"평생 모은 전세금을 사기를 당했단다! 막일하고, 식당
일 해서 한 푼, 두 푼 힘들게 평생 모은 돈을! 그런데 며
칠 후 자살했단다! 일가족 전부! 법 없이도 살 사람들이
었는데!"

"8살, 그 어린 것이 집에 먹을 게 없어 도둑질을 했어!
걔가 처음 우리 보고 한 말이 뭔지 알아? 배고파요, 경찰
아저씨였어! 씨발, 이게 말이 되냐! 부모가 버젓이 있는
데 왜 배가 고파!"

"야. 정말 남자는 성추행을 당할 수 없는 거냐? 남자니까 즐겨야 하는 거야?! 어?! 그런 거냐고! 그 어린 것이…… 그 어린 게!"

여기가 정녕 한국이 맞는 걸까.

이들이 정녕 사람이 맞는 걸까.

"그런데 더 좆같은 게 뭔지 알아? 그 어떤 수사도 내 맘처럼 할 수 없다는 거야!"

"이건 이래서 안 된다. 저건 저래서 안 된다."

"이 사람은 누구의 지인이니 안 되고, 이 사람은 이렇게 잘났으니까 안 되고, 이 사람은 좆도 없으니까 그냥 집어넣고. 씨발, 그럴 거면 수사는 왜 하는데!"

하루에도 수십 번 내가 왜 경찰이 된 건가 하는 후회가 그들의 마음을 흔든다.

"야, 너도 그러냐? 너도 이랬어?"

눈시울이 빨개진 동기들이 종혁을 노려본다.

경찰대 졸업 후 고작 5년여 동안 수많은 사건을 해결한 종혁. 아마 자신들보다 더한 지옥을 보고 겪었을 거다.

"나도 그랬냐라……."

종혁은 씁쓸히 술을 마시는 걸로 대답을 대신했다.

동기들의 얼굴이 더 일그러진다. 금방이라도 눈물을 흘릴 것 같은 그들.

"어떻게…… 버텼냐?"

종혁은 어떻게 이 좆같은 상황을 버텼을까.

자신들보다 모든 면에서 월등한 종혁이기에 다른 수단

이 있는 걸까, 그들은 그것이 궁금했다.

있다면 배우기 위해서.

돈이 얼마나 들어도 상관없으니 배우기 위해서.

"너희는 어떻게 버티고 있는데?"

"……."

"그래, 나도 너희랑 똑같아. 사명감. 개좆같은 사명감."

마약보다 더 지독한 놈.

"그런데 어쩌겠냐. 이게 내 천직인데, 씨발."

"……아, 거지 같네."

그들은 결국 눈물을 흘렸다.

같은 처지, 같은 신세. 친구가 불쌍하고, 내가 불쌍해서 눈물을 흘릴 수밖에 없었다.

"그래서 만든 거다. 특별범죄수사대."

"응?"

동기들이 담배를 무는 종혁을 본다.

"억울한 피해자를 만들지 않기 위해서, 그 어떤 범죄자라도 눈치 안 보고 족치기 위해서 만든 거라고."

"……그거야?"

예전 종혁이 중앙경찰학교에 파견을 나갔을 당시 찾아와 함께 어울려 줬던 여자 동기, 임세라.

모두의 시선이 그녀에게 몰렸다.

"네가 말하고 싶은 거. 오늘 우리를 불러 모은 이유."

"어. 지금 좆같지? 근데 내 팀은 안 그래."

특별범죄수사대는 실적에 대한 압박도 크고, 여러 간부

들뿐만 아니라 심지어 경찰청장까지 견제를 하는 팀이다.

그러나 이를 모두 감내할 만큼의 권한을, 이들이 바라 마지않는 권한을 지니고 있는 팀이기도 했다.

"수사 영역도 경제, 강력, 외사, 하다못해 경범죄 사건까지 모두 맡을 수 있어. 협조 공문을 보내 봤자 함흥차사인 기관 협조? 좆까라 그래."

특별범죄수사대는 그걸 무시하고 다 들여볼 수 있는 권한이 있다.

"그, 그 정도라고?"

"응. 어때, 끌리지 않아?"

그러니 원하는 사람은 와라.

동기 밑에서 구르는 게 거지 같겠지만, 실력과 실적은 확실히 늘려 준다.

종혁의 미소는 마치 악마의 그것과 같았다.

* * *

신화호텔의 한식당 라온.

VIP룸에 앉은 김용재 상무가 맞은편에 앉은 김부현 상무를 못마땅한 눈으로 쳐다본다.

그건 김부현 상무도 마찬가지다.

바깥에선 대단하다 칭송을 받는다지만, 김용재 상무나 김부현 상무 서로에겐 그냥 하찮은 오빠, 동생일 뿐이었다.

"맛있는 식당이 얼마나 많은데 왜 하필 여기야?"

"입가에 묻은 거나 닦고 말하세요."

"큼……. 누가 맛없대? 너무 많이 먹어서 그렇잖아. 어디 묻었는데?"

"왼쪽, 응. 거기. 그리고 그렇게 말할 거면 외상값이나 갚고 말해. 안 쪽팔려?"

"너나 학창 시절에 빌려 간 거나 갚아."

"아빠한테 이른다. 오빠가 나랑 밥 안 먹는다고 했다고."

"얼마라고?"

아무리 차기 회장직을 놓고 싸우는 사이라고 해도 너흰 형제다. 형제끼리 서로의 등에 칼을 꽂지 마라. 한 달에 한 번은 함께 밥을 먹으며 형제간의 우애를 쌓아라.

두 사람의 아버지이자, 삼전그룹의 회장인 김희건 회장의 엄명이다.

김부현 상무는 냉큼 외상 금액을 말했고, 김용재 상무는 폰뱅킹을 이용해 곧바로 돈을 부쳤다.

"네 용돈이랑 조카 옷 살 돈도 함께 부쳤으니까 확인해 봐."

"땡큐!"

"조카는 좀 어때. 이젠 좀 안 울어?"

"안 울긴…… 하."

순간 김부현의 다크서클이 진해진다.

막 태어났을 때만큼은 아니지만 시시때때로 우는 아들.

"도우미를 쓰는데도 그래?"

"이 엄마가 얼마나 좋은 건지 내 품이 아니면 울음을 멈추지 않아서 그래. 오늘 아침에도 전쟁이었어."

출근하지 말라는 듯 서럽게 울던 아들.

정말 매일매일이 전쟁이었다.

"오빠는? 오빠도 이랬어?"

"우리 애들? 어후, 말도 마. 너 지금은 그냥 우는 것뿐이지? 그때가 천국이다. 걔가 조금만 더 커 봐. 엄마, 이게 뭐야? 왜? 이러는데 사람 미친다, 진짜."

"한참 뭐든지 궁금할 나이라잖아. 애가 궁금할 수도 있는 거지."

"네, 네. 나중에 아, 오빠 말을 귀담아들었어야 했는데 그러지나 마세요."

"흐응."

아직 와닿는 게 없는 김부현 상무는 고개를 끄덕이다 이내 눈을 빛냈다.

"최 팀장님, 아니 최 대장님이 전자 쪽 일을 해결해 줬다며?"

"맞아. 그 친구 뭐야? 왜 이렇게 능력이 좋아?"

고작 그 나이에 본청 과장급.

종혁이 해결한 사건들을 조사해 봤던 김용재 상무는 다시금 혀를 내두를 수밖에 없었다.

"내가 괜히 최 팀장님과 연계했겠어?"

"M컴퍼니?"

M모텔, M고깃간, M게임센터 등 오직 군인들을 위해

존재하는 M컴퍼니.

대한민국 군부대 위수 지역은 이들이 평정했다고 해도 과언이 아니었고, 이들과의 연계는 신화호텔의 이미지와 품격을 한층 더 끌어올렸다고 평가받고 있었다.

"드바 로마노프도 그 친구가 연결시켜 준 거라며?"

M컴퍼니와 함께 위수 지역을, 아니 전 세계의 저가 패션계를 평정한 러시아 SPA 브랜드, 드바 로마노프.

저 일본을 평정하고 세계로 뻗어 나간 한 SPA 브랜드는 이들 드바 로마노프 때문에 매출이 생각만큼 나오지 않는다고 울상일 정도다.

"동아시아 총괄이 최 대장님과 아는 사이야."

"에바 미진 킴?"

드바 로마노프의 천재, 에바 미진 킴. 김미진.

"애인인가……."

'맞을걸?'

김부현 자신의 직감은 그렇다고 말하고 있지만, 남녀사이의 일은 당사자들을 제외하면 모르는 거라 그녀는 입을 다물었다.

"행복의 쉼터 재단 역시 최 대장님과 깊은 연관이 있어."

움찔!

"권회수 이사장이?"

자신들의 할아버지인 고 김병철 전 삼전그룹 회장 역시 머리를 조아리며 돈을 빌렸던 밤의 황제, 권회수 이사장.

아버지 김희건 회장이 말하길 결코 건드려선 안 될 폭탄이라는 그. 러시아의 복지재단들과 미국의 초대형 복지재단 기빙과 연계를 하며 위세가 더 대단해진 그.

그런 그는 종혁의 오랜 후견인이었다.

"후견인? 언제부터?"

"최 대장님이 고등학생일 때부터."

"그럼 최 대장이 그렇게 막대한 자산을 형성할 수 있었던 건……."

"권회수 이사장이 정보를 준 것일 수도 있지. 하지만 최 대장님 본인의 능력도 대단해."

아무리 누가 뭘 떠먹여 준다고 해도 받아먹는 사람의 능력이 부족하면 의미가 없는 일이다.

"그건 맞는 말이지. 흠. 사업 수완까지 좋다라……. 진짜 욕심나네, 그 친구."

김용재 상무의 입가에 미소가 어리자 김부현 상무의 얼굴이 딱딱하게 굳는다.

"내 거야. 안 줄 거야."

"그 친구도 그렇게 생각하나 보자고. 예, 납니다. 최종혁 대장에 대해 다시 조사해 주세요. 누가 그에게 날을 세우나, 누구와 사이가 안 좋나……."

"오빠!"

"인간관계까지 싹 다 조사해 주세요. 예. 잘 먹었다. 간다."

스륵, 탁!

부리나케 사라지는 김용재 상무를 보며 발을 동동 구르던 김부현 상무는 문이 닫히자마자 돌연 의미심장한 미소를 지었다.

"이걸로 빚을 좀 갚은 거면 좋겠는데……."

후계자에 한발 더 다가서게 만들어 준 M컴퍼니, 그리고 드바 로마노프와의 연계.

이걸로 그에 대한 빚을 조금은 갚을 수 있을 터였다.

호록!

따뜻한 매실차가 그녀의 입안을 향긋한 향으로 물들였다.

* * *

부우웅!

달리는 차 안, 운전대를 잡은 대리기사를 힐끔 본 종혁이 창밖을 보며 방금 전 걸려온 김용재 상무의 전화를 떠올린다.

'구체적인 날짜를 잡자라……. 뭐지?'

아무리 자신을 좋게 봤다고 하더라도 이렇게 재촉을 할 이유가 없는 김용재 상무.

"뭐, 나야 잘된 일이지."

무려 삼전그룹의 황태자다.

그렇지 않아도 할 말이 많아 약속을 어떻게 잡아야 할지 막막했는데, 이렇게 먼저 권해 주니 종혁으로선 땡큐

일 수밖에 없었다.

찜찜한 기분을 털어 낸 종혁은 방금 전의 일을 떠올렸다.

"일단 말을 하긴 했는데……."

'얼마나 지원을 해 주려나.'

아무리 뿌려 놓은 씨앗이라고 해도 응하는 건 그들의 마음.

종혁의 미간이 좁혀지는 순간이었다.

"으악!"

끼이이익!

종혁은 비명과 함께 멈추는 차에 눈을 동그랗게 떴다.

* * *

이젠 자동차조차 잘 다니지 않는 새벽 4시의 거리.

한 소녀가 폐지가 한가득 쌓인 끌차를 밀며 고요한 거리를 천천히 나아간다.

오뚝한 콧날에 동그랗게 큰 눈, 동글동글한 턱선.

누가 봐도 귀엽다 말할 외모를 지닌 소녀는 갑자기 불어오는 바람에 잠시 멈춰 섰다.

"하아아."

어젯밤 내린 비 때문인지 더 춥게 느껴지는 완연한 가을.

그럼에도 반팔을 입은, 목이 다 늘어난 반팔을 입은 소녀가 닭살이 돋은 팔뚝을 쓸어내리다 잠시 얼굴을 일그러트린다.

그러다 입술을 깨물며 다시 발을 크게 내딛던 소녀는 무언가를 발견하곤 눈을 동그랗게 떴다.

"어?"

끌차를 마치 열쇠고리처럼 가벼이 끌고 도로를 향해 뽀로로 달려간 소녀는 도로 위, 인도 바로 아래에 놓인 대용량 식용유통을 냉큼 들어 올렸다.

"아싸! 득템!"

킬로당 가격이 매우 높은 알루미늄캔.

환하게 웃은 소녀는 냉큼 폐지를 고정한 고무줄을 잡아당겨 식용유통들을 고정시키기 시작했다.

그런데 너무 힘을 주어 잡아당겨서일까. 방금 전 짐짝처럼 들고 달리느라 균형이 무너져 있던 폐지가 흔들거리더니 옆으로 기울어지기 시작한다.

"어? 어? 아, 안 돼!"

쓰러지는 폐지들을 온몸으로 막아서는 소녀.

하지만······.

와르르르!

"······."

소녀의 눈이 다시 일그러진다.

갑자기 설움이 몰아친다.

인도에 널브러진 폐지들처럼 더럽고 추레한 삶. 18살 소녀가 견디기엔 너무도 가혹한 삶이다.

"……쓰읍! 아니야. 지금까지 잘해 왔잖아!"

벌겋게 달아오른 눈을 비빈 소녀는 아자, 아자 외치며 도로에 널브러진 폐지들을 줍기 위해 발을 내디뎠다.

그 순간이었다.

끼이이익!

소녀의 갑작스레 온몸을 덮치는 하얀 불빛에 눈을 질끈 감았다.

한편 갑자기 멈춰 선 차 안.

"뭐, 뭡니까. 무슨 일이에요?"

"죄, 죄송합니다! 가, 갑자기 사람이 도로로 튀어나와 서!"

타악!

무조건 안전 운행, 고객을 무사히 목적지까지가 모토인 대리기사의 얼굴이 하얗게 질리는 걸 본 종혁은 얼른 차에서 내렸다가 안도의 한숨을 내쉬었다.

다행히 치진 않은 것 같지만, 많이 놀란 건지 도로에 주저앉아 있는 소녀.

종혁은 빠르게 그녀에게 다가갔다.

"이봐요. 괜찮아요? 어디 다친 곳 없어요?"

"괘, 괜찮으세요?"

하얗게 질린 얼굴로 따라 나온 대리기사가 안절부절못하며 소녀의 몸을 살핀다.

"네? 네?"

"어디 다친 곳 없냐고요?"

"어…… 네. 아, 아마도?"

"됐습니다. 일단 좀 봅시다. 아니, 병원부터 가죠."

"아, 아뇨! 아뇨. 괜찮아요!"

"내가 안 괜찮아서 그래요. 기사님, 일단 병원부터 가죠. 근처에 제가 아는 병원이 있습니다."

"예, 예! 하, 학생, 얼른 차에 타요!"

"아니요! 괜찮다니까요! 정말 괜찮아요!"

종혁은 극구 거부하는 그녀의 모습에 눈살을 찌푸렸다.

"운동하는 친구 같은데, 운동하는 사람은 몸이 생명인 거 몰라요?"

"……!?"

그걸 어떻게 알았냐는 듯 놀라는 소녀의 모습에 종혁은 피식 웃었다.

'이런 몸을 가만 놔둘 감독이 어디 있어.'

이미 골격부터 일반인의 그것이 아니다.

170센티미터의 신장에 70킬로그램 정도 되어 보임에도 군살이 없는 몸. 손바닥에 굳은살이 크게 잡혀 있고, 팔뚝의 근육이 범상치 않다.

소녀는 누가 봐도 운동선수였다.

"아, 혹시 제가 의심스러워서 그래요?"

종혁은 경찰공무원증을 보여 주었다.

"헥? 겨, 경찰이셨어요?"

"이제 안심할 수 있겠죠? 얼른 타요. 지금은 괜찮은 것 같아도 인대나 허리가 놀랐을 수 있으니까. 운동을 한다면 운동선수에게 인대와 허리가 얼마나 중요한 건지는 알죠?"

"하, 하지만……."

소녀의 시선이 바닥에 널브러져 있는 폐지들로 향하자 종혁은 속으로 혀를 찼다.

"기사님, 트렁크 좀 열어 주세요."

"예!"

"아, 아니요! 괜찮다니까요!"

"나도 괜찮다니까요. 자, 어서 타세요."

"앗! 아앗!"

차에 소녀를 밀어 넣은 종혁은 대리기사와 함께 얼른 폐지와 끌차를 트렁크에 싣고는 근처의 큰 병원으로 향했고, 소녀는 그런 종혁을 보며 복잡한 표정을 지었다.

* * *

다행히도 조용한 응급실.

"검사 결과 다친 곳은 없지만 근육에 염증이 많네요. 관절은 더 심하고. 이거 제대로 치료하지 않으면 나중에 크게 후회할 겁니다."

"아, 네……."

마치 알고 있다는 듯 씁쓸히 웃는 소녀.

종혁과 의사의 눈이 살짝 찌푸려진다.

"흠. 일단 처방전을 써 줄 테니까 그 약 먹고 푹 쉬세요. 자기 전에 온찜질도 해 주고요."

"네, 감사합니다."

"쯧. 어떻게 형사님은 술 깨시게 포도당 주사라도……."

이 병원의 VVIP인 종혁.

원래 VIP 이상 등급 환자의 신상은 병원의 기밀 사항이지만, 동기 중 한 명이 VVIP 병동 담당이기에 종혁에 대해 알고 있었다.

박봉인 형사임에도 VVIP 병동에 입원하는 이상한 사람이 있다고 말이다.

"아닙니다. 이분을 데려다 드려야죠. 수고하셨습니다. 그럼."

그렇게 소녀를 데리고 응급실을 빠져나오니 소녀가 고개를 숙인다.

"감사합니다, 아저씨."

"아직 아저씨라는 말 들을 나이는 아닌데……."

"네?"

"큼. 아까 의사 선생님이 하는 말 들었죠? 지금은 괜찮더라도 자고 일어나면 어떻게 될지 모르니까 집에 가면 뜨거운 물로 20분 정도 샤워하고 자요. 파스도 붙이고."

당장 염증을 억제하는 건 얼음장처럼 차가운 물이 좋긴 하다.

하지만 그건 어디까지나 응급처치. 몇 시간 후 시합을 해야 하는 선수나 할 법한 행동이다. 후일을 생각하자면 따뜻한 물이 좋았다.

"괜히 어리니까 괜찮을 거라고 생각하지 말고."

종혁은 그러며 그녀에게 지갑에 있는 현금 전부와 명함을 안겨 주었다.

"히이익?! 아, 아뇨! 아뇨!"

"합의금이에요. 혹여 학생이 날 신고할 일은 없겠지만, 그래도 내가 직업이 직업인지라 이런 걸 하지 않으면 마음이 편하지 않아서 그래요."

"……감사합니다."

"그래요. 조심히 가고. 아, 집까지 데려다 드릴까요?"

소녀는 고개를 붕붕 저었고, 종혁은 고개를 끄덕였다.

마음 같아선 집까지 데려다주고 싶지만, 소녀가 원하지 않을 수 있었다.

한창 예민할 나이. 더욱이 이 추운 날 새벽에 다 늘어진 셔츠를 입고 폐지를 주우러 다닐 만큼 가난하다.

혹여 이 작은 호의가 소녀에겐 좋지 않은 기억으로 남을 수 있기에 종혁은 꾹 참았다.

"그래요. 앞으론 도로에 나오지 말고요. 다칠 수 있으니까."

"네……."

소녀의 어깨를 툭툭 두드린 종혁은 차에 올랐고, 그들이 응급실로 들어간 사이 트렁크에서 내려진 폐지들을 본 소녀는 병원을 빠져나가는 차에서 시선을 돌려 손에 쥐여진 돈을 가만히 응시했다.

일순간 복잡한 감정으로 일그러지는 소녀의 눈.

돈들 역시도 소녀의 손 안에서 구겨졌다.

한편 다시 달리기 시작한 차 안.

"죄, 죄송합니다, 사장님. 합의금은 어떻게든…….."

"괜찮습니다. 제가 억지로 안겨 준 건데요, 뭘. 그보다 안전 운행 부탁드릴게요."

자신이 놀랐다고 한들 사람을 칠 뻔한 대리기사보다 놀랐을까.

종혁의 따뜻한 말에 대리기사의 눈에 눈물이 고인다.

"감사합니다……."

옅게 웃은 종혁은 창밖을 보며 한숨을 내뱉었다. 방금 전의 소녀를 생각하니 절로 가슴이 답답해졌기 때문이다.

'어려운 길을 가네.'

해 봤기에 안다. 가난한 사람이 운동을 하면 얼마나 힘든지.

혀를 찬 종혁은 창문을 내렸다.

"담배 좀 피우겠습니다."

찰칵! 치이익!

"후우."

담배 맛이 무척이나 썼다.

* * *

다음 날, 우렁찬 구령소리가 울려 퍼지는 태릉선수촌의

유도 센터 안.

"하나둘!"

"셋! 넷!"

하얗게 질린 선수들이 마스크를 쓴 채 비척비척 뛰며 단내를 뿜어내고 있다.

"자세 똑바로 안 해?! 뛰다가 허리 나가고 싶냐?!"

"아닙니다!"

"육십 명이 외치는데 왜 나 한 명보다 목소리가 작아!"

"아닙니다-!"

"아닙니다악!"

유도 센터를 무너트릴 듯 외쳐지는 발악.

땀이 비 오듯 흐르는 선수들과 달리 얼굴만 살짝 상기된 종혁이 호각을 입에 가져간다.

삐익!

"으아아아아아!"

호각이 울리자 다시 전속력으로 달리는 그들.

"처진다. 처진다! 고작 인터벌 두 시간 만에 처지는 새끼들은 뭐하는 새끼들이야!"

'씨발!'

'아오오!'

죽이고 싶다. 찢어 버리고 싶다.

하지만 그럴 수가 없다.

그들과 똑같은 페이스로 뛰고 있음에도 지친 모습이 하나 보이지 않는 종혁. 반항을 하려다가도 그 괴물 같은 모습에 포기할 수밖에 없다.

그들은 대신 이를 악물며 머릿속이 새하얗게 물들도록 뛰고 또 뛰었다.

삑! 삐이익!

"1시간 휴식!"

"으아!"

"허억! 헉!"

"눕지 마! 누가 누우랬어? 오늘만 운동하고 관둘 거야?!"

"죄, 죄송합니다!"

후들거리는 다리를 누르며 겨우 몸을 일으킨 선수들은 서로를 붙잡고 스트레칭을 시작했고, 그 모습을 본 종혁은 고개를 끄덕이곤 흐뭇이 웃고 있는 신성일 감독에게 다가갔다.

"다른 건 몰라도 깡은 제법 봐 줄 만하네요."

두 시간의 인터벌. 방금 전 타박을 하긴 했지만, 제아무리 국가대표라도 쉽사리 할 만한 짓이 아니다.

무리한 일인 줄 알면서도 진행을 했던 건 이들의 체력과 정신력을 점검하기 위해서였다.

신성일 감독은 눈을 가늘게 떴다.

"너 솔직히 말해. 잡으라는 범인 안 잡고 운동만 하지?"

"에이, 이 정도 체력도 없으면 형사 못하죠."

범죄자 중엔 범죄를 원만하게 저지르기 위해, 오직 그

목적으로 운동을 배우는 놈들도 있기 때문이다.

그런데 그건 그나마 낫다.

문제는 격투기나 칼질을 전문적으로 배운 놈들이다. 그런 놈들을 붙잡기 위해선 무엇보다 체력이 필요하다.

늘씬 두들겨 맞아도, 온몸에 구멍이 뚫려도 절대 바짓가랑이를 놓지 않을 체력이.

"……경찰은 다 그러냐?"

"솔직하게 말해 드려요?"

"어."

신성일 감독뿐만 아니라 스트레칭을 하던 선수들도 귀를 기울인다.

그걸 본 종혁은 피식 웃었다.

"정신력을 제외한 모든 면에서 쟤들이 낫죠. 그런데 상비군 출신 형사들하고 쟤들 붙여 놓으면 쟤들 백 퍼센트 병신 됩니다."

언제 몸에 구멍이 뚫릴지 모르는 삶을 사는 게 형사다.

아슬아슬하고 위태로운 삶.

그 말을 뒤집어 말하면 그 누구라도, 혹여 레슬링 세계 챔피언이라도 몸에 구멍을 뚫어 버리거나 병신으로 만들 수 있다는 거다.

형사들은 출동을 할 때 그런 각오를 하고 사무실을 나선다.

"반깡패라고 생각하는 게 편해요."

"그 동네도 빡세네……."

그래서 놀랍고, 믿기지가 않는다.

고등학교로 픽업을 할 때만 해도 순둥이였던 놈이 어느덧 이렇게 거친 냄새를 풍기는 형사가 됐다는 게.

"왜요?"

"아니다. 그보다…… 응?"

갑자기 열리는 유도 센터의 문에 종혁과 신성일 감독의 고개가 돌아갔다가 깜짝 놀란다.

빼꼼 고개를 들이민 채 누군가를 찾는 듯한 한 소녀. 아니 피겨의 여왕, 손연아.

종혁을 발견한 그녀의 얼굴이 환한 미소를 짓는다.

"오빠!"

태릉선수촌 유도 센터에 경악이 휘몰아쳤다.

터벅터벅.

창가에 다닥다닥 붙은 유도국대들을 뒤로한 종혁과 손연아가 가을이 내려앉은 태릉선수촌을 걷는다.

"치이. 태릉에 왔는데 연락도 안 하고. 오빠가 태릉에 있단 말 듣고 얼마나 놀랐는지 알아요?"

눈을 샐쭉하게 뜨는 그녀의 모습에 종혁은 입맛을 다셨다.

"끄응. 난 미국에 있는 줄 알았지."

곧 2008 스케이트 아메리카라는 피겨 스케이팅 그랑프리에 출전해야 되는 손연아. 빙질이나 시차, 기온 등 적응할 부분이 많기에 미국에 있을 줄 알았다. 그래서 연락을 안 했던 거였다.

"안 그래도 이제 가야 해요. 4시 비행기."

"비즈니스?"

"뻬스트! 저도 이제 대우 좀 받는다는 말씀! 에헴!"

어디 그뿐일까. 행복의 쉼터에서 지어 준 빙설장으로 인해 경기장 적응 문제도 거의 끝내 놓은 상태다.

이번 그랑프리 시리즈가 열리는 경기장과 거의 똑같은 환경을 조성한 경기장. 이젠 굳이 해외로 훈련을 하러 가지 않아도 됐다.

이 모두 종혁 덕분이었다.

"까분다."

"이히히."

웃음을 흘린 손연아가 종혁의 팔에 팔짱을 끼며 태릉선수촌 바깥으로 이끈다.

너무도 고마운 사람, 종혁.

만약 종혁이 피겨협회를 비롯한 빙상연맹을 박살 내지 않았다면 어떻게 됐을까.

부모님은 여전히 딸의 운동 비용을 감당하기 위해 오늘도 밤낮 없이 일하고 계셨을 테고, 안 그래도 병세가 깊던 허리는 더 망가지셨을 것이다.

손연아에게 있어 종혁은 은인 그 이상의 존재였다.

"오빠, 우리 밥 먹어요! 제가 살게요! 제가 좋은 식당 알아 놨어요!"

이러기 위해 종혁을 찾은 거다. 은인 그 이상의 존재인 종혁에게 이젠 밥을 살 수 있을 만큼 성공했다는 걸 보여주기 위해.

그리고 감사 인사를 하기 위해.

"오. 밥도 먹을 수 있어? 식단 관리 좀 해야 하지 않아?"

"……아, 짜증 나."

"큭큭. 떨어져라. 스캔들 난다."

"잉? 오옹. 그 말은 저를 여자로 본다는……."

따악!

"아아악!"

"이게 윤아랑 붙어 다니더니 못된 것만 배웠네."

"히잉. 존댓말 하던 오빠 돌려줘……."

"시끄러워."

종혁이 타박했지만, 손연아의 얼굴에선 미소가 떠나지 않는다.

종혁은 다시 팔짱을 껴 오는 그녀의 모습에 고개를 저으며 포기했고, 그에 힘입은 손연아는 더 강하게 종혁의 팔을 끌어안으며 행복을 만끽했다.

하지만 그것도 잠시.

부르릉!

저 멀리서 들어오는 버스들에 슬그머니 팔을 빼는 종혁.

손연아는 볼을 햄스터처럼 부풀리며 불만을 표시했지만, 이내 버스의 유리창에 적힌 글자를 보곤 눈을 빛냈다.

그건 종혁도 마찬가지다.

끼이익! 푸쉬익!

"자! 빨랑빨랑 내려라! 열들 맞추고!"

"예! 헉?! 손연아다."

"뭐하는 거야! 선배들이 너희들을 기다려야겠어?!"

"죄송합…… 왁!"

버스에서 내리다 손연아를 발견하곤 경악하는 학생들.

손연아는 어색하게 웃으며 손을 흔들었고, 이를 본 학생들이 우와아 함성을 지르며 방방 뛰었다.

그런 그들에게 휩쓸리지 않고자 슬쩍 물러서곤 좋을 때라며 잔잔하게 웃던 종혁은 마지막으로 내리는 한 소녀를 발견하곤 깜짝 놀랐다.

"잉?"

오늘 새벽의 그 소녀가 어깨를 좁힌 채 버스에서 내리고 있다.

반가워 다가가려 했던 종혁은 소녀의 어깨에 팔을 올리는 한 중년인과 그에 크게 움츠리는 소녀의 모습에 잠시 발을 멈추며 미간을 좁혔다.

'뭐야, 저건 또?'

왜인지 코끝에 악취가 스치는 듯했다.

* * *

아직 해가 뜨지 않은 새벽 5시, 근처에 새벽장이 열리는 시장이 있는지라 새벽부터 문을 여는 고물상.

"오늘은 킬로당 20원씩 더 쳐줬으니까 가는 길에 뒷다리살이라도 사 가. 운동하는 사람인데 영양분을 잘 섭취해야지."

손에 쥐어지는 2800원에 소녀 김누리의 얼굴에 환한 미소가 어린다.

오늘처럼 득템을 한 날에만 조금이라도 겨우 살 수 있는 뒷다리살을 간장과 고추장에 조물조물 비벼 볶아 먹으면 밥도둑이 따로 없다.

"감사합니다!"

"그래. 어서 가 봐. 아침 운동 늦겠다. 순임 씨한테 안부 전해 주고."

"네! 내일 뵐게요!"

김누리는 이번에도 끌차를 마치 열쇠고리처럼 매달며 골목을 내달렸고, 고물상 주인은 그런 누리를 보며 혀를 찼다.

"어쩌자고 저 어린 것에게……. 하늘도 무심하시지. 쯧쯧쯧."

혀를 찬 노인은 막 고물상 안으로 들어오는 한 노인을 반갑게 맞이했고, 새벽장이 열리는 시장에 도착한 누리는 얼른 정육점으로 달려갔다.

"오늘도 장 보러 온 거야?"

"네! 안녕하세요!"

"어이구 참하다, 참해."

"안녕히 주무셨어요!"

시끌벅적한 시장에 더 활기를 불어넣는 누리.

시장 상인들은 벌써 5년째 이 꼭두새벽마다 시장에 와서 장을 보는 누리를 흐뭇하게 바라본다.

큰 키에 맞지 않은 귀여운 외모에 싹싹한 성격.

그 누구라도 싫어할 수 없는 누리다.

그건 시장 한구석에서 붉은 조명을 비추는 정육점 주인도 마찬가지다.

"쌉니다, 싸요! 삼겹살 한 근에 만 원! 호주산 불고기 한 근에 7천 원! 어이고, 누리 왔어?"

"네……."

평소라면 밝게 대답해야 됐을 누리는 고기냉장고에 붙은 가격표와 방금 전 사장의 외침에 눈과 귀가 팔려 버린다.

"아, 아저씨. 저, 정말 불고기용 고기가 한 근에 7천 원이에요?"

불고기라지만 무려 소다.

소의 부위 중 가장 싸다고는 하지만, 호주산이라고는 하지만 평소엔 감히 엄두도 내지 못했던 소고기.

평상시엔 삼겹살과 그렇게 가격 차이가 크지 않던 놈이 오늘은 상당히 저렴하게 나온 것이다.

"많이 들여놨었는데 추석도 끝나서 어쩔 수 없이 떨이 하는 거야. 왜? 오늘은 좋은 걸 주웠나 봐? 살 거면 얼른 사. 이제 다섯 근밖에 안 남았어."

흠칫!

얼마 남지 않았다는 말에 누리의 마음이 다급해진다.

"조, 조금만 더 생각해 봐도 돼요?"

"그럼."

사장은 다행이라고 웃는다.

맨날 폐지 팔아 한 푼, 두 푼 모은 돈으로 가장 싼 뒷다리살만 사 갔던 누리.

그 모습이 너무 짠해 조금씩 덤을 얹어 주곤 했는데, 오늘은 좋은 것들을 많이 주운 것 같아서 사장의 기분이 좋아질 수밖에 없었다.

그런 사장의 마음을 아는지 모르는지 한 발 물러선 누리의 머릿속에 온갖 갈등이 부딪친다.

'살까? 사지 말까? 여전히 비싸지만 그래도 7천 원인데…….'

단 한 번도 마음껏 먹어 본 적이 없는 소불고기.

또 언제 있을지 모를 기회다.

'하지만 오늘 번 건 고작해야…….'

2800원.

새벽 3시부터 일어나 5시까지 꼬박 걸어 모은 돈이지만, 소불고기 한 근을 사기도 힘들다.

남은 건 내일 드린다고 하며 살까 고민하며 주머니 속을 매만지던 누리는 뭉텅이로 만져지는 지폐에 깜짝 놀랐다.

'맞아. 합의금! 하, 하지만…….'

종혁을 만나면 다시 돌려줘야 할 돈이다.

많아도 너무 많아 부담이 되는 것도 있지만, 자신의 잘

못도 크고 차에 치이지도 않았으니 받을 수가 없었다.

누리의 고민이 깊어지는 순간이었다.

"어머. 이건 또 왜 이렇게 싸? 사장님, 불고기용 고기 두 근 주세요."

"예, 알겠습니다!"

쿵!

안타까워하며 고기를 꺼내는 사장의 시선에 누리는 입술을 깨물었다.

'따, 딱 만 원만 쓸까? ……그래, 딱 만 원만 쓰자.'

이렇게 쓴 것은 이번 주에 폐지를 판 걸로 보충해서 주면 된다.

그렇게 마음을 먹은 누리는 크게 외쳤다.

"사장님! 불고기용 고기 한 근 주세요!"

아직도 해가 뜨지 않은 새벽의 허름한 원룸 건물.

<u>드르르르르!</u>

소불고기에 대파, 양파 등을 실은 끌차를 굴리며 원룸 건물 앞에 도착한 누리가 콧노래를 흥얼거리며 지하로 향한다.

능숙하게 끌차를 세우고 문을 열고 들어간 누리를 곰팡이와 먼지, 습기 냄새가 반긴다.

그러나 그녀에겐 그 어떤 곳보다 소중한 집이었다.

"아이구, 누리 왔누?"

"할머니!"

거실에 누워 있다가 힘겹게 일어나는 할머니의 모습에 누리는 얼른 달려가 다시 눕힌다.

"왜 일어나려고 해요. 누워 계세요."

"오늘도 폐지 줍고 온 겨?"

"응! 짜잔! 이것 봐요! 오늘은 할머니가 좋아하는 소불고기 사 왔어요!"

누리는 결국 쟁취한 소불고기와 그것을 버무릴 양념을 자랑스럽게 보여 줬지만, 할머니의 얼굴은 더 어두워진다.

"미안하다. 미안해. 이 할미가 못나서 네가 이 새벽부터……."

"에이, 괜찮아요. 새벽 운동도 하고 좋은걸요, 뭐. 그럼 누워 계세요. 전 우리 깨우고 밥 차릴게요."

작은 방으로 들어간 누리는 이불을 모두 걷어찬 채 누워 있는 8살 작은 소년을 흔들어 깨웠다.

"우리야, 일어나야지?"

"히이잉."

일어나기보다 칭얼거림이 먼저 튀어나오는 우리. 이 나잇대 아이들이면 모두 한참 꿈나라에 있을 시간이니 그럴 수밖에 없다.

하지만 깨워야 했다. 자신이 아니면 우리를 씻기고 밥을 먹일 사람이 없기 때문이다.

마음 같아선 늦게까지 재우고 싶지만, 곧 운동부 아침 운동을 가야 하는 그녀.

"이래도 안 일어날 거야? 이래도?"

"키키킥! 누나⋯⋯."

간지럽힘에 몸을 비틀다가 누리에게 양팔을 뻗는 우리.

"그래, 우리 우리. 어이쿠. 일어나서 씻자."

아직 눈을 뜨지 못한 우리를 안아서 일어선 누리는 화장실로 가 일단 얼굴부터 씻겼다.

그렇게 그들 세 가족의 아침이 시작됐다.

* * *

"다녀오겠습니다!"

"누나, 잘 다녀와!"

"우리도 학교 잘 다녀와!"

"응!"

교복을 입은 채 집을 나서는 누리의 입가에 미소가 한가득이다. 오늘 따라 많이 칭얼거리지 않고 일어난 우리와 아침밥 때문이다.

한 뭉텅이로 씹혔던 소불고기의 감동.

당분간 더 절약해야만 했지만 누리는 결코 후회하지 않았다. 소불고기를 먹으며 기뻐하던 우리의 미소를 볼 수 있었기 때문이다.

"앗! 잠시만요!"

때마침 도착한 버스에 올라탄 누리는 냉큼 빈자리에 앉으며 주먹을 불끈 쥐었다.

"와아. 오늘 운이 너무 좋은 거 아냐?"

타이밍 좋게 도착한 버스부터 합의금까지. 아니, 소불고기부터 버스까지.

누리는 맨날 이랬으면 싶었다.

그렇게 기분 좋게 학교에 도착한 누리는 작은 체육관 앞에서 죽도를 짚은 채 서 있는 코치를 발견하곤 살짝 굳었다가 재빨리 허리를 숙였다.

"안녕하십니까!"

"왜 이렇게 늦게 와! 얼른 들어가!"

"예!"

'오늘은 빨리 왔는데…….'

입술을 삐죽 내민 누리는 얼른 체육관 안으로 들어갔고, 이내 곧 후끈한 열기가 그녀를 반겼다.

"안녕하십니까!"

유도복을 입은 채 대걸레로 바닥을 밀다가 그녀를 향해 인사를 하는 몇 명의 1학년들.

2학년 이상의 선수들은 아무도 없었다.

'봐, 아무도 없잖아.'

다시 입술을 삐죽 내밀었던 누리는 1학년들에게 인사를 하곤 탈의실로 향했다.

아침 운동 시작이었다.

"하악! 학!"

아침 일과가 끝나자 매트 위에 십여 명의 여자 선수들이 널브러져 거친 숨을 몰아쉰다.

"자자, 주목!"

모두의 시선이 코치에게로 향한다.

"오늘 태릉선수촌 견학이 있는 거 알지?"

순간 모든 선수들의 눈이 반짝인다.

전국 모든 스포츠 선수들에게 있어 꿈의 장소이자 최종 목적지인 태릉선수촌.

"네ー!"

"가서 선배들에게 민폐 끼치지 말고, 하나라도 배운다는 생각으로 견학할 수 있도록. 점심은 태릉에서 먹는다니까 씻고 10시까지 운동장에 집합해. 이상."

"수고하셨습니다!"

"김누리는 잠깐 나 좀 보고."

"네? 네!"

의아해하며 몸을 일으키는 누리에게 무슨 일이냐는 시선이 쏟아진다.

누리는 어깨를 으쓱이며 몸을 돌렸다.

그 순간이었다.

"누리야."

"네? 무슨 일이세요, 주장?"

빼어난 실력으로 태릉 입성이 거의 확실시되고 있는 주장. 게다가 외모까지 예뻐서 전교에서 그녀를 싫어하는 사람이 없다.

누리를 불러 세운 주장은 뭐라 말하려는 듯 입술을 달싹이다 이내 입술을 깨물었다.

"……아니야."

주장은 씁쓸히 웃으며 돌아섰고, 누리를 의아해하며 코치실로 향했다.

그런 그녀는 보지 못했다. 주장 말고도 두 명의 선수가 낯빛이 어두워졌다는 걸 말이다.

똑똑!

"들어와."

"네……."

"왔어? 거기에 앉아."

그녀에겐 어려운 사람일 수밖에 없는 코치.

누리는 어깨를 움츠린 채 코치가 가리키는 소파에 앉았다.

"오늘 기분이 좋나 보네? 아까부터 계속 웃던데?"

"아하하."

"그래. 그렇게 웃고 다녀. 얼굴도 예쁜 애가 왜 그렇게 우중충하게 다니니? 커피? 음료수?"

"아닙니다. 괜찮습니다."

"그래."

털썩!

누리는 코치가 자신의 옆에 앉자 살짝 옆으로 엉덩이를 뺐고, 그걸 본 코치는 눈살을 찌푸렸다가 이내 한숨을 내쉬었다.

"후. 누리야."

"네, 코치님."

"네 이번 시즌 성적이 어떻게 되지?"

누리는 의아해했다.

"시 대회 16위요."

"그래, 16위야. 전국에서도 아니고 고작 서울에서 16위. 메달은 근처에도 못 갔네?"

"네?"

누리는 당황했다.

말이 16위지만, 그녀가 다니는 학교인 진명고 여자유도부에선 상위에 드는 성적이다. 여자유도부 역사를 모두 따져도 말이다.

그래서 그때 눈앞의 코치도 칭찬을 해 주지 않았던가.

물론 더 높은 성적을 거두지 못한 건 아쉽긴 하지만, 온전히 훈련에 매진할 수 없는 상황이라서 어쩔 수가 없었다.

"하아. 누리야, 너 계속 이러면 나나 감독님도 널 계속 지원해 줄 수가 없어."

"네?! 그, 그게 무슨 말씀이세요?"

순간 철렁하고 내려앉는 심장.

"저, 저는……."

"그래, 알아. 감독님이 널 스카우트한 거."

유도부에 스카우트가 되기 전까지만 해도 평범한 학생이었던 누리.

부모가 없다 못해 자신이 가장으로 부양해야 될 가족이 있기에 새벽에는 폐지를 줍고, 저녁에는 아르바이트를 해야 하는 누리에게 운동을 하자며 삼고초려를 한 게 바로 이 여자유도부의 감독이다.

"훈련에 드는 모든 비용뿐만 아니라 점심, 저녁을 제공하겠다고 스카우트하셨지."

맞다. 이런 조건이 아니었다면 누리는 절대 운동을 하지 않았을 거다.

할머니, 남동생, 자신 세 가족이 한 달에 드는 식비만 해도 거의 30만 원. 그중 절반 가까이가 그녀의 입으로 들어간다.

자신의 입 하나만 덜어 낼 수 있어도 덜 배고프게 살수 있기에 누리는 감독의 제안을 결국 받아들이게 됐다.

"그래. 그래서 네 생활이 좀 나아졌잖아. 그런데 성적이 이게 뭐야. 훈련을 열심히 했다면 이런 말도 안 해. 하지만 너 맨날 저녁 훈련 빼먹잖아."

"그건 아르바이트 때문에……! 감독님도 허락을 하셨……."

"나나 감독님한테 미안하지도 않니? 이러면 우리도 널 계속 지원해 줄 수가 없어. 또 이번 겨울 합숙은 어떻게 할 건데? 또 공짜로 갈 거야? 다른 애들 다 돈 내고 가는데 또 너 혼자만? 애들 사이에서 말이 나오는 걸 알긴 아니?"

"코, 코치님……."

"누리야."

스윽!

누리는 무릎 안쪽으로 파고드는 거칠고 큰 손에 그대로 굳어 버렸다.

〈62〉 회귀 경찰의 리셋 라이프 25

마치 거미줄에 걸린 나비처럼 굳어 버린 누리의 모습에 코치의 입술이 뒤틀린다.

"너 계속 이렇게 이기적으로 굴 거야? 운동 그만둘래?"

다시 심장이 철렁 내려앉는다.

"운동 그만두면 뭐 할 건데? 네가 공부를 잘하길 하니, 아니면 수업 진도를 따라갈 수 있니."

없다. 여기서 운동을 그만두게 되면 코치의 말처럼 수업 진도를 따라가지 못한 채 허우적거리다가 그냥 졸업을 하게 될 거고, 대학은 꿈도 꾸지 못할 거다.

할머니, 남동생, 자신 세 가족이 그래도 사람처럼 살려면 꼭 가야 하는 대학을, 체대는 꿈도 못 꿀 거다.

"누리야, 그런 사람을 두고 낙오자라고 부르는 거 알지? 너 인생 낙오자 될 거야?"

쿵!

딱딱하게 굳은 누리.

무릎 안쪽을 만지작거리던 손이 허벅지로 올라가기 시작한다.

"왜, 왜 이러세요……."

"그런 낙오자 안 되려면 내 추천이 필요한 거 알지?"

누리는 눈을 질끈 감았다.

'이거구나.'

이거였다. 방금 전 주장이 하려다 말았던 말이.

어떡해야 될까. 뿌리쳐야 될까, 아니면 이대로 있어야 할까.

누리의 눈에 공포의 눈물이 차오르는 순간이었다.

벌컥!

"응? 뭐야, 누리도 있었네?"

"아, 안녕하세요! 감독님! 그럼 전 이만 가 보겠습니다!"

누리는 다급히 코치실을 빠져나갔고, 문이 열리자마자 얼른 손을 뺐던 코치는 속으로 작은 원망을 담아 감독을 쳐다봤다.

"누리랑 무슨 이야기를 하고 있었는데 그렇게 쳐다 봐?"

"아닙니다. 무슨 일이십니까?"

"아, 박 코치. 그 말 들었어? 지금 태릉에 최종혁 선수가 있대!"

"최종혁? 어? 그 괴물이요?"

"그래에! 크으! 우리 애들한테 정말 큰 선물이 될 것 같지 않아? 으아아! 사인을 요구하면 실례겠지?"

방방 뛰는 감독을 한심하단 눈초리로 일견한 코치는 열려 있는 문을 보며 속으로 비릿하게 웃었다.

'오래 걸렸지.'

참 오래 걸렸다.

1학년 때 감독이 스카우트를 해 온 예쁜 아이, 김누리. 혹여 손을 대면 도망을 칠까 그동안 손을 대지 못했는데 이젠 아니다.

'이젠 벗어날 수 없지.'

1학년 때 그만뒀다면 모르되, 이제 곧 3학년이다.

지금 운동부를 관두게 되면 그동안 노력한 모든 게 허사가 된다. 누리는 결코 자신을 벗어날 수 없었다.

'나를 거쳐 간 다른 아이들처럼……'

코치는 음흉하게 웃기 시작했고, 감독은 그런 코치를 의아하게 쳐다봤다.

* * *

"와아!"

태릉선수촌의 입구가 가까워지자 여자유도부원들의 눈이 초롱초롱 빛난다.

"예, 예. 한 5분이면 도착할 것 같습니다, 선배님. 예, 잠시 후에 뵙겠습니다."

통화를 하는 감독에게로 향하는 시선들.

전화를 끊은 감독이 흐뭇하게 웃으며 입을 연다.

"마침 쉬는 시간이라고 하니까 유도 센터에 들어가면 90도로 인사부터 하고. 민폐 끼치지 말고! 알았지?!"

"네-!"

이윽고 길에 멈추는 버스.

버스에서 내리던 진명고 여자유도부는 앞 차에서 내리는 다른 학교 남학생들에 깜짝 놀랐다가 이내 수줍게 웃으며 손을 흔든다.

순간 태릉에서 피어나는 풋풋한 사랑의 꽃.

하지만 그걸 감독들이 지켜볼 리가 없다.

"이 자식들이?! 정신 똑바로 안 차려! 놀러 왔어?!"

"움직여, 이 새끼들아!"

남학생들은 아쉬워하며 인솔자를 따라 움직였고, 여자 유도부원들도 오와 열을 맞추며 이동을 한다.

맨 뒤에 서 있던 누리도 그들을 따라 움직이려고 한다.

그 순간 그녀의 어깨에 올려지는 코치의 팔.

오싹!

"누리야, 잠깐 이야기 좀 할까?"

"네, 네?"

"아까 못다 한 이야기 좀 해야지?"

"하, 하지만……."

"누리야, 정말 운동 관둘래?"

난 상관없다는 듯 무심히 쳐다보는 시선.

입술을 깨문 누리는 결국 고개를 푹 숙일 수밖에 없었고, 코치는 만족스런 표정을 지었다.

"그래, 그럼 잠깐 저기로 가서 이야기할까?"

코치는 의기양양하게 웃으며 누리를 산책로로 이끌었고, 그걸 빤히 쳐다보던 종혁은 핸드폰을 들었다.

"어, 난데. 철아, 원격으로 사무실 컴퓨터 접속되지? 잠깐 신원 조회 좀 할 수 있을까? 응, 진명고 여자유도부. 코치인지 감독인지는 아직 잘 모르겠고 일단 다 조사해 봐. 어, 그래. 이름 최순철. 49세. 감독."

순철이 감독과 코치에 대해 쭉 읊기 시작한다.

"그래. 땡큐."

전화를 끊은 종혁은 이번엔 다른 사람에게 전화를 걸었다.

"네, 선배님. 저 종혁이요."

종혁이 유도국가대표 수석 코치였을 시절 그에게 코칭을 배운 코치 중 한 명. 발이 꽤 넓었던 걸로 기억한다.

"지금 태릉에 있죠. 아, 다름이 아니라 진명고 여자유도부 최순철 감독과 박상영 코치에 대해 좀 알아볼 수 있을까요? 소문 위주로요. 최순철 감독은 계속 진명고에서 감독 일을 하셨고, 박상영 코치는 전에 인천 동명여중에서 코치 일을 했다네요? 느낌이 좀 싸해서요. 부탁드릴게요."

전화를 끊은 종혁은 누리와 코치가 들어간 산책로를 향해 걸음을 옮겼다.

그 순간 그의 팔을 잡아당기는 손연아.

"오, 오빠."

"위험하니까 잠깐만 여기 있어 줄래?"

웃으며 손연아를 진정시킨 후 걸음을 옮긴 종혁은 산책로 입구에서 담배를 물었고, 그 순간 그의 핸드폰이 울렸다.

방금 전 소문을 알아봐 달라 부탁한 선배.

'이렇게 빨리?'

종혁은 재빨리 전화를 받았다.

"네, 선배님. 아, 그래요? 선수를…… 성추행하다가 잘렸다고요? 아아."

빠드드드득!

'개새끼네?'

종혁의 얼굴이 흉악하게 일그러졌다.

* * *

가을의 이름 모를 새와 바람이 우는 산책로.

"스읍! 하아. 햐, 공기 좋네."

흐뭇하게 웃던 코치가 고개를 숙인 채 뒤따라오는 누리
를 본다.

'처음엔 참 우중충한 년이라고 생각했는데 말이야……'

감독이 인재를 구해 왔다며 소개시켜 준 누리.

앞 머리카락도 내리고 다니고, 어깨도 굽어 있어서 그
렇게 생각했었다.

그런데 그날 가볍게 맛보기 운동을 하며 머리를 묶은
누리를 본 코치는 자신의 생각이 완전히 틀렸다는 걸 깨
달았다.

그리고 그때부터 덫을 놓았다.

조용히. 천천히 여자유도부에 녹아들 수 있게.

운동이 아니면 아무것도 못하도록.

칭찬에 칭찬을 거듭하며 유도부의 기둥으로 만들어 갔
다.

그리고 그 노력의 보답을 이제야 받을 수 있게 됐다.

좌우로 주욱 찢어지는 입술을 억지로 추스른 코치가 때

마침 나타난 벤치를 가리킨다.

"우리 저기 앉아서 이야기할까?"

"……."

먼저 벤치에 앉은 코치가 자신의 옆을 손바닥으로 친다.

그에 입술을 깨물며 자리에 앉는 누리.

코치의 손이 늘어트려진 누리의 머리카락을 감아 귀 뒤로 넘겨준다.

오싹!

뱀이 기어가는 듯한 느낌에 누리는 움츠릴 수밖에 없었다.

"어떻게…… 생각은 해 봤니?"

"……아뇨."

"하아. 왜 이렇게 생각이 없는 거니."

코치는 애처롭게 떨기만 하는 누리의 모습에 가학적인 미소를 지으며 동글동글한 볼을 쓰다듬었다.

"누리야, 대학 안 갈 거야?"

쿵!

다시 내려앉는 심장.

누리는 눈을 질끈 감았다.

'할머니…… 우리야…….'

언제나 미안하다고만 하는 할머니.

누나가 최고라고 믿는 우리.

감겨진 눈에 눈물이 차오른다.

"제가…… 제가 뭘 어떻게 하면 될까요…….'

'그렇지!'

넘어왔다. 드디어 넘어왔다.

코치는 당장이라도 끌어안으려는 걸 겨우 참아 내며 누리의 허벅지 안쪽을 쓰다듬었다.

"글쎄…… 그건 견학 끝나고 조용한 곳에서 이야기할까?"

결국 소중한 곳 바로 앞까지 다가와 흔들리는 뱀의 혓바닥.

"흑!"

'미안해요, 할머니! 미안해, 우리야!'

누리는 떨리는 고개를 힘들게 아래로 잡아당겼다.

그 순간이었다.

"거기까지."

화들짝!

"누, 누구야!"

"아저씨?!"

"아저씨?"

갑자기 나타난 종혁에 경악했던 코치는 다급히 누리와 종혁을 번갈아 봤고, 얼굴에서 표정이 사라진 종혁은 그녀에게 다가가 팔을 잡아당겨 뒤로 숨겼다.

그 넓은 등과 억센 손에 다리가 힘이 풀린 누리가 울 것 같은 눈으로 종혁을 본다.

"누리 양, 내려가 있어요."

"네, 네?"

"지금부터는 미성년자 관람 불가라서 그래요. 내려가 있어요. 그리고 미안해요. 일찍 구해 주지 못해서."

울컥!

결국 쏟아져 내린다.

설움이, 공포가, 아픔이.

너무 무서워 구원을 바랄 생각조차 못했던 누리의 눈에서 눈물이 쏟아져 내린다.

"흐윽! 아, 아니에요. 아니에요……."

늦지 않았다. 절대 늦지 않았다.

"내려가 있어요. 금방 따라갈 테니까."

"네……."

누리는 계속 눈치를 보며 왔던 길을 돌아갔고, 종혁은 슬그머니 일어서는 코치를 가만히 응시했다.

"허흠. 그럼 나도 이만……."

"앉아."

"이 사람이……! 젊은이, 지금 어른한테 말버릇이 그게 뭐야!"

"앉으라고, 씨발아."

섬뜩!

갑자기 심장을 찌르는 끔찍한 살기에 코치의 입이 다물어진다.

종혁은 담배를 물었다.

찰칵! 치이익!

"푸후. 이딴 새끼가 내 후배들을 가르치고 있었다니……."

실책이다. 견찰뿐만 아니라 이런 놈들도, 간절한 이의 가난과 미래를 약점 잡아 제 욕심을 채우려는 쓰레기들도 쓸어버렸어야 했다.

　뒷목이 뻣뻣해진 종혁은 담배를 질근질근 씹으며 이놈을 어떻게 요리해야 될까 고민을 하기 시작했고, 코치는 종혁이 말한 '후배'라는 단어에 눈을 번뜩였다.

　"뭐야. 너 유도하는 놈이야? 너 이 새끼! 너 어느 대학이야! 아니면 어느 학교 코치야?! 내가 인마, 어?! 너 최종혁 알아?! 내가 그놈이랑 어?"

　"난 너 모르는데?"

　"……뭐?"

　"난 너 같은 새끼 모른다고."

　코치의 눈이 크게 흔들린다.

　"최종혁…… 선수?"

　"어."

　"……빌어먹을!"

　코치는 다급히 땅을 박찼다.

　하지만…….

　그의 목을 콱 움켜쥐는 우악스런 손길.

　그와 동시에 종혁의 팔이 그의 오른팔을 휘감아 올라가더니 그대로 어깨 뒤로 넘기며 던져 버린다.

　피해자들에게 공포를 안긴 손.

　피해자들을 농락한 손.

　이딴 건 붙어 있을 이유가 없었다.

뿌드득! 쿠웅!

"아악……! 으아악!"

꺾일 수 없는 각도로 꺾인 팔꿈치를 붙잡고 바닥을 뒹구는 코치.

종혁은 그의 목에 발을 올렸다.

"켁! 케에엑!"

"어이, 개새끼. 너한테는 두 가지 길이 있어. 하나, 이대로 경찰서로 출두해서 자수한다. 둘, 피해자들에게 고소당한다."

움찔!

아득한 고통에 몸부림치면서도 고소란 단어에 반응하는 코치.

"올해 성범죄에 관한 법률이 다시 한번 개정됐거든?"

그중 하나가 신고의무자의 성범죄에 대한 가중 처벌이다.

교육기관, 의료기관, 복지시설, 보호시설 등 아동과 청소년을 위한 단체의 종사자가 자기의 보호, 감독 또는 진료를 받는 아동과 청소년을 대상으로 성범죄를 범한 경우에는 그 죄에 정한 형의 2분의 1까지 가중 처벌을 한다.

모두 현몽준이 노력을 해 준 결과였다.

그리고 눈앞의 놈은 학교 운동부의 코치. 신고의무자에 의한 성범죄 가중 처벌에 해당하는 것이다.

또한 이놈에게 당한 피해자가 한둘이 아닌 것으로 추정

되는 상황. 형량은 더 늘어나게 될 터였다.

"이 말이 뭐냐고? 최소 15년이 네 형량이라는 소리야."

"켁! 커허억!"

마치 안 된다는 듯 발버둥 치는 코치.

종혁은 그의 부러진 팔을 잡아 뒤로 꺾으며 수갑을 채웠다.

"박상영, 널 청소년 성보호에 관한 법률 위반으로 체포한다. 넌 묵비권을 행사할 수 있고, 불리한 진술을 거부할 수 있으며 변호사를 선임할 권리가 있고, 체포구속적부심을 신청할 권리가 있다. 알아들었냐, 개새끼야?"

뿌득! 뿌드득!

"아악! 아아아아악!"

추악한 자의 비명이 운동인들의 성지, 태릉선수촌의 산책로에 울려 퍼졌다.

* * *

터벅터벅.

"빨리 걸어, 새꺄."

"아, 아저씨!"

"오빠!"

이쪽을 향해 달려오는 누리의 모습에 코치의 얼굴이 일그러진다.

"너어-!"

"아가리는 생각하고 열어라. 협박죄 추가된다."

"……."

종혁은 코치가 무서워 일정 거리 이상 다가오지 못하는 누리의 모습에 일단 코치를 주차장에 있는 차에 욱여넣었다.

"이놈은 이제 청소년 성보호에 관한 법률 위반으로 처벌이 될 거예요."

즉, 이제 이놈은 누리의 인생에서 퇴출. 영원히 만나지 않을 수 있다는 소리다.

"만약 이놈이 아주 나중에 형을 다 살고 나와서 누리 씨를 찾아온다고 해도 곧바로 신고하면 되고요."

보복 범죄. 이는 사법부에서 심각하게 받아들이는 중범죄다. 이놈이 누리의 앞에 나타나는 순간 놈은 남은 인생마저 교도소에서 보낼 수 있었다.

"아……."

"그런데 그러기 위해선 누리 씨의 증언도 필요해요. 많이도 필요 없어요. 아주 잠깐만 시간을 내주면 돼요."

딱히 장소가 중요한 게 아니다. 노트북이 있으니 누리가 있는 곳이라면 어디든 가서 조서를 받을 수 있다.

그 따뜻한 말에 다시금 차오르는 눈물.

"흐윽!"

"많이 무서웠죠? 미안합니다. 일찍 구해 드리지 못해서."

결국 주저앉은 누리는 울음을 토해 냈다.

무서웠다. 너무 무서웠다.

종혁은 씁쓸히 한숨을 내쉬며 그녀의 옆에 앉아 어깨를
끌어안아 주며 울음을 멈출 때까지 달래 주었다.

이제 괜찮을 거다. 앞으로 마음껏 운동할 수 있을 거다.

그렇게 달래 주었다.

"가, 감사합니다."

"아닙니다. 해야 할 일을 한 것뿐인데요. 그보다 어떻
게 할래요?"

"네?"

"견학 왔잖아요."

그제야 자신이 견학을 왔다는 걸 상기해 낸 누리는 안
절부절못했다.

그 모습을 본 종혁은 핸드폰을 들었다.

"예, 안녕하세요. 진명고의 최순철 감독님 되시죠? 반
갑습니다. 유도의 최종혁입니다. 예, 예. 아이고. 절 알아
봐 주셔서 감사합니다. 아, 이렇게 연락을 드린 건 다름
이 아니라 감독님이 가르치시는 부원들 중 한 분께서 고
맙게도 절 알아봐 주시더라고요. 그래서 함께 식사를 하
며 조언 좀 할까 하는데, 그래도 괜찮을…… 하하, 예. 감
사합니다. 어이쿠, 귀여운 후배들을 위한 강연이라면 얼
마든지 해 드려야죠. 예, 그럼 다시 연락드리겠습니다."

전화를 끊은 종혁은 놀란 누리의 머리를 쓰다듬으며 손
연아를 봤다.

"밥 먹자, 연아야."

'히잉.'

안 된다고 말할 수 없는 상황.

손연아는 침울한 얼굴로 고개를 끄덕였다.

"가, 감사합니다!"

"그래요. 오늘은 다른 데 가지 말고 그냥 집에 가서 가족들과 푹 쉬어요."

"네……! 아! 그, 돈은 최대한 빨리 돌려 드릴게요!"

종혁이 합의금이라며 쥐여 주었던 돈.

다시 만나면 돌려줄 생각이었는데, 충동적으로 소불고기를 사는 바람에 비어 버려서 부족해진 돈을 채워야만 했다.

"돈? 무슨 돈이요?"

"네?"

"무슨 말인지 모르겠지만, 공돈이 생겼다면 기분 좋게 쓰세요. 그럼 내일 봐요."

윙크를 한 종혁은 손연아를 데리고 차로 향했고, 남겨진 누리는 그런 종혁을 멍하니 쳐다봤다.

그녀의 얼굴이 빨갛게 달아올랐다.

그런 누리와 멀어진 종혁은 그제야 손연아에게 사과를 했다.

"미안. 많이 놀랐지?"

"칫!"

놀란 건 문제가 아니다. 문제는 종혁과의 오붓했어야

할 식사가 방해를 받았다는 거다.

심지어 식사를 자신이 사지 못하고, 종혁이 샀다.

그런데 그보다 더 큰 문제는…….

'꼬드겼네. 꼬드겼어.'

종혁이 무슨 말을 하던 시종일관 멍하니 쳐다봤던 누리.

손연아는 그런 누리의 반응을 십분 이해했다.

'나도 그랬…….'

"에부부."

"응?"

"아니에요. 페로몬을 줄줄 흘리고 다니는 어떤 나쁜 사람을 어떻게 해야 될까 고민하고 있었어요. 잘라야 될까…… 아니면 뭉개야 될까, 하고요."

"무슨 일인지 모르겠지만 살려 줘."

"흥!"

종혁은 고개를 돌리는 그녀의 모습에 입맛을 다셨다.

"어떡할래? 인천공항까지 데려다줄까, 아니면 여기서 택시 타고 갈래?"

중간에 집에서 쉬고 있는 최재수를 불러 코치를 인계했지만, 가서 조서를 꾸미고 피해자들이 얼마나 있는지 제대로 조사해야 됐다.

"……데려다줘요."

"네, 공주님! 어서 제 손을 잡고 마차에 올라타시죠!"

종혁의 커다랗고 따뜻한 손에 화가 사르르 풀리는 걸 느낀 손연아는 입술을 삐죽 내밀었다.

'다음에…….'

보답은 다음에.

손연아는 툴툴거리며 차에 올라탔다.

* * *

그날 밤, 부산의 JH메디컬 근처의 한 고깃집.

"3조 원 달성 축하를 위하여!"

"위하여어-!"

채재쟁!

"캬아!"

"크으으!"

JH메디컬에 소속된 사원 전원이 전율에 몸부림친다.

일반인 사원들도, 회사의 조직원들도 모두.

약 3조 원. 무려 3조 원의 투자액이 모였다.

대한민국 그 어떤 기업이 시민 투자로 이런 천문학적인 돈을 모을 수 있을까. 앞으로 승승장구할 날만 남음에 일반인 사원들은 기쁨을 주체할 수 없었다.

"어디 이상한 중소기업에 입사했다고 깔봤지? 니들 다 죽었어."

"흐흐. 응. 엄마! 나 승진한대!"

"야, 보너스 나왔거든? 이번 주말에 한잔 어때?"

어깨에 뽕이 가득 차오른 사원들은 저마다의 방법으로 이 기쁨을 즐겼고, 회사의 조직원들은 그런 그들을 보며 속으로 비릿하게 웃었다.

'3조 원 아닌데······.'

대리급 이상 직원들은 안다. 최소 3조 원의 세 배.

자신들 부산 지부는 신화를 쓴 거다.

그들은 곧 지급될 막대한 인센티브를 떠올리며 술을 홀짝였다.

"2차 가시죠! 2차!"

"회장님, 2차 가셔야죠!"

백여 명이 넘는 직원들이 모여 있어서 그런지 시끌벅적해진 거리.

그들을 흐뭇하게 바라보던 조희구가 입을 연다.

"나 2차 강요 안 하는 거 알죠? 우리 2차 갈 사람은 2차 가고, 집에 갈 사람은 집에 갑시다. 하지만 나는 2차 빠지는 걸로."

"에에!"

"왜요!"

"아따, 마! 회장님! 이러실 겁니꺼!"

"원래 오야는 1차에서 빠져 주는 거예요. 씁, 나 회장이야?"

불퉁해지는 시선들에 조희구의 미소가 더 짙어진다.

"대신 2차 가는 사람들에게 법인카드 쏩니다!"

"와아아아아아아······!"

"모두 2차를 향해 돌격!"

"돌격-!"

우르르르!

한데 뭉쳐 사라지는 사람들.

회사의 조직원들도 그 사이에 껴서 서로 눈을 마주치며 의미심장하게 웃는다.

그렇게 거리가 조용해지자 조희구의 앞에 차가 멈춰 선다.

"풉⋯⋯! 푸하하하하하하하!"

끝이다. 길고 길었던 프로젝트가 드디어 끝났다.

이제 남은 건 아름다운 퇴장뿐.

'그러면 나는! 나는-!'

일개 지부장을 넘어 본사 실장으로. 본사 임원으로.

"아흐. 하아."

섹스보다 더 뜨거운 환희에 몸부림치던 그의 얼굴에서 돌연 표정이 사라진다.

"철수는?"

"모두 끝났습니다."

핸드폰 하나, 서류 한 장, 본체까지 모두 철수가 끝난 상태다. 이제 저 건물에 남은 건 컴퓨터 모니터를 비롯한 주변 기기와 사무용품들뿐.

"가지."

인천으로. 이 대한민국에서 증발해 버릴 수단이 있는 그곳으로.

불이 꺼진 JH메디컬 건물을 바라보던 조희구는 입술을

비틀며 비서가 문을 열어 주는 차에 올랐다.

부우웅!

수많은 사람들의 염원과 열망으로 만든 거대한 성이 밑바닥에서부터 무너지는 순간이었다.

* * *

지이잉! 지이잉!

늦은 밤, 코치에게 당한 피해자들을 조사하던 종혁이 갑자기 걸려 온 전화에 의아해하며 받는다.

"네, 나탈리아."

─조희구가 인천으로 향했어요, 최.

"아…… 그래요?"

오싹! 우당탕!

종혁이 일감을 물어 왔다는 말에 어쩔 수 없이 출근한 최재수와 순철이 기겁을 하며 종혁에게서 멀어진다.

순간 심장을 헤집은 끔찍한 살의.

─흐응. 어디까지 드러날 것 같나요?

"그건…… 모가지를 비틀어 봐야 알겠죠."

종혁의 얼굴에 걸리는 흉악한 미소.

"알겠습니다. 계속 주시 부탁드리겠습니다."

한국이 떠들썩해지면 러시아 바이칼호에 있는 놈들도 반응을 보일 터.

"힘들면……."

−최, 우린 KGB예요.

KGB가 전신인 기관 SVR.

냉전 시대의 악몽 KGB는 그들의 자랑이자 자긍심이며 정신이었다.

"죄송합니다. 부탁드리겠습니다."

−나중에 봐요.

전화가 뚝 끊기자 종혁은 얼굴을 쓸어내렸다.

"큭큭. 큭큭큭!"

드디어 시작이다.

어디까지 드러날까. 어디까지 잘라 낼 수 있을까.

종혁은 그게 너무 보고 싶어 미칠 것 같았다.

그때였다.

지이잉 다시 걸려 온 전화.

나탈리아가 깜빡하고 전하지 않은 게 있나 하며 발신자를 확인했던 종혁은 깜짝 놀랐다.

"어, 세라야. 무슨 일이야?"

동기인 임세라.

−종혁아…….

술을 많이 마신 듯 한껏 꼬부라진 목소리.

−정말 거기 가면 내 맘대로 수사할 수 있는 거 맞지? 윗선 압력 막아 줄 수 있는 거 맞지?

씨익!

종혁의 입이 주욱 찢어진다.

"환영한다, 세라야."

아주 특별한 날, 특별범죄수사대에 새 식구가 합류하는 순간이었다.

* * *

삐비비빅! 삐비비빅!

햇빛이 내리쬐는 작은 방을 흔들어 깨우는 알람 소리.

"흐으응."

하얀 이불을 끌어안고 있던 이십대 후반의 남성이 몸부림을 치며 베개 밑으로 파고든다.

그 순간 벌컥하고 거칠게 열리는 문.

뽀글 파마를 한 중년 여성이 잠에서 헤어나지 못하는 한심한 아들의 모습에 얼굴을 구긴다.

하지만 이내 방긋 웃으며 아들에게 다가가 귓가에 속삭인다.

"아드을. 출근해야죠?"

"헉! 맞다! 출근!"

기겁하며 일어난 아들은 다급히 시계를 찾았다.

"엄마, 몇 시고!"

"7시 30분이에요, 아드님."

"으아아악!"

다급히 화장실로 뛰어가는 아들의 모습을 따뜻하게 바라본 어머니는 아들의 이부자리를 정리한 뒤, 아들이 입고 나갈 정장을 꺼내 이불 위에 올려놓았다.

달그락, 달그락.

"하이고, 잘하는 짓이다. 오빠야, 니 증말 사회인 맞나?"

"이 문디 가시나가! 뭐한다고 아침부터 오빠한테 지적 질이고!"

"왜 나한테 그라는데! 저 문디가 늦잠 자서 아침을 늦 게 묵는다 아이가!"

"이놈의 가시나가 그래도!"

타악!

식탁 유리를 깨부술 듯한 소리.

숟가락을 거칠게 내려놓은 아버지가 모녀를 서늘하게 응시한다.

"밥 묵자."

달그락, 달그락.

"장남."

"예, 아버지."

"3조 원 투자액을 모집했다고?"

"예. 저도 그래서 승진했심더."

"지금 니 승진이 문제가? 회사가 잘되는 게 먼저제. 으이?"

"……죄송합니더."

"크흠. 그럼…… 배당액도 좀 느는 기가?"

그 말에 중년 여성의 눈이 반짝이고 아들의 어깨가 슬 쩍 펴진다.

돈이 된다는 아들의 말에 그동안 모은 돈에, 잡을 수 있는 걸 모두 담보 잡아 JH메디컬에 투자한 그들 가족.

매달 통장에 따박따박 꽂히는 배당액은 어느덧 아들의 자부심이자 자랑이 되었다.

"아무래도 그렇지 않겠심니꺼. 가용할 수 있는 돈이 늘믄 더 많은 기기를 들여올 수 있을 텐데예. 내후년엔 꼭 마린시티로 이사 갈 수 있을 겁니더."

요 몇 달간 회사의 권유로 배당액 전액을 계속 재투자한 그들.

그걸 한 번에 받는다면 그동안 꿈조차 꿀 수 없었던 아파트로 이사 갈 수 있을 거다.

"글나?"

순간 꿈틀거리는 아버지의 입술.

여동생의 눈도 반짝인다.

"아빠, 내 용돈……."

"밥 묵자."

"아니, 용돈……."

"이 문디 가시나! 얼른 밥 안 묵나!"

"엄마는 왜 맨날 나만 가지고 그러는데! 내 딸 맞나!"

"뭐라꼬? 밥 먹기 싫다꼬?"

"묵을 기다!"

오늘도 평화로운 아침이었다.

"잘 다녀오고. 차 조심하고."

"예. 다녀오겠심더."

아파트를 빠져나와 차에 오른 아들이 다급히 시동을 켠다.

늦잠을 자서 그런지 시간이 아슬아슬했다.

그런데 오늘따라 늦잠을 잔 사람들이 많은지 병목 현상이 일어난 아파트 입구.

빵! 빠앙!

"마! 서포티지! 빨랑 차 안 빼나!"

"보소! 지금 도로 전세 냈습니꺼!"

"하따, 마! 디비진다, 디비져!"

'뭐꼬, 이건. 바빠 죽겠는데……'

아들도 차창을 열고 클락션 세례에 함께 동참한다.

빵! 빠앙!

"마! 서포티지—!"

"죄송합니더! 죄송합니더!"

무슨 일인지 관리인실에서 뛰어나오는 남성.

병목 현상이 해결되자 사람들은 언제 그랬냐는 듯 조용히 아파트를 빠져나가기 시작한다.

아들도 지옥이라 불리는 부산의 도로 위로 올라탄다.

회사가 그리 멀지 않은 곳에 있는지라 금방 도착한 아들.

주차장에 차를 대고 건물로 향하던 아들은 회사 건물을 보며 주먹을 꽉 쥔다.

승진이 결정되고 첫 출근. 감회가 남다를 수밖에 없었다.

"입사 1년 만에 대리…… 흐흐흐."

회사가 자신의 능력을 인정해 준 거다.

1년 만에 대리를 달았으니 과장, 부장까지도 다이렉트로 달 수 있을 터. 기분이 째질 듯 좋았다.

　그는 활짝 웃으며 발을 내디뎠다.

　그 순간이었다.

　후다닥!

　다급히 옆을 스쳐 지나가는 한 남성.

　"아이다. 아일 끼다!"

　뜻 모를 말을 외치는 사내.

　그런데 그 사람뿐만이 아니다.

　"이, 이게 무슨 일이고!"

　"미친! 내 돈은! 내 돈은……!"

　'뭐꼬. 무슨 일이고?'

　우다다 회사 건물 안으로 들어가는 사람들.

　마치 정신이 나간 것 같은 모습들에 갸웃한 아들은 다시 건물로 걸음을 옮겼다.

　그런 그에게 한 통의 전화가 걸려 온다.

　발신자는 개새끼. 그가 일하는 부서의 과장이다.

　"쯧."

　아침부터 기분을 잡치지 않기 위해 핸드폰을 주머니에 넣은 그는 사무실로 올라갔다.

　그리고…….

　"아이고! 내 돈 돌려내라! 내 돈-!"

　"그게 어떤 돈인데-!"

　"아아악!"

마치 도둑이 든 듯 난장판이 된 사무실과 난동을 피우는 투자자들.

털썩!

무려 5억. 잡을 수 있는 모든 담보를 잡아 겨우 마련한, 그들 네 가족의 전 재산. 아들의 결혼 자금이자 여동생의 대학등록금이며, 부모님의 노후.

땅바닥에 주저앉은 아들의 얼굴이 하얗게 질렸다.

절망이 부산을 휩쓸었다.

* * *

본청의 대회의실.

정복을 입은 본청의 고위간부들과 각 과의 과장들이 모인 그곳에 지독한 침묵이 내려앉아 있다.

방금 전 부산경찰청에서 날아든 소식 때문이다.

그들은 망연히 정면의 스크린, 입을 꾹 다물고 있는 부산청장을 바라본다.

"피해액이……."

숨조차 제대로 쉴 수 없는 침묵을 깨는 박종명 경찰청장의 말에 모두의 시선이 그에게 몰린다.

"피해액이 얼마라고?"

-3조 원 이상으로 추정됩니다…….

쿵!

대회의실을 휩쓰는 거대한 충격.

고위 간부들과 과장들이 파랗게 질린다.

그러나 종혁의 눈은 차갑게 가라앉은 채 부산청장과 박종명 경찰청장을 응시한다.

회귀 전, 끝까지 잡지 못했던 조희구.

그 이유 중 하나는 바로 경찰의 미흡한 대처 때문이었다.

피해액이 천문학적이었음에도 본청이 아니라 서울청, 아니 일개 경찰서에서 담당했던 조희구 투자 사기 사건.

당시 부산이 아니라 서울에 둥지를 만들었던 조희구는 어느 날 감쪽같이 사라졌고, 전국이 발칵 뒤집히게 됐다.

후에 견찰 몇 명이, 일명 조희구에게서 돈을 받아 처먹은 조희구 차일드가 수사를 조작한 의혹이 드러났지만 처벌을 받은 사람은 그 누구도 없었다.

담당 관할의 담당 형사까지도 말이다.

즉, 가장 위에서부터 사건이 조작됐다는 뜻이다.

'그때 경찰청장이 저 양반이었지.'

기회주의자. 정권의 개. 박종명.

종혁의 눈빛이 한층 더 가라앉는다.

"조희구의 현 위치는?"

ㅡ현재 파악이…… 되고 있지 않는 상태입니다.

"허! 그런 말을 하라고 그 자리에 있는 게 아닐 텐데요?"

"그래요! 이거 제대로 수사하고 있는 거 맞습니까?"

ㅡ뭐야?! 너 몇 기야!

"지금 기수가 중요합니까!"

"이봐! 지금 사태 파악이 안 돼?!"

종혁과 과장들은 순식간에 난장판이 되는 광경을 보며 헛웃음을 터트렸다.

'개판이네.'

그때였다.

–띠리링! 띠리링!

스크린을 연결한 스피커에서 들리는 전화벨 소리.

부산청장이 핸드폰을 든다.

–지금 회의 중이니⋯⋯ 헛! 예, 예. 예!? 그, 그게 무슨 말입니까! 사건을 가져가신다니요!

부산청장이 눈앞에 있으면 멱살을 잡을 것처럼 악을 질러 대던 고위 간부들의 입이 다물어진다.

–그러는 게 어디 있습⋯⋯ 이보세요! 지검장님! 여보세요! 이런 씨발–!

대회의실에 지독한 침묵이 다시 내려앉는다.

"무슨 일이지?"

–빌어먹을⋯⋯ 부산지검이 사건을 인계하랍니다.

쿵!

다시금 대회의실을 휩쓴 충격.

이 개 같은 상황에 간부들의 입이 뻐끔거렸지만, 종혁의 표정은 여전히 서늘했다.

'시작됐군.'

조희구 차일드의 방해가.

아니, 놈들 조직의 방해가.

'부산지검에도 있었냐.'

까드득!

종혁의 이가 부셔질 듯 갈렸다.

스크린에 불이 꺼지는 것과 동시에 불이 들어온 대회의실.

몸을 일으킨 박종명 경찰청장이 이 자리에 모인 간부들을 주욱 훑는다.

"다들 들었다시피 부산지검에서 사건을 가져가기로 했다. 그러니 쓸데없는 짓은 하지 말도록. 최 대장, 알아들었나?"

갑자기 지목된 종혁에 고개를 돌렸던 간부들은 이내 인정한다는 듯 고개를 끄덕였다. 그동안 상부의 사람들을 곤란하게 했던 사건들을 많이 맡은 종혁.

자칫 박종명 경찰청장의 목이 날아갈 상황이기에 종혁의 제어는 필수였다.

반면 박종명 파벌의 간부들은 생각이 좀 달랐다.

박종명의 경고에 놀랐던 그들의 입가에 비릿한 미소가 번진다.

무슨 일인지 모르겠지만 드디어 저놈이 떨어져 나가는구나, 끈 떨어진 연 신세가 됐구나 기쁨과 희열에 웃음을 감추지 못한다.

그런 분위기를 읽은 종혁은 얼굴을 구겼다.

"……예."

"그런데 저흰 사건에서 완전히 손을 떼는 겁니까, 청장님?"

정말 그럴 거냐. 정말 그렇게 무능하게 일할 거냐.

특별수사팀을 휘하 부서로 둔 간편신고관리과의 과장, 정용진 과장의 살벌한 질문에 모두의 시선이 박종명 경찰청장에게로 향한다.

"달리 방도가 있다면 말해 봐."

검찰이 가진 수사 지휘권.

그것을 휘두르는 순간 경찰은 아무것도 할 수 없게 된다.

"……."

"하지만 이대로 손가락만 빤다면 경찰의 체면이 망가지겠지. 정보국장."

"예, 청장님."

온통 베일에 싸여 있는 정보국에서 거의 유일하게 오픈되어 있는 인물 정보국장. 정보국 각 과의 과장들도 웬만해선 오픈되지 않는다. 인사 이동을 할 때나 정보국 소속이었음이 드러날 정도다.

"추적하겠습니다."

"그리고 부산청 광수대가 부산지검을 서포트하며 여차한 순간 낚아챈다. 최 대장."

"중앙지검 특수부에 말해 놓겠습니다."

특수부 부장검사인 강철선은 종혁과 오랜 인연이 있는

인물. 경찰의 공을 뺏길 위험은 없었다.

간부들의 입가에 만족의 미소가 피어오른다.

그런데 이번엔 종혁이 손을 든다.

"특수본은 설치하지 않는 겁니까?"

"검찰이 특수본을 설치한다면."

검찰이 사건을 가져간 이상 경찰이 먼저 난리를 피울
순 없다.

종혁은 혀를 차며 입을 다물었다.

"이상. 해산. 아, 최 대장. 마지막으로 경고하지. 나대
지 마."

"……충성."

"해산."

우르르!

몸을 일으킨 간부들은 대회의실을 빠져나가기 시작했
고, 대회의실이 위치한 복도를 기웃거리던 경찰들은 그
들의 험악하고 살벌한 기세에 파랗게 질리며 다급히 비
켜선다.

그런 그들을 일견한 고위 간부들은 엘리베이터로 향하
고, 중간 간부들은 계단으로 향한다.

툭!

누군가 종혁의 어깨를 치며 지나간다.

"꼴좋네?"

"그러니 적당히 나댔어야지."

"앞으로 잘해 봐, 최 대장. 힘든 일 있으면 말하고."

"푸흐흐흐흐."

비웃으며 계단을 내려가는 박종명 파벌의 간부들.

종혁의 눈이 가늘어진다.

'재밌네.'

자신들 목숨이 언제까지 붙어 있을지 알고 저 지랄을 하는 걸까.

종혁은 후에도 저 지랄을 떨 수 있을지 무척이나 궁금했다.

"하이고, 못난 새끼들."

"최 대장, 괜찮아?"

"괜찮습니다. 그럼 오늘도 고생하십쇼. 충성."

"아, 일하기 싫다!"

"어이! 최 대장도 수고!"

각 과로 흩어지는 종혁의 지인들.

그런 그들을 바라보던 종혁은 머리를 긁으며 계단을 향해 발을 내디뎠다.

"최 대장."

"아, 과장님."

김종두 과장이 무심한 얼굴로 다가서며 검지와 중지를 입술에 가져간다.

"옥상으로?"

"1층으로 가자."

"가시죠."

건물을 빠져나온 그들은 구석진 자리로 가 서로의 담배

에 불을 붙였다.

"후우."

답답한 가슴처럼 뿌연 담배 연기.

가을의 서늘한 바람이 불어오지만, 답답한 가슴은 뻥 뚫릴 생각을 하지 않는다.

그저 담배만 뻐끔뻐끔 피우는 그들.

둘 사이에 내려앉은 침묵을 깬 건 김종두 과장이었다.

"내가 지금 혹시나 해서 묻는 건데, 설마 걔들이냐? 아 니지?"

무슨 말을 하려고 이렇게 입을 닫고 있는 걸까 하고 기 다리던 종혁은 피식 웃었다.

"우리 과장님 감 안 죽었네요. 그리고 3조 원이 아니라 9조 원쯤 될 겁니다."

"하, 씨벌……."

얼굴을 와락 구긴 김종두 과장의 머릿속이 복잡해진다.

'잠깐, 그럼 설마 청장님이 부산청만 움직이게 하는 것 도…….'

거기까지 생각한 김종두 과장은 재빨리 생각을 털어 냈다.

아직은 아무것도 확실한 게 없다. 같은 식구를 의심해 선 안 됐다.

하지만 종혁의 반응이 너무도 거슬린다.

그동안 놈들이 떴다 하면 죽일 듯 달려들었던 종혁이 너무 얌전하다. 의아해하며 종혁을 본 김종두 과장은 경 악하고 말았다.

"너, 너 설마?!"

"예. 이번 기회에 싹 다 추려 내야죠."

오싹!

정치인부터 판사, 검찰, 경찰, 언론까지.

지금 이 순간부터 조희구를 옹호하거나 물타기를 하려는 놈들은 무조건 놈들의 하수인이다. 아니라고 해도 맞는 거다.

"판이 이렇게 예쁘게 깔았는데, 뽕을 뽑아야지 않겠습니까?"

'이번엔 확실히 골라낼 수 있겠지.'

이 나라를 좀먹는 벌레들을.

광기로 일그러지는 종혁의 얼굴에 심장이 떨린 김종두 과장은 이내 흉악하게 웃었다.

"손이 부족하진 않겠냐?"

"그런 도움을 거부하는 건 또 제 스타일이 아니죠."

"푸흐흐. 새끼."

둘은 서로를 보며 고개를 끄덕였다.

그때였다.

저벅저벅!

바닥에 떨어진 낙엽을 부수며 다가오는 가볍고도 묵직한 걸음.

"그거 썩 흥미로운 이야기군요. 저도 같이 들어도 되겠습니까?"

종혁과 김종두 과장은 갑자기 나타난 정용진 과장을 보

며 눈을 크게 떴다.

* * *

어둠이 진하게 내려앉은 저녁의 칭다오의 한 부둣가.

출렁출렁 파도가 너울거리는 선착장에 불을 끈 한 대의 어선이 들어선다.

그런 어선의 선두에 서서 양팔을 벌려 불어오는 바람을 맞으며, 자유의 바람을 맞으며 흡족한 미소를 짓는 조희구.

코로 뿜어져 나오는 담배 연기가 왜 이렇게 달콤한지 모르겠다.

"부산 지부장님! 곧 배가 접안하니까 거기 계시지 마세요! 영화 흉내 내시다가 떨어지십니다! 이 밤에 물에 빠지면 시체도 못 건져요!"

"쯧."

조희구는 어쩔 수 없이 내려왔고, 배는 곧 선착장에 맞닿았다.

배가 서자마자 곧바로 뛰어내린 조희구.

뒤이어 그의 비서가 뛰어내린다.

둘은 거칠 것 없다는 선착장을 거슬러 올라갔고, 이내 곧 선착장 입구에 헤드라이트 불빛을 강렬하게 쏘고 있는 세 대의 차량 앞에 설 수 있었다.

조희구가 나타나자 재빨리 불이 꺼지는 헤드라이트.

저벅! 저벅!

불빛에 잠시 눈을 가렸던 조희구는 자신의 앞에 서며 허리를 숙이는 이십대 남성의 모습에 눈을 빛냈다.

"호오. 누구신가?"

"중국에 오신 걸 환영합니다. 오시는 길 불편하지 않으셨는지 모르겠군요. 회사 역사상 최고 매출을 올리신 분을 만나 뵙게 되어 영광입니다. 중국 동부 지부의 왕유춘 대리입니다."

"지부장을 케어하는 게 고작 대리라……."

조희구의 얼굴에 흉흉한 미소가 어리기 시작한다.

"게다가 상급자 앞에서 가명을 쓰고…… 나 오늘 은퇴하는 날이야?"

촤악!

순간 품에서 총을 뽑은 비서가 조희구 앞을 막아서며 사내의 이마에 총구를 겨눈다.

그에 다급히 품에 손을 가져가는 조희구를 마중하러 나온 사람들.

"꼼짝 마! 손가락이라도 하나 까딱한 순간 이 새낀 죽어!"

조희구도 품 안에 손을 가져간다.

일촉즉발의 흉흉한 상황.

그에 손을 들어 올리며 사원들을 말린 사내는 조희구의 눈을 빤히 응시하며 허리를 숙였다.

"죄송합니다. 최성현입니다. 직급은 대리. 지금 이 순간부터 조희구 부산 지부장님과 부산 지부의 케어를 담당하게 됐습니다."

"……아, 최 지부장 아들?"

품에서 손을 빼며 비서를 말린 조희구가 흡족하게 웃는다.

"최 지부장이 신경을 써 줬군. 이 장난은 조카의 애교 정도로 생각하지."

"모시겠습니다. 짐은 제게…… 이쪽으로 오시죠."

뚜벅, 뚜벅, 타악!

서류 가방을 품에 안은 조희구를 가운데 차량에 태운 최성현은 깊이 굽혔던 허리를 펴며 눈을 빛냈다.

'조희구…… 만만치 않네.'

일촉즉발의 상황에서도 느긋했던 조희구.

역시 지부장을 맡는 사람은 뭐가 달라도 다른 것 같다.

고개를 끄덕인 그는 허공을 향해 손을 뻗어 크게 휘저었다.

"출발!"

세 대의 검은색 차량이 칭다오의 어둠 속으로 사라졌다.

* * *

치이이익!

구름이 달을 가려 버린 새벽, 서울 어느 골목의 연탄 고깃집.

고기가 익어 가며 피어오른 연기가 향긋한 샴푸 향을
덮는다.

채재쟁!

"카아!"

"크! 역시 사우나 후에 소맥이 진리라니까!"

방금 전까지 사우나를 하고 온 종혁과 김종두 과장, 정
용진 과장이 목구멍을 차갑게 적신 술 한 잔에 나른하게
웃는다.

"그래서……."

빈 잔에 술을 따르는 정용진 과장의 눈이 날카롭게 빛
난다.

"이제 확인이 좀 되셨습니까?"

무엇을 확인한 건지 모르지만, 굳이 사우나에 간 이유
가 있을 터.

그러나 종혁은 무슨 말인지 모르겠다는 듯 의미심장한
미소를 지었다.

혀를 찬 정용진 과장은 글라스에 가득 따른 소주를 단
숨에 들이켜곤 종혁을 차갑게 노려본다.

"그래서 그 벌레들이 누굽니까?"

움찔!

크게 반응하는 김종두 과장을 일견한 종혁이 입술을 비
튼다.

"벌레? 무슨 벌레요?"

"철량리."

이번엔 종혁의 몸도 멈춘다.

찰칵! 치이익!

"두 분께서 담당했던 철량리 사건. 살펴보니 꽤 재밌더 군요."

종혁이 받은 누나를 찾아 달라는 한 통의 편지에서 시 작된 철량리 사건.

철량리라는 강원도 산골 마을은 어떤 종교 재단이 거의 장악하다시피 했다. 그러다 갑자기 증발하듯 사라져 버 렸다.

당시에도 능력이 좋았던 종혁과 미친개 도사견으로 악 명이 높았던 김종두 과장이 달려들었는데도 단서 하나 찾지 못했다.

이외에도 의심이 가는 사건은 몇 개 더 있다. 그중 하 나는 세진은행 해킹 사건. 인간을 벗어난 피지컬을 지닌 종혁이 병원에 입원한 사건이자, 당시 현장에서 구속했 던 살인청부업자가 증발해 버린 사건.

정보국 과장이었던 그가 조사를 해도 어디로 갔는지 나 오지가 않았다.

"그리고 최 대장이 중앙경찰학교에서 복귀하던 때 픽 업한 순경들도 갑자기 사라졌죠."

분명 서울에 올라온 것까지 확인이 됐는데 이후 감쪽같 이 사라졌다. 그들의 부모들까지 모두. 그 근방에 CCTV 가 거미줄처럼 깔려 있었는데도 말이다.

"더 말해 드립니까?"

"역시…… 과장님은 능력이 좋으시네요."

정용진의 표정이 굳는다.

"예, 맞습니다. 과장님의 생각처럼 이 나라에는 거대한 벌레가 있습니다."

"……들어 보죠."

"1996년 서울시 3선 시의원 박태성 자살 사건. 1999년 서울시 2선 시의원 김성령 자살 사건."

종혁이 한상원을 잡은 공로를 인정받아 중앙지검의 인턴, 명예 사무관으로 들어갔을 당시 해결한 유흥업소 사건.

그 사건에서 발견된 이중 장부에서 연결점이 드러난 김성령 의원은 서울의 어느 재개발에도 연관되어 있음이 드러나자 돌연 자살을 했다.

통칭 김 의원 사건으로 불린다.

박태성 의원은 종혁이 대검 자료실에서 발견한 사건으로, 김성령 의원과 똑같은 방식으로 자살로 위장되어 살해당한 것으로 추정되는 사건이다.

움찔!

김종두의 눈이 크게 떠진다.

"2001년 러시아 투자사기 사건. 저와 과장님이 맡았던 철량리 사건과 세진은행 사건, 중앙경찰학교."

그리고 미국에서 검거한 놈들까지.

"현재까지 놈들의 소행이라고 확인된 사건들입니다. 아, 조희구 역시 놈들일 확률이 100퍼센트입니다."

김종두와 정용진의 입이 벌어진다.

"자, 잠깐. 박태성 의원과 김성령 의원 자살 사건도 이 놈들의 소행이라고?"

"전 거의 확신하고 있습니다."

말하지 않은 사건도 있고, 이외에 놈들이 저지른 걸로 추정되는 사건들도 한가득이다.

"이 새끼들 뭐야……."

쾅!

"뭐냐고, 이 새끼들!"

예상보다 역사가 깊다. 1996년에도 사건이 벌어졌다면, 어쩌면 그 이전에도 이놈들이 대한민국에서 암약하고 있었다는 소리가 된다.

치지직!

필터까지 타들어 간 담배가 정용진의 손가락을 태운다.

"……크군요."

이 정도로 클 줄 몰랐던 듯 정용진의 눈동자가 크게 흔들린다.

종혁은 그런 그의 잔에 술을 가득 따랐다.

"어떡하시겠습니까. 고 하시겠습니까, 아니면 스톱 하시겠습니까?"

고를 할 거면 마셔라.

술잔을 빤히 바라보던 정용진은 입술을 달싹였다.

"난……."

* * *

스르륵! 탁!

연탄 고깃집을 빠져나온 종혁과 김종두가 담배 연기를 흩날리며 어두운 골목길 안쪽으로 향한다.

말 한 마디 없이 굳은 얼굴로 그저 담배만 피우는 그들.

이윽고 가로등 불빛마저 침범하지 못하는 어둠에 둘러싸이게 되자 한 음성이 그들의 발을 멈춰 세운다.

"믿어도 되는 인물인가?"

움찔!

어둠 속에서 종혁의 입술이 비틀린다.

"믿는다? 그딴 단어는 제 사전에 없습니다, 청장님."

저벅!

구둣발이 시멘트 바닥을 밟는 소리가 나며 이택문 전 경찰청장이 모습을 드러낸다.

그뿐만 아니다. 오택수와 최재수, 리순철도 함께 모습을 드러낸다.

어둠 속에서도 시린 안광을 내뿜는 오택수와 이택문 전 청장.

종혁의 눈에서도 붉은 기운이 넘실거린다.

결국 고를 하겠다며 술을 들이켠 정용진 과장.

"그럼 어떻게 할 생각이지?"

어쩌자고 다 말한 걸까.

종혁은 그에 대한 대답 대신 핸드폰을 들었다.

"예, 헨리. 부탁드리겠습니다."

쿵.

뒤통수를 때리는 충격에 오택수와 이택문의 눈동자가 흔들린다.

정용진 과장을 믿는다? 절대 안 믿는다.

그가 유능한 경찰이고, 또 믿음을 주었다지만 이건 별개의 문제다.

설령 정용진이 혹여 놈들의 하수인이라고 해도 상관없었다.

아니, 오히려 고맙다. 그를 통해 새로운 끄나풀들을 알아낼 수 있을 테니 말이다.

"정용진 과장은 정보국 출신입니다."

―최, 우린 CIA입니다.

"감사합니다."

전화를 끊은 종혁은 됐냐는 듯 이택문을 봤고, 그는 담배를 물었다.

"CIA도 끼어들었군."

"미국에도 있더군요. 놈들이."

까득!

"……크군."

너무 크고 거대하다.

"박종명도 놈들인가?"

"정황상 그럴 확률이 높습니다."

그 말에 이택문이 눈을 감는다.

이 거대한 벌레와 경찰이 연관되어 있다.

일평생 이 나라 국민들을 위해 목숨과 영혼을 바쳐 왔던 이택문으로선 도저히 견딜 수 없는 일. 그의 가슴에서 분노의 겁화가 피어오른다.

"……이게 끝인가?"

"아뇨."

그럴 리가.

종혁은 다시 핸드폰을 들었다.

"예, 차장님. 그때 말한 그 벌레, 잡으실 생각 있으십니까?"

이 판에 국정원도 끼워 넣는다.

종혁은 됐냐는 듯 사납게 웃었다.

"다음에 보지."

"부탁드리겠습니다."

이택문이 앞으로 할 일이 중요하다.

경찰청장직을 내려놓았음에도 여전히 경찰 내부에 따르는 이들이 많은 이택문.

박종명이 정말로 놈들이라면, 그를 잡기 위해선 박종명과 대척하는 파벌을 움직일 수 있는 그가 움직여 주어야만 했다.

"같이 가시죠, 청장님. 아, 그런데 앞으로 어떡할 거야? 박 청장이 경고했잖아?"

"뭐, 사건을 찾아봐야죠."

박종명뿐만 아니라 놈들의 뒤통수를 치기 위해서라도 이번 일과 완전 별개의 사건을 맡아야 할 것 같다.

"야, 우리 애들 건 뺏지 마라."

"설마 제가 그러겠어요?"

"그럼 다행이고. 알았어. 적당히 마시고 내일 보자."

"옙. 들어가십쇼. 충성."

종혁은 어둠 속으로 사라지는 둘을 보며 담배를 물었다.

"대, 대장님."

하얗게 질려 있는 최재수의 모습에 종혁은 담배로 가져가던 라이터를 내렸다.

"그래, 너도 이젠 알 때가 된 것 같네. 그동안 따돌려서 서러웠지? 그런데 재수야."

순간 종혁의 눈동자에서 감정이 사라진다.

"너 이거 알면 목숨 걸어야 해. 그럴 수 있겠냐?"

철렁 내려앉는 최재수의 심장.

"저, 전…… 후우."

심호흡을 하며 마음을 고른 최재수의 눈이 살벌해진다.

"대체 어떤 새끼들입니까?"

종혁의 입가에 미소가 번졌다.

* * *

한편 종혁과 김종두가 떠나고 홀로 남겨진 정용진 과장.

주인마저 꾸벅꾸벅 조는 조용한 술집에 앉아 무엇을 생각하는지 모를 무심한 얼굴로 술잔을 기울이던 정용진이 술잔을 내려놓는다.

'벌레라⋯⋯. 벌레⋯⋯.'

"이 나라에 참 큰 벌레가 살고 있었네."

종혁의 사건들을 보며 어림짐작했던 것보다 훨씬 큰 벌레다.

너무 커서 그 윤곽조차 보이지 않은 거대한 괴물. 자칫 털끝이라도 잘못 건드렸다가는 그대로 잡아먹히고 말 터.

호기심에 너무 위험한 일을 알아 버리고 말았다.

꼴꼴꼴!

다시 술을 따르는 그의 손이 떨린다.

분명 승낙은 했지만, 정용진 과장은 후회에 휩싸인다.

술잔을 가만히 응시하던 정용진은 눈을 질끈 감으며 술을 들이켰다.

벌컥벌컥!

목구멍과 배 속을 뜨겁게 데우는, 마치 그 옛날 경찰 선서를 할 때처럼 뜨거움이 가득한 술.

타아악!

"그래, 난 경찰이지."

민중의 지팡이. 국민을 수호하고, 범죄자를 때려잡으며 억울한 피해자를 보호해야 하는 경찰.

이 몸과 영혼은 국민에게 바쳤노니, 국민에게 해가 될

놈이라면 제아무리 무서운 괴물이라도 단칼에 베어 버려
야 했다.

어느새 눈빛이 차갑게 가라앉은 정용진은 핸드폰을 들
었다.

아무래도 그동안 쌓아 왔던 모든 걸 이용해야 될 것 같다.

"강 과장. 나야, 용진이. 우리 술 한잔할까?"

정용진의 오랜 친구이자 동기인 정보국 과장인 강 과장.

'일단은 이놈부터.'

모든 걸 이용하기 전에 인간관계부터 재정립해야 됐
다.

그래야 느닷없이 칼을 맞지 않는다.

그의 눈이 시리게 빛나기 시작했다.

* * *

경찰청장실.

박종명이 인사과에서 올라온 서류를 빤히 응시한다.

임세라. 나이 28세. 계급 경위.

종혁이 요청한 특별인사이동 대상자의 서류다.

"재밌군."

머리에 피도 마르지 않은 일개 경위, 임세라.

종혁이 이 정도밖에 안 되나 실망이 들면서도 임세라에
게 어떤 특이한 점이 있나 생각을 하게 된다.

토옥! 톡!

검지로 소파의 팔걸이를 두드리던 그는 핸드폰을 들었다.

"최 대장은 지금 뭐하고 있지?"

ㅡ이번에 검거한 여자유도부 코치의 핸드폰과 컴퓨터 포렌식, 금융거래 내역 조회를 의뢰했고, 오택수 경감과 최재수 경장은 인천의 동명여중으로 향했습니다. 동명여중은 범인이 이전에 근무했던 학교입니다.

"다른 건?"

ㅡ그 외에 별다른 건 없습니다. 최 대장도 현재 사무실에 있는 걸로 파악됩니다.

"어젯밤 늦게 퇴근했다던데?"

ㅡ몇몇 지방청과 관할 서에 미제 사건들에 대해 문의를 했답니다. 아무래도 청장님께서 하신 경고 때문에 그런 게 아닐까 싶습니다만…….

"흠."

'그놈이 그렇게 호락호락한 놈이 아닐 텐데 말이야…….'

"퇴근은 혼자 했나?"

ㅡ특수범죄수사과의 김종두 과장과 간편신고관리과의 정용진 과장과 함께 퇴근을 했습니다. 강남의 사우나에서 목욕을 하는 것까지 파악했습니다만 그 이상은…….아무래도 저희가 회의가 끝난 후 한 소리를 했더니 그런 게 아닌가 싶습니다.

종혁의 전 상사인 김종두 과장과 정용진 과장.

"쯧. 알았어."

-청장님, 정말 최 대장을 쳐 내시려는…….

"끊어."

통화를 종료한 그는 다시 생각에 잠겼다.

'정말 내 뜻처럼 순순히 다른 사건을 맡는다는 건가…….'

"그럼 다행이긴 하겠지만…… 쯧. 조 회장과 얽혀서 이게 무슨 난리인지 모르겠군."

러시아에서도 이런 사업, 아니 사기를 저지르고 있다는 조희구.

팅!

임세라의 특별인사이동 서류에 도장을 찍은 박종명은 다른 핸드폰을 꺼내 어딘가로 전화를 걸었다.

"그래, 조 회장. 중국 공기는 맡을 만하나? 뭐? 골프? 하하하!"

경찰청장실에서 추악한 냄새가 나기 시작했다.

* * *

부산의 JH메디컬! 사기로 판명?

추정 피해액 3조 원! 제2의 JU인가!

부산지방검찰청, 특별수사대책본부 수립!

부산으로 모이는 엘리트 검사들, 조희구 딱 기다려!

카메라 앞에 선 검찰총장, 조희구 잡겠다! 믿어 달라!

경찰청장, 총력을 다해 검찰을 지원하겠다.

전국이 들썩이기 시작했다.

좌락!

"난리구만?"

대한민국 모든 신문 1면이 조희구 사건을 다루고 있다.

"커뮤니티에서도 난리가 아닙네다."

"그래?"

순철의 자리로 간 종혁은 모니터를 보며 혀를 찼다.

−이렇게만 하면 3조 원 벌 수 있다?

−이딴 사기에 속는 새끼들은 진짜 병신이냐?

−ㅋㅋㅋ 사기당한 새끼 집 앞 인증 간다.

−사기를 당했습니다. 죽고 싶습니다 ㅜㅜ

−조희구 회장님 10억만!

"여긴 언제 봐도 지랄 염병이네."

어느새 모여든 오택수와 최재수도 혀를 찬다.

"아니 어떻게 전 재산을 사기당한 사람에게……."

"원래 이런 놈들이니까 신경 꺼. 아니다. 이 새끼들한
테 그냥 소장 날릴까?"

"부산청에서 지랄합니다. 찢어 죽이고 싶더라도 일단
놔둘 수밖에 없어요."

"염병."

"영 뭣 같으면 자료 취합해서 부산청에 넘기든가요."

바빠 죽겠는데 이런 것까지 해야 하냐는 소리를 듣겠지

만 말이다.

그 말에 혀를 찬 오택수는 고민에 빠지기 시작했다.

"아, 철아. 일단 경찰 욕하는 건 모아 놔."

"이치들이 사고를 치길 바라는 겁네까?"

"사람이 살면서 범죄 한 번 안 저지르겠냐."

단순히 무단횡단을 하다 걸려도 이렇게 악질이라는 걸 증명할 자료로 쓸 수 있다. 그럼 단돈 천 원이라도 많은 벌금을 받게 될 터.

함부로 입을 놀렸으면 그 죗값을 받아야 했다.

"홍보부에도 말해 놓을 테니까 그쪽과 연계해서……."

띠리링! 띠리링!

갑자기 종혁 자신의 자리에서 울리는 내선 전화.

종혁은 순철의 자리에 놓인 전화기로 전화를 끌어와 받았다.

"특별범죄수사대 대장 최종혁…… 아, 박상영 포렌식 결과 나왔다고요?"

─예, 대장님. 그런데 이게…….

"응? 왜 그래요?"

─후. 지금 결과 보냈으니까 확인해 보세요. 그러면 제 가 왜 이러는지 아실 겁니다. 수고하십쇼.

미간을 좁힌 종혁은 순철을 봤다.

"포렌식 결과 넘어왔다니까 확인해 봐."

"예. 알겠습네다."

타라락!

순간 9개의 모니터에 쫙 펼쳐지는 박상영 코치의 핸드폰과 컴퓨터 포렌식 및 금융거래 기록.

그 순간 종혁을 비롯한 4명의 얼굴이 딱딱하게 굳는다.

"이건 또 뭐야……."

한 모니터에서 나타난 어린 살색의 향연.

그들의 뒷목에 난 솜털이 쭈뼛 솟기 시작한다.

그때였다.

쿵쿵쿵! 벌컥!

"충성! 경위 임세라! 금일부로 본청 특별범죄수사대로 특별인사이동을 명…… 응?"

세라는 사무실을 가득 채운 숨 막힐 듯한 침묵에 눈을 크게 떴다.

* * *

쪼르르!

커피머신에서 커피를 따른 종혁이 임세라에게 넘겨준다.

"하, 그리웠다. 이 맛. 이 커피."

경찰대에 있을 때만 겨우 얻어먹었던 고급 원두커피.

믹스커피의 단맛에 절여진 혓바닥에 안식이 찾아든다.

"아, 존댓말을 해야…… 되나요?"

"됐어. 공적인 자리에서만 지키면 돼."

"오케바리! 사랑해!"

"그런데 뭐야. 인수인계는 어떻게 하고 온 거야?"

위에서 특별인사이동 발령이 통과된 게 어제였다.

하루 만에 인수인계를 끝냈을 리는 없었기에 종혁은 의 이한 표정을 지었다.

"인수인계는 무슨……. 나 대기발령 상태였어."

"잉? 어쩌다?"

"패 버렸거든. 어떤 개새끼를."

종혁은 살벌한 그녀의 눈빛에 이마를 잡았다.

"너 또 불알 깼지? 좀 안 들키게 패라니까."

"아니, 구래두 그 염병할 놈이……."

순간 아차 한 세라는 이쪽을 곁눈질하는 오택수와 최 재수, 리순철의 모습에 입을 꾹 다물었고, 종혁은 내숭을 떠는 그녀의 모습에 헛웃음을 터트렸다.

"자, 다들 주목! 우리 특수대에 새 식구가 합류했다."

종혁은 나머지 인사는 네가 하라며 임세라를 봤고, 그 녀는 몸을 일으켜 세 명의 대원들을 향해 거수경례를 했 다.

"충성! 경위 임세라! 현 시각부로 특별범죄수사대, 특 수대로 특별인사이동을 명 받았기에 이에 신고합니다! 나이는 28세! 키 168센티미터, 몸무게 59킬로. 쓰리사이 즈는 34, 28, 36! 화끈한 다이너마이트 몸매! 우!"

삐끗!

자세가 무너진 사람들이 입을 떡 벌린다.

"참고로 좋아하는 남성상은 밥이랑 예쁜 속옷 사 주는

남자니까 속옷 선물을 해 주시려면 참고해 주시길 바랍니다앙. 충성!"

오택수는 또라이가 왔다며 고개를 저었고, 최재수는 또 상급자가 왔다고 머리를 쥐어뜯었으며, 순철은 수치심을 모르는 그녀의 모습에 입을 다물 줄 몰랐다.

그건 종혁도 마찬가지다.

"야, 너 가슴 사이즈 겨우 비……."

"동기님, 그러다 뒤져요."

"큼. 아무튼 여기 임 경위가 내 동기기는 하지만, 현장 경력은 얼마 없는 병아리니 알아서들 대하면 될 겁니다. 아, 최재수."

"예."

"내가 걱정돼서 하는 말인데, 네가 더 현장에 오래 있었다고 쓸데없이 갈구거나 트집을 위해 트집 잡지 마라. 그러다 황천 간다."

경찰대 48기 미친년 임세라. 남장을 하여 남자 무에타이 대회에 출전에 신인왕을 따낸 미친년이다.

그런 임세라를 종혁이 경찰대 4년 동안 인간병기로 만들어 놓았다. 같은 신체 조건이면 종혁조차도 애먹을 수준이었다.

"특기가 불알 까기랑 대가리 깨기거든? 얘 끓는점 낮으니까 병원 신세 지기 싫으면 입단속 잘해."

"제, 제가 뭐, 뭘요!"

"어머. 저 오빠야가 동기님이 말한 그 재수 씨야? 한

대 씨게 때려 주고 싶은 귀여운 재수 씨? 진짜 맛있
게…… 호호, 멋있게 생겼네. 반가워요. 최 경장, 앞으로
잘해 봐요."

오싹!

"마, 맛……."

'아, 맞아. 얘 키 크고 슬림한 남자가 취향이었지?'

"들었지? 내가 진짜 걱정돼서 하는 말이니까 새겨들
어. 둘이서 술 먹자고 하면 절대 가지 말고."

"네, 넵!"

"내가 뭘! 그리고 재수 씨도 그렇게 대답하면 섭하지!"

"그리고 저쪽은 오택수 경감. 베테랑이시니까 잘하고."

"선배님 소문은 익히 들었습니다. 충성!"

"어이. 잘해 보자고."

"저쪽은 얼마 전 합류한 리순철 경장. 특수대의 유일한
사무요원이니까 필요한 자료 같은 거 있으면 쟤한테 요
구하면 돼."

"자료?"

"해킹이 필요한 수준을 제외한 모든 자료."

눈을 번뜩인 세라가 리순철에게 다가가 어깨를 주무른
다.

"히익! 뭐, 뭡네까!"

"순철 씨, 애인은 있어? 이 누나가 밥 잘 사 주는 누나
들 많이 알거든? 연애하고 싶으면 언제든 말만 해요. A
부터 E까지 다 있으니까."

"A? E?"

"요거요, 요거. 남자들이 제일 좋아하는 거. 가슴."

"이, 이 미친 애미나이래! 썩 꺼지지 못하겠네!"

종혁은 순식간에 난장판이 되는 사무실의 분위기에 흐뭇하게 웃었다.

"순진한 애 그만 놀리고 이리 와, 인마."

"응! 아, 그런데 내 자리는 어디야?"

딱 그들 네 명 자리밖에 없는 특별범죄수사대.

"마음에 드는 장소 찍어. 빈자리야 만들면 되니까. 그리고 이따가 시간 좀 내고. 네 전용 의자 맞춰야 하니까."

그녀의 몸에 맞게 커스텀을 해야 됐다.

"복지 진짜 죽이네. 그럼 난 여기!"

최재수의 옆자리다.

경기를 일으킨 최재수는 울상을 지으며 종혁과 오택수에게 살려 달라는 눈빛을 보냈지만, 둘은 가볍게 무시했다.

종혁은 순철에게 다가갔다.

"사진 주인들은 찾았어?"

박상영의 컴퓨터 비밀폴더와 핸드폰에서 발견된 십대 및 이십대 여성의 나체 사진들.

그 말에 순철의 표정이 굳는다.

"나오지가 않습네다."

박상영이 재직할 당시의 인천 동명여중과 진명고 여자 유도부 전원의 사진을 구해 대조해 봤지만, 거의 일치하지가 않는다.

"……뭐?"

이번엔 종혁의 표정도 굳는다.

"일치하는 사람들은 이들입네다."

6명. 수치스러운 듯 얼굴의 반 이상을 손으로 가린 채 알몸으로 서 있거나 모텔 침대 같은 곳에 누워 있는 어린 소녀들.

역시 운동을 한 사람답게 근육이 일반인과 다르다.

"하지만 나머지 48명은 현재 신원이 파악되지 않고 있습네다."

그러며 모니터 화면에 띄우는 여성들의 사진은 방금 전 사진들과 약간 결이 다르다.

손으로 얼굴이나 몸을 가린 여성들도 있지만, 마치 아마추어가 프로를 따라 하듯 적나라하게 가슴과 성기를 드러낸 사진들이 대부분이다.

해맑게 웃거나 우중충한 표정을 짓는 등 다양한 감정을 드러내는 여성들.

심지어 사진작가가 촬영한 것 같은 사진들도 많고, 성관계 영상도 있다.

박상영 코치의 행동으로 미루어 짐작하건대, 겁박을 했거나 돈을 주고 성매매를 했던 여성들임이 분명했다.

빠드드드득!

"하, 이 개새끼."

종혁은 오택수와 최재수를 봤다.

"재수와 오 경감님은 박상영이 일했던 학교들 찾아가서 여학생들 얼굴 사진 확보하고, 철이는 그거 대조하면서 이 사진들이 유포됐는지 확인해 봐. 아무래도 이 사진들이 마음에 걸린다."

전문가가 찍은 것 같은 사진들.

그의 집을 압수 수색을 할 때, 캠코더를 제외한 다른 촬영 장비들이 나오지 않았으니 박상영에게 협조한 사람이 있다는 뜻이다.

"알갔습네다."

"세라, 넌 박상영 데려와."

"오케이."

빠드득!

사무실을 나서는 임세라의 몸에서 살의가 넘실거리기 시작했다.

* * *

덜컥.

취조실의 문이 열리며 박상영이 들어온다.

유치장 안에서 무슨 말을 들은 건지 콧방귀를 뀐 박상영이 빈자리에 앉으며 다리를 꼰다.

"임세라."

"개새끼!"

허공을 날은 임세라가 그대로 박상영의 가슴을 걷어찬다.

"으억?!"

소파와 함께 뒤로 넘어간 그.

임세라가 그의 머리칼을 잡아채 들어 올린다.

"아악! 머리! 머리!"

"이 좆뿌리를 뽑아 버릴 새끼! 대장, 어떻게 할까?!"

"얼굴만 패지 마."

"오케바리. 넌 뒤졌어."

임세라가 주먹을 들자 박상영은 하얗게 질렸고, 몸을 일으키며 거울 유리 너머로 녹화 중단 신호를 보낸 종혁은 취조실을 나가 안으로 들어오려는 경찰을 말렸다.

"악! 으악! 이, 이 개 같은 년이!"

"뒤져, 새꺄!"

"담배나 한 대 태우시죠?"

"아니, 저……."

"자기 제자들, 십대 소녀들을 성추행한 놈입니다."

"……어휴. 이런 거 받으면 안 되는데……."

"에이. 같은 식구끼리 내외하면 쓰나요."

"어흠. 그럼 염치 불구하고 한 대 피우겠습니다."

근처 재떨이 앞에 선 그들은 담배를 물었다.

찰칵! 치이익!

"푸후우. 요새 많이 힘드시죠?"

"말해서 뭐합니까. 아주 지들이 상전이에요, 상전. 이거 해 달라, 저거 해 달라. 어휴."

보통이 아닌 범죄를 저지르는 놈들만 모아 놓는 본청

유치장.

그렇기에 이들, 유치장을 관리하는 경찰들도 그들을 함부로 대할 수가 없다.

"형사님은 좀 어떠세요? 역시 형사 일은 힘든가요?"

형사 일에 관심이 많은지 눈을 빛내는 경찰.

"웬만하면 하지 마세요. 걸핏하면 잠복에, 범인 추적에. 집에 언제 들어갔는지 기억도 안 납니다, 이젠."

"그래도 저 개 같은 놈들을 때려잡을 수 있잖습니까."

"제 꿈이 정시에 퇴근하는 겁니다."

"에이. 범죄자 잡으려면 그 정도는 감수해야죠. 그보다 수사 부서로 옮기려면 어떡해야 되나요?"

'에휴. 저러다 대가리 몇 번 터져 봐야 이런 생각을 안 할 텐데…….'

그렇게 두런두런 이야기를 하던 종혁은 담배를 모두 피우자 몸을 돌렸다.

"그럼 조금만 더 수고해 주십쇼."

"천천히 하셔도 됩니다. 시간 많습니다."

"하하. 감사합니다."

문을 열고 들어간 종혁은 거친 숨을 몰아쉬는 임세라와 피투성이가 되어 바닥에 널브러진 박상영을 보곤 혀를 찼다.

"얼굴은 때리지 말라니까."

"이, 이놈이 반항을 해서……."

"자, 그걸로 대가리 긁어서 피 좀 뽑아."

"오! 그런 방법이!"

라이터를 던진 종혁은 박상영 옆에 쪼그리고 앉았다.

"이, 이거 인권 탄압이야. 겨, 경찰이 이래도 되는 거야? 내가 너희 가만 안 둘 거야!"

"어. 너처럼 자기 믿는 사람 성폭행하는 새끼한테는 이래도 돼. 이것보다 더한 것도 해도 된다?"

범죄자를 사람으로 보지 마라.

그것이 박종명 경찰청장이 항상 강조하는 말이었다.

그가 참 마음에 안 들지만, 이거 하나만큼은 맘에 들었다.

종혁은 박상영의 새끼손가락을 잡으며 싱긋 웃었고, 박상영은 눈을 부릅떴다.

섬뜩!

"뭐, 뭐하려는 거야! 하, 하지 마!"

"이 악물어라. 혀까지 잘린다."

"하지 말라고!"

"왁!"

"으악!"

눈을 질끈 감았던 박상영은 아프지 않자 슬그머니 눈을 떴고, 종혁은 그런 그를 차갑게 노려봤다.

이런 겁쟁이가 어떻게 그런 참혹한 짓을 저지른 걸까.

"병신 새끼."

"너어……!"

"다음엔 진짜다."

"······."

박상영의 얼굴이 파랗게 질리자 종혁은 고개를 끄덕였다.

이제야 대화를 할 준비가 된 것 같았다.

"박상영, 지금부터 딱 하나만 물어볼 텐데 이걸 순순히 대답하느냐 마느냐에 따라 네 유치장이랑 교도소 생활이 달라지게 될 거야."

"뭐, 뭔데······ 요?"

"이 사진."

종혁은 박상영의 핸드폰과 컴퓨터에 있던 사진을 보여 줬다.

"헉?!"

경기를 일으키듯 놀라는 박상영.

검게 죽는 그의 얼굴에 종혁의 가슴으로 뜨거운 바람이 분다. 종혁의 표정이 살벌하게 일그러지기 시작했다.

"이 사람들 누구야."

"아, 아닙니다! 애들은 내가 한 애들이 맞는데, 이 애들 은 모르는 애들이라고요! 나도 학생들한테 압수한 거란 말입니다!"

쿵!

"······뭐?"

종혁의 눈이 부릅떠졌다.

종혁은 간단하게 치료를 받는 박상영을 가만히 응시했 다.

"그러니까 진명고 남학생들한테서 압수를 했다고?"

여자유도부 건물 뒤에서 담배를 입에 문 채 시시덕거리며 보고 있기에 압수해 자신의 것으로 삼은 박상영.

"확실해? 아니면 너 진짜 죽어."

"정말이야! 다 들통난 마당에 내가 왜 거짓말을 해!"

비록 누군지는 모르지만 거짓말은 아니었다.

"마, 맞아! 2학년! 명찰이 2학년 거였어!"

"그렇단 말이지……?"

'이런 짓을 저지른 놈이 따로 있단 말이지? 그것도 트로피처럼 자랑하듯이 돌려 볼 정도의 놈이?'

순간 취조실에 끔찍한 살의가 몰아친다.

"흡?!"

감정이 사라진 종혁의 눈을 본 박상영이 더 파랗게 질린다.

"박상영."

"으, 응!"

"그럼 이 학생들은 성폭행하고, 촬영한 것은 인정하지?"

"그, 그건……."

"야. 상황 파악 안 되냐? 이 사람들까지 다 엮어 줘?"

"……예. 제가 한 거 맞습니다."

종혁은 고개를 푹 숙이는 그를 쳐다보다 몸을 일으켰다.

"세라야, 이 새끼 추가 진술 받아."

"예, 대장님."

고개를 끄덕인 종혁은 핸드폰을 들었다.

"예, 오 경감님. 지금 어디세요?"

－진명고에 거의 다 와 가는데 왜?

"턴 해요. 상황이 좀 커졌으니까."

분명 사진작가가 찍은 듯한 사진도 있었다. 이는 곧 범인이 사진작가까지 섭외할 정도로 전문적이고 잔인하단 소리다. 고작 십대가 말이다.

어쩌면 피해자가 더 있을 수도 있었다. 가해자도.

그 말에 오택수는 이를 갈았다.

－이 개새끼들……. 오케이. 알았어.

여차하면 범인이 증거를 지워 버릴 수도 있는 상황. 한번에 몰아쳐야 했다.

통화가 끊기자 종혁은 취조실을 나서며 이번 사건의 담당 검사에게 전화를 걸었다.

"예, 검사님. 저 특별범죄수사대의 최종혁 경정입니다. 혹시 지금 시간 되십니까?"

진명고 2학년 전체, 남학생과 여학생 전부의 핸드폰을 압수해야 한다. 검사의 협조는 필수였다.

'부디 허락해 주면 좋을 텐데 말이야.'

종혁의 눈빛이 서늘하게 가라앉았다.

* * *

2년 전 신설이 된 여성아동범죄조사부의 한 검사실.

"예. 그럼 오늘 저녁에 뵙겠습니다."

온갖 사건 자료들이 산더미처럼 쌓여 있고, 한 곳에 라꾸라꾸 침대가 세워진 그곳에 앉은 덥수룩한 머리에 안경을 낀 삼십대 후반의 검사가 전화기를 내려놓으며 생각에 잠긴다.

"공 계장님."

"네, 검사님!"

한쪽에서 열심히 사건을 처리하던 오십대 여성이 얼른 다가온다.

"혹시 경찰 본청 특별범죄수사대에 대해 알아요?"

"아, 이번에 신설된 곳 말하시는 건가요? 글쎄요. 부서 이름은 들어 봤지만……."

"그럼 최종혁 경정에 대해서는요?"

"아! 그 이름은 알고 있죠!"

"알아요?"

"네! 저희 여성아동범죄조사부 설립에 공을 올린 경찰인걸요!"

"……경찰 따위가요?"

"그때 최 경정이 해결한 사건들이 꽤 이슈가 됐다고 해요."

그 사건들을 기점으로 전 정권의 강력한 의지 아래 여성아동범죄조사부가 신설되었다. 이는 종혁이 회귀하기 전보다 무려 5년이나 빠르게 창설된 것이었다.

"거기다 강철선 부장검사님과도 인연이 깊고요!"

"특수부의 강 부장님이요?"

"네. 이건 저도 여기 와서 들은 소문인데…….."

다른 사무원들의 눈치를 본 공 계장이 검사의 귀에 입술을 가져간다.

"강 부장님을 특수부에 올려놓은 게 그 사람이란 말이 있더라고요."

움찔!

"그딴 개소리를 믿는 겁니까? 감히 경찰 따위가요?"

"저, 저도 들은 소문이라고요! 거, 거기다 그 사람이 엄청 유능하다고 하고…….."

"어떤 게요? 어떤 사건을 해결했는데요?"

"그, 그게…….."

검사의 눈이 한심함으로 물든다.

그에 공 계장은 억울했다.

'나도 당신이랑 같이 왔잖아요!'

충남 서산이라는 작은 도시에서 눈앞의 검사와 함께 올라온 그녀. 서울 깍쟁이들은 그녀를 시골 사람이라고 도통 상대해 주지 않았다.

"하아."

"어, 어디 가시게요?"

"내가 그런 것까지 보고해야 됩니까?"

혀를 찬 그는 곧바로 부장검사실로 향했다.

똑똑!

"들어와."

문을 열고 들어간 그는 히죽 웃으며 고개를 숙였다.

"예. 당연히 그래 드려야죠. 예, 하하. 걱정······ 직원이 찾아왔네요. 이따가 다시 연락드리겠습니다. 그래, 안 프로. 안 그래도 부르려고 했는데 무슨 일이야?"

"형님."

"······쯧. 회사에선 부장님이라고 했잖아, 매제."

"예, 부장검사님. 하하하."

충남 서산지청에서 구르던 그가 서울 중앙지검의 신설 부서로 올라올 수 있었던 이유. 그것은 바로 혈연이었다.

아내의 오빠가 바로 눈앞의 부장검사였다.

"그런데 절 왜 부르려고 하셨는지······."

"으응. 별거 아냐. 그보다 무슨 일인데?"

"혹시 저번에 스쳐 지나가듯 말하셨던 경찰 본청의 최종혁 경정에 대해 기억하십니까?"

움찔!

부장검사의 시선이 잠시 손에 쥐고 있는 핸드폰으로 향한다.

"누구? 최종혁 경정?"

"그때 이놈이 하는 일은 태클 걸지 말라는 검사장님의 지시가 있었다고 하시지 않았습니까."

"아아, 그래. 그랬지."

과거에 한 검사가 종혁의 사건에 태클을 걸려고 했다가 대검 중수부 부장검사 출신인 중앙지검 검사장에게 한소리 크게 들은 걸 말한 적이 있다.

"저도 웬만하면 그러려고 했는데 이놈이 감히 경찰 주

제에 검사보고 오라 가라 해서 말입니다."

"……안 프로가 지금 맡고 있는 사건이 뭐였지?"

"운동부 코치가 운동부원들을 성추행한 사건입니다."

"흠. 사소한 사건이네?"

"그렇죠. 모름지기 운동을 하려면 그런 치욕도 겪으면서 어? 하하하."

"흠. 사소한데 그런다라……."

무슨 생각을 하는지 그의 표정이 복잡해진다.

"알았어. 일단 만나 봐. 그리고……."

검사는 이어지는 부장검사의 말에 눈을 동그랗게 떴다.

* * *

청담동의 한 일식집.

아직 약속 상대가 도착하지 않은 방에 앉은 종혁이 생각에 잠긴다.

'안동호. 나이 39세.'

지방대 출신의 검사로, 작년까지 충남의 대전지검 서산지청에 있다가 서울중앙지검으로 픽업이 된 인물.

여성아동범죄조사부 부장검사의 막냇동생과 결혼을 한 사이로, 그 때문에 픽업이 된 게 아닌가 하는 인물이다.

'30살 늦은 나이에 사법시험에 합격해 사법연수원에선 중위권 성적을 유지, 군법무관도 다녀왔고.'

이는 이번 사건의 담당 검사인 안동호 검사가 실질적으로 검사 생활을 그리 오래한 인물이 아니라는 뜻이다.

'어떤 타입이려나.'

부디 말이 통하는 타입이면 좋을 것 같았다.

똑똑똑!

"손님께서 도착하셨습니다."

종혁은 몸을 일으켰고, 문이 열리며 안동호 검사가 안으로 들어왔다.

"이렇게 얼굴을 뵙는 건 처음인 것 같습니다, 검사님. 경찰 본청 특별범죄수사대를 이끌고 있는 최종혁 경정입니다."

"어흠. 안동호요. 중앙지검 여성아동범죄조사부 소속이고."

꿈틀!

너무 짧은 그의 말에 종혁의 낯빛이 어두워진다.

'설마…….'

"하하. 만나 뵙게 되어 반갑습니다. 앉으시죠."

"큼."

종혁의 맞은편에 앉은 그가 아닌 척 슬그머니 주위를 둘러본다.

마치 이런 고급스러운 곳은 처음인 듯 미묘하게 경직된 자세와 흔들리는 눈동자. 그와 동시에 음식이 들어오고, 종혁은 한 번 더 놀라는 그의 모습에 속으로 다행이라고 옅게 웃으며 사케 병을 들었다.

"진즉에 인사를 드렸어야 했는데, 이렇게 늦게 연락드려 죄송합니다. 이건 그 사과의 의미로 사는 것이니 만약 제게 노여움이 있다면 이 기회에 푸셔 주기를 부탁드리겠습니다."

종혁이 공손히 머리를 조아리자 안동호의 어깨가 슬쩍 펴진다.

"흐음. 나이가? 꽤 동안인 것 같은데 말이야."

"스물여덟입니다, 검사님."

"어린데?"

동안이 아니라 그냥 어리다.

순간 안동호의 눈에 거만함과 경멸, 짜증 등 복잡한 감정이 차오른다.

'어린놈의 새끼가 감히!'

괘씸함이 더해진다.

"그 나이에 이런 곳에서 밥을 살 정도라…… 집이 잘사나 봐?"

"부모님께서 자산이 좀 많으십니다."

"그 나이에 본청 과장이 된 걸 보니 어디 재벌의 사생아? 어느 집안이야?"

"그냥 평범한 집안입니다, 검사님."

"그래, 나 같은 일개 평검사는 감당이 안 된다는 거지?"

종혁은 미소를 잃지 않고 고개를 숙였다.

"앞으로 많은 지도 편달 부탁드리겠습니다. 음식이 식

습니다. 어서 드시죠."

"그래, 어디 재벌 사생아가 사 주는 밥 좀 먹어 보자."

"지금 집으신 건 일본에서 공수되어 온 혼마구로의 볼 살입니다. 처음엔 와사비만 살짝 찍어 먹는 걸 추천드립 니다."

"그래? 어디…… 오! 입에서 살살 녹네! 역시 비싼 건 다른데?"

"다음으로는 여기 중뱃살을 드셔 보시죠. 따뜻한 사케 와 함께 드시는 걸 추천드립니다."

"오! 오호!"

기름기가 적은 부위마저 입안에서 사르르 녹아내린다.

그동안 자신이 먹어 왔던 참치는 마치 쓰레기였던 것처 럼 느껴지는 고급스러움의 향연.

'크! 이래서 사람은 서울로 와야 한다니까!'

안동호는 충남 서산 그 시골에선 꿈도 꿀 수 없었던 대 우에 흡족하게 웃으며 연신 참치와 사케를 즐겼고, 종혁 은 그런 그의 모습에 술을 홀짝이며 속으로 혀를 찼다.

'이런 부류면 골치 아파질 확률이 높은데……'

정말 그렇다는 듯 어느 정도 배가 찰 때까지 안동호의 입은 열리지 않았다.

"크! 좋네! 어우, 배부르다."

"입에 맞으셨는지 모르겠습니다. 식사 메뉴를 들이라 고 할까요?"

"됐어. 여기까지. 밥은 이따가 먹자고."

"예?"

"그래서 감히 중앙지검의 검사를 소환한 이유가 뭐야?"

종혁은 말속에 가득 들어 있는 권위주의에 한숨을 내쉬었다.

"영장을 좀 신청하고 싶어서 말입니다."

"결국 구속까지 시키겠다고? 이봐, 최 대장. 압수수색 영장도 내가 무리해서 통과시킨 건 알고 있어?"

아니다. 부장검사에게 들은 말이 떠오른 것도 있지만, 딱히 반려할 이유가 없어서였다.

'경찰 놀이나 하는 재벌가의 사생아인지, 아니면 비리 경찰인지는 몰라도 아주 마음에 들지 않아. 검사장님하고 아는 사이라서 뭐?'

검사장이 뭐라 하든 경찰은 검찰의 밑, 따까리였다.

검사가 명령을 하면 그대로 해야 되는 개.

이렇게 겸상을 한 것만으로도 검사장에게 충분히 예의를 차린 것이었다.

"안 그래도 박상영을 유치장에 가두고만 있다며? 그런데 구속 영장? 또? 야, 지금 나랑 장난해? 검사가 지금 네 따까리로 보여? 어?!"

종혁은 그의 급발진에 놀랐지만 흔들림 없이 고개를 숙였다.

"그 부분은 정말 감사하지만, 새로운 사실이 밝혀져서 말입니다. 부디 노여움을 푸시고 제 말을 조금만 더 들어 주시면 감사하겠습니다."

"새로운 사실이고 나발이고!"

쾅!

"네가 말하면 내가 들어야 하는 거냐고! 이 대한민국 검사가!"

순식간에 난장판이 된 식탁에 종혁의 표정이 오묘해진다.

'햐, 이건 또 오랜만이네.'

회귀 후 일이 잘 풀려서 검찰과의 협업이 잘됐을 뿐, 종혁에게 있어 이런 일은 한두 번이 아니었다.

참 다양한 이유로 반려되던 영장들.

이것이 단순히 경찰을 밑으로 봐서인지, 아니면 길들이기인지는 몰라도 회귀 전 참 많이 당한 짓이었다.

이 이상 무슨 말을 하더라도 안동호가 듣지 않을 거란 걸 종혁은 깨달은 종혁은 고개를 깊게 숙였다.

"죄송합니다. 제가 큰 결례를 끼쳤습니다."

그런 그의 사과에 안동호는 그의 뒤통수를 보며 흡족하게 웃었다.

'그 소문이 사실이란 말이지?'

안동호 자신처럼 경상도 촌놈이었던 강철선을 특수부 부장검사로 만든 존재. 강철선이 해결한 초대형 사건 중 다수가 눈앞의 종혁의 손을 거쳤다고 했다.

'이런 놈을 잘 컨트롤해서 사건을 가져다 바치게 만든다면?'

자신이라고 그런 승진 가도를 걷지 못할 건 또 뭐란 말인가.

'물론 형님부터 올려 드려야겠지만. 흐흐흐.'

"그래요. 이렇게 사과하니까 얼마나 좋아요. 우리 잘합시다. 예?"

"예, 알겠습니다."

"그래서 내용이 뭔데요?"

종혁은 고개를 번쩍 들었다.

"내가 방금 전 말이 심한 것 같아서 들어나 보려고 그래요."

"그게……."

종혁은 오늘 밝혀낸 사실에 대해 말했고, 안동호는 몸을 굳혔다.

"그러니까…… 피의자 외에 다른 범인이 더 있다?"

"예. 아무래도 여러 명인 것 같습니다."

그것도 십대로 추정된다.

"그래서 진명고 학생들 전원의 핸드폰을 검사해야……."

"야! 이 새끼가 보자 보자 하니까! 뭐? 학생이 그런 짓을 저질렀다는 것도 이해가 안 되는데 학생 전원? 지금 그게 말이 된다고 생각해?!"

'에라이, 씨발.'

종혁은 얼굴에 튄 침을 닦으며 고개를 숙였다.

피해자를 구하는 일이다. 이보다 더한 것도 할 수 있었다.

"아니면 2학년만이라도 하게 해 주십시오! 부탁드리겠습니다!"

촤악!

순간 얼굴에 뿌려지는 술에 종혁의 낯빛이 딱딱하게 굳었다.

'……과한데?'

분명 무리한 부탁이었다는 건 알고 있다. 어떤 혐의도 없는 일반 학생들의 핸드폰까지 검사한다는 건 그 누구라도 받아들이지 못할 일이니까.

혹여 이 사실이 밖으로 새어 나간다면, 징계를 받을 수도 있는 일.

하지만 반응이 너무 과격했다.

"이 미친 새끼가 검사를 얼마나 호구로 봤으면……! 야, 검찰이 우습지? 아니지? 그냥 내가 우스운 거구나? 내가 서산 그 깡시골 출신이라고! 어?! 이 새끼가 좋게 말로 해 주니까!"

"아닙니다. 오해십니다!"

"한 번 말이라도 들어 보려고 했던 내가 미친 새끼지. 야, 나 화장실 다녀올 테니까 이거나 원상복구시켜 놔. 알았어?!"

안동호는 대답을 듣지도 않은 채 화장실을 향했고, 종혁은 그 모습을 빤히 보며 눈을 가늘게 떴다.

'뭐지?'

콧속으로 고약한 냄새가 빨려 드는 게 뭔가 이상하다.

종혁은 안절부절못하는 얼굴로 문 근처에 서 있는 종업원을 향해 입을 열며 몸을 일으켰다.

"여기 새로 세팅해 주시고, 파손된 것도 제 앞으로 달아 주세요."

"예. 알겠습니다, 사장님."

고개를 끄덕인 종혁은 방을 빠져나갔다.

한편 화장실로 들어온 안동호가 누군가와 통화를 하고 있다.

"예, 형님. 아주 으박을 질러 놨으니 고분고분해질 겁니다."

ㅡ흠. 그래? 잘 알아들은 것 같아?

"아유, 그럼요. 형님께서 말하신 대로 사건이 길어질 겁니다."

부장검사가 안동호 검사에게 부탁한 것이 바로 이것이다.

최대한 사건이 길어지게 만들라는 것.

쏴아아아!

손에 묻은 물기를 털어 낸 안동호가 눈을 가늘게 뜬다.

"그런데 정말 이유가 뭡니까? 이거 자칫 강 부장과 척을 질 수도 있는 일 아닙니까?"

강철선 부장검사는 언제든 검찰총장에 도전할 수 있는 중앙지검 검사장의 직속 라인.

신설된 지 고작 2년밖에 안 된 부서의 부장검사가 감히 덤벼 볼 상대가 아니다.

"이거 삐끗하면 저뿐만 아니라 형님도 큰일 나십니다."

아직 자리가 제대로 잡히지 않은 여성아동범죄조사부. 자칫 쓸려 나갈 수 있었다.

여성아동범죄조사부가 소속된 차장검사는 물에 물 탄 듯 술에 술 탄 듯, 좋은 게 좋은 거라고 생각하는 사람. 커버를 쳐 주지 못할 거다.

─내가 큰 은혜를 받은 분의 부탁이라서 그래.

"아, 그런 거라면 어쩔 수 없죠. 대체 얼마나 큰 은혜를 입으셨기에⋯⋯."

─부탁할게, 매제. 가족 좋다는 게 뭐겠어?

"끙. 알겠습니다. 그럼 영장은 반려시키도록 하겠습니다. 아닙니다, 부담은요. 걱정하지 마세요. 예. 들어가십시오!"

전화를 끊은 안동호는 콧노래를 부르며 방으로 향했고, 잠시 후 여자화장실에서 종혁이 담배를 문 채 걸어 나온다.

입술이 이죽이죽 비틀리는 그.

"그러니까⋯⋯ 사건을 일부러 딜레이시키시겠다?"

그것도 누군가의 부탁이라는 꿍장히 악의적인 이유다.

종혁은 핸드폰을 들었다.

"예, 저예요. 검사님, 지금 제가 맡은 사건이 하나 있는데 여성아동범죄조사부에서 담당하고 있거든요? 이거 가져가실 수 있겠습니까?"

-와? 뭔 일이고?

"담당 검사님이 사건을 딜레이시키려고 하시네요?"

-……니 말 잘하래이. 누가 와 딜레이시키는데?

"안동호 검사님께서 아내의 오빠인 강두희 부장검사님의 부탁을 받아서요."

-아따, 마. 강 프로 간 크네.

검사장이 종혁의 일은 원만하게 처리하라고 직접 말했다. 그것도 검사 한 명을 족치며 말이다.

그걸 깠다는 건 검사장뿐만 아니라 강철선 본인을 비롯해 전 검찰총장까지 있는 검사장 라인 전체와 대립각을 세우겠다는 뜻.

강철선의 얼굴에 서늘한 미소가 맺히기 시작했다.

-건너지 말아야 할 강을 건너겠다는 데 우야겠노. 명분 만들어라. 커버 쳐 줄게.

"감사합니다."

-시간 잡아라. 밥 묵자.

전화를 끊은 종혁은 안동호가 걸어간 방향을 보며 눈빛을 가라앉혔다.

"강두희…… 놈들의 하수인인가?"

타이밍이 참 공교로우니 당연히 의심이 갈 수밖에 없다.

아니, 혹시나 아니라도 맞는 거다.

살생부가 작성되는 순간이었다.

담배를 끈 종혁은 다시 방으로 들어가며 허리를 숙였다.

"죄송합니다! 사건 전화가 오는 바람에!"

종혁의 허리가 폴더폰처럼 접혔다.

* * *

"하얏!"

"앗!"

이른 아침, 기합이 울려 퍼지는 진명고 여자유도부.

삑! 삐익!

"10분간 휴식!"

"수고하셨습니다!"

"으아! 죽겠다!"

호각 소리가 울리자 땀을 비 오듯 쏟아 내던 유도부원들이 그 자리에서 무너지며 거친 숨을 몰아쉰다.

그건 누리도 마찬가지다.

'아니지.'

종혁의 조언을 떠올리며 벌떡 일어난 누리는 스트레칭을 하며 숨을 골랐고, 몇몇 유도부원들은 그런 그녀를 보며 수군거리기 시작했다.

분명 누리와 함께 사라졌던 박상영 코치.

그런 그가 지금까지도 복귀를 하지 않고 있다.

한창 상상력이 풍부할 나이대의 소녀들로서는 온갖 생각이 들 수밖에 없었고, 누리는 입술을 깨물며 애써 무시했다.

그런 누리에게 주장이 다가섰다.

뭔가 많이 고민하다 결심한 듯한 표정.

"누리야."

"아, 주장."

"아침 운동 끝나고 잠깐 이야기 좀 할 수 있을까?"

"이야기요? 네, 알겠…….."

과아앙!

화들짝 놀란 누리뿐만 아니라 모두가 소리가 들린 방향으로 고개를 돌린 그때였다.

"왔구나! 오셨구나!"

호들갑을 떨며 밖으로 뛰쳐나간 감독이 곧 덩치가 크고 잘생긴 누군가를 데리고 들어온다.

"꺅!"

"엄마야!"

갑작스런 미남의 등장에 다급히 얼굴을 가리면서도 호기심 가득한 눈빛을 보내는 소녀들.

그러나 누리는 그들과 반응이 좀 달랐다.

"어어어?"

"하하. 애들아, 안녕? 내 이름은 최종혁이야. 혹시 내 이름 들어 본 사람 있니?"

종혁이었다.

"중심을 뺏어야지. 네가 끌려다니면 어떡해."

"죄송합니다!"

"후속 공격을 대비해! 중심을 더 낮추고!"

귀여운 후배들이라 진심을 다해 코치를 하는 종혁.

함께 온 임세라도, 경찰대 4년 동안 종혁에게 미친 듯 유도 코칭을 받은 임세라도 그 코칭에 합류했다.

타 스포츠 선수 출신인 임세라에게 한판을 따내지 못하자 충격을 받는 소녀들.

그러나 곧 승부욕이 발동한 소녀들이 눈에 불을 켜고 달려든다.

그렇게 시간이 흘러 지갑도 아낌없이 베풀자 어느덧 오후가 됐다.

"어이쿠 시간이 벌써 이렇게 됐네. 애들아, 너무 아쉽지만 이제……."

"아아아!"

"안 돼요! 가지 마세요!"

숫제 종혁의 바짓가랑이를 붙잡으려는 듯 방방 뛰는 아이들.

종혁은 그 귀여운 반응들에 히죽 웃었다.

"왜? 가지 마? 너희 수업 들으러 가면 난 혼자 있어야 하는데?"

아침 운동을 끝낸 운동부 학생들은 다른 학생들과 마찬가지로 수업을 들으러 가야 한다. 학생이니 당연했다.

"아니요! 안 들어도 돼요!"

"저희랑 평생 운동해요!"

"어휴. 나도 같이 운동하면 좋긴 한데 평생은 안 되지.

너희가 나한테 시집 올 거야? 그럼 계속 있고!"

"네!"

"시집갈게요!"

"꺄르르르르!"

낙엽이 굴러가도 웃음을 터트릴 나이의 소녀들의 카랑카랑한 웃음소리. 함께 웃던 감독이 이내 낯빛을 진지하게 굳힌다.

"여기 최종혁 선수가 경찰인 건 다들 알지? 그래서 고맙게도 진로 상담을 해 주신다니까 다들 수업 가지 말고 대기하고 있어."

진로 상담이라는 말에 3학년들의 눈이 빛나며 종혁을 본다.

올림픽 금메달리스트이자 무제한 체급 세계 랭킹 1위, 국가대표 최연소 주장이자 수석 코치였던 종혁.

유도계에 남아 있었다면 분명 역사를 써 갔을 텐데도 돌연 은퇴를 하더니 경찰이 됐다.

유도 외에 다른 걸 생각해 본 적 없는 그녀들로서는 솔직히 충격이면서도 종혁의 한 마디가 간절했다. 성적이 좋지 않은 선수들은 더욱더.

그들의 갈망을 읽은 종혁은 옅게 웃으며 한 사람을 봤다.

"일단은…… 주장부터 할까?"

박상영의 비밀폴더 안, 어느 모텔 침대 위 눈물 자국이 있는 얼굴을 가린 채 알몸으로 누워 바들바들 떨던 소녀.

아침 동안 함께하며 마음의 거리를 좁혔으니 피해자들의 이야기를, 아픔을 들을 차례였다.

* * *

"아, 안녕하세요."

진명고 여자유도부의 주장이 쭈뼛쭈뼛 감독실의 문을 열고 들어온다.

"그래, 어서 와. 커피? 음료수?"

"아, 아뇨! 제가 할게요."

"됐어. 괜찮아. 앉아."

주장을 앉힌 종혁은 임세라가 근처 커피숍에서 사 온 차갑고 달달한 커피를 내왔다. 곧 마음을 진정시켜 줄 당분이 필요할 것이기 때문이다.

"혼나러 온 거 아니잖아. 편히 앉아, 편히."

이런 상담은 처음인 듯 딱딱하게 굳어 있던 주장은 어색하게 웃으며 애써 힘을 빼려고 노력했다.

"이름이 이수지 맞지? 체급은 66킬로그램이고?"

"네, 네."

"성적이……."

감독이 준비해 준 자료를 살핀 종혁이 혀를 찼다.

"최고 성적이 올해 시 대회 20위네."

말이 20위지 이 정도면 본선에 겨우 진출한 수준이다.

"주력은 13초대고, 3대 운동이 260킬로그램. 균형 테

스트는 1분대고, 학교 성적은……. 수지야, 아무리 운동을 한다고 해도 어느 정도 공부는 해야지."

"아, 아니 그게……."

"덧셈, 뺄셈은 할 줄 알지?"

"그건 할 줄 아는데요!"

발끈한 그녀의 모습에 종혁은 피식 웃었다.

"그래, 솔직히 사칙연산만 제대로 할 줄 알아도 살아가는 데 지장은 없지. 그래도 공부는 해야 돼. 누굴 위해서가 아니라 널 위해서. 냉정하게 말해 줄까? 아니, 너도 알고 있겠지만 이 성적이면 너 절대 태릉 못 가."

고등학교 때 국가대표가 되지 못한 운동선수에게는 두 가지 길이 있다. 운동을 관두든지, 대학에 진학해 기회를 노리든지.

그렇게 대학에 진학을 하면 또 두 가지 길이 있다.

지도자 과정을 밟든지, 아니면 계속 태릉에 도전하든지.

"그건 알고 있어요……."

왜 모르겠는가. 태릉선수촌은 시 대회 1위조차도 실력이 떨어지면 2군 선수로 남아야 하는 괴물들만 모인 곳이다.

고등학교 1학년 때야 그래도 아직 기회가 있다고 열심히 부딪쳐 보았지만, 그럴수록 벽의 크기만 체감했다.

너무도 높고 거대하며 견고한 벽.

금속으로 만들어진 건지 흠집조차 나지 않는 그 벽에

이젠 거의 내려놓은 상태였다.

"그런데도 3학년까지 계속 운동을 하는 건 결국 체대에 가고 싶다는 거지?"

"네. 그런데……."

"추천을 받아 갈 성적은 아니지."

"……네."

잔인하지만 이게 현실이다.

제아무리 평생을 바쳐 노력을 했다고 해도 성적을, 결과를 내지 못한다면 낙오하고 마는 곳이 바로 사회다.

"그럼 정시를…… 준비하고 있지 않구나."

시험 성적이 2학년 때와 다를 게 없다.

밑에서 1, 2등. 처참했다.

"일단 주장으로서 해야 될 일은 다 끝내고 하려고요."

주장으로서의 책임.

이수지는 그만둘 땐 그만두더라도 그 책임을 다하고 싶었다. 자신을 주장으로 임명시켜 준 감독님에게 은혜를 갚고, 자신을 믿고 따라 주는 후배들을 위해서라도.

종혁은 그런 그녀의 마음이 기꺼우면서도 안타까웠다.

"흠. 그건 좀 안일한 생각 같은데……."

"네?"

"전국에 너처럼 생각하는 애들이 있을까, 없을까?"

"있…… 겠죠? 있나요?"

"많지."

보통 운동선수는 고등학교 2학년이 되면 스스로 깨달

게 된다. 계속 운동을 해도 될지, 말아야 될지.

"벽이 높아 돌아섰으면서도 아직 운동에 대한 미련을 못 버린 애들이, 또 일찌감치 본인의 한계를 깨닫고 지도자 코스를 밟으려고 노선을 튼 애들이 가장 처음에 하는 게 뭔지 알아?"

바로 공부다.

새벽부터 저녁까지 입에서 단내 나도록 구르며 단련이 된 인내심과 승부욕. 그걸 무기로 공부를 한다.

"아."

"넌 그런 애들보다 2년은 늦은 거야."

지금이 벌써 10월 말이다.

곧 11월. 지금부터 공부를 해서 정시를 노리기엔 이미 늦어 버렸다.

종혁은 애처롭게 눈빛이 흔들리는 그녀를 안쓰러워하며 다시 그녀의 프로필을 다시 훑었다.

그러다 뭔가를 발견하곤 재밌다는 듯 웃었다.

"흐음. 1학년 때부터 기량이 꾸준히 늘었네?"

"네? 어…… 그런가요?"

"운동선수가 자기 기량을 모르면 어떡해?"

"죄송합니다."

"죄송할 것까진 없고……. 흐음. 그래도 이 정도면 대학은 가겠는데?"

"예?! 정말요?!"

"응. 아무래도 용인대나 한국체대 같은 높은 등급의 대학은 무리겠지만, 그 외 3등급 이하의 체육학과는 어찌 어찌 갈 수 있겠다."

"어, 어떻게요?"

"기량이 꾸준히 늘었잖아."

종혁은 의아해하는 그녀를 보며 답답해했다.

그 폭이 작더라도 기량이 계속 늘어난다는 건 결국 이수지의 한계가 아직 찾아오지 않았다는 뜻이다.

대기만성형. 느릴지라도 어디까지 성장할 수 있을지 아직 알 수 없다고 봐야 했다.

지도자라면 이걸 몰라볼 리가 없었다.

"가, 감독님은 그런 말씀 안 하셨는데…….."

'에고.'

"하셨을 거야. 하지만 네가 마음이 급해서 한 귀로 흘린 거겠지."

"그럴…… 까요? 그럼 저 대학에 갈 수 있는 거예요? 누구의 추천이 없어도?"

종혁은 눈을 빛냈다.

무심결에 나온 그녀의 속내.

이제 드디어 진짜 이야기를 할 때였다.

"맞아. 박상영 그 개새끼의 추천이 없어도 충분히 대학에 갈 수 있어."

쿵!

종혁은 벌떡 일어나는 그녀를 서글피 바라봤다.

"어, 어떻게……. 아, 아니 전 무슨 말인지…….."

"괜찮아. 무서워하지 않아도 돼. 그놈은 이미 잡혔으니까."

"……네?"

"미안하다. 그동안 많이 무서웠지?"

주륵.

지난 2년 동안 악몽에 시달렸던 피해자의 눈에서 후회와 아픔, 설움과 두려움이 흘러내렸다.

─대학에 가야지?

그 한마디는 결코 벗어날 수 없는 늪이었다.

"눈을 한 번만 딱 감으면…… 딱 감으면 가니까…….."

딸 하나 운동을 시키겠다고 열심히 뒷바라지해 오신 엄마.

어쩌다 메달을 땄을 때 누구보다 기뻐했던 아빠.

무려 12년이다.

일찍이 재능을 발견해 운동에 매진한 시간이.

부모님이 자신을 계속 응원해 주고 도와줬던 시간이.

부모님을 실망시키고 싶지 않았다.

실망시켜 드릴 수 없었다.

"그래서…… 그래서……!"

"괜찮아. 이제 끝났어. 이제 다 끝났어."

"으아아아앙!"

아팠다. 너무 아팠다.

몸이, 마음이 모두 아파서 하염없이 울었다.

하지만 한 번이 아니었다. 한 번은 두 번이 됐고, 세 번이 됐고, 네 번이 됐다.

그 악마가 다른 상대를 찾기 전까지 악몽은 계속되었다.

그렇게 악몽에서 깨어났어도 이수지는 박상영이 찍은 다른 상대를 도울 수가 없었다.

"그러면 대학에 못 가니까…… 못 가니까!"

"괜찮아. 괜찮아. 더 생각하지 않아도 돼."

"흐어어어엉!"

이수지는 종혁의 품에 안겨 모든 아픔을 쏟아 내고 또 쏟아 냈다.

그렇게 한참의 시간이 흘러 겨우 진정한 이수지가 얼굴을 붉히며 종혁의 품을 빠져나온다.

"죄, 죄송해요."

"아니야. 자, 손수건. 에고, 예쁜 눈이 다 부었네."

"킁!"

손수건으로 얼굴을 닦고 코를 푼 이수지는 아직 촉촉이 젖은 눈으로 종혁을 봤다.

"그, 그럼 코치님은 어떻게 되는 거예요?"

아직도 코치님이다.

종혁은 아파 오는 가슴을 꾹 누르며 입을 열었다.

"원한다면 평생 안 보게 해 줄게."

"저, 정말요?"

"그 정도 힘은 있거든, 내가."

"가, 감사합니다."

"감사를 받을 게 아니라 내가 미안하지."

인성에 문제가 있는 지도자들을 쓸어버릴 생각만 했다면, 자정작용을 할 테니 맡겨만 달라는 신성일 감독의 말을 믿지 않았다면 이런 피해자가 발생하지 않았을지도 모른다.

종혁은 그게 너무 후회되고 또 후회됐다.

"아, 아니에요. 지, 지금이라도…… 지금이라도……."

"그래."

씁쓸히 웃은 종혁은 이제 마지막 용무를 물어보기로 했다.

"수지야, 그 악마에게 또 당한 피해자들이 더 있는 거 알지?"

"네. 저희 유도부에도……."

"알아. 누군지."

이수지는 고개를 끄덕였다.

생각해 보면 당연한 일이었다. 그러니 자신을 찾아온 것일 터.

"그런데 그놈에게 당한 사람이 더 있어. 유도부가 아닌 다른 사람들이. 너처럼 약점이 잡힌 소녀들이……."

"네?!"

종혁은 경악하는 그녀를 간절히 바라봤다.

"혹시 그것에 관련해서 박상영이 뭔가 말하는 걸 들었거나 아는 거 있니?"

사소한 것이라도 알고 있기를.

피해자를 한시라도 빠르게 찾을 수 있기를.

종혁은 간절히 바라 보았다.

* * *

"감사합니다. 최종혁 선수, 아니 형사님!"

"하하. 아닙니다. 언제든 제가 필요하면 불러 주십시
오."

"아이고, 이거 오늘 너무 큰 걸 주셔서 술이라도 한잔
사 드려야 하는데!"

"그럼."

"조심히 들어가십시오!"

돌아선 종혁이 주차장으로 향하며 담배를 문다.

"나도 줘."

"……울었냐?"

"안 울었어. 아니, 안 울어."

피해자 앞에서 경찰이 울면 안 된다.

피해자에게 있어 경찰은 최후의 보루이자 기댈 수 있는
기둥. 그런 경찰이 울면 피해자는 누구에게 위로를 받아
야 한단 말인가.

경찰대 시절 종혁이 한 말이었다.

하지만 그녀의 눈시울과 코끝이 너무 빨갛다.

찰칵! 치이익!

"후우우."

둘의 입에서 담뱃불보다 더 뜨겁고 습한 연기가 뿜어져 나왔다.

"다 모르더라."

이수지와 다른 피해 학생들이 아는 건 오직 진명고 여자유도부의 부원들뿐. 박상영의 컴퓨터에 있던 다른 피해자들에 대해 알지는 못했다.

이런저런 방향으로 물어봤는데도 말이다.

"개새끼들. 씹어 먹을 새끼들."

화가 난다. 박상영처럼 어떤 약점을 잡아 유린하고 짓뭉갰을 놈들에게.

박상영보다 더한 악몽을 꾸게 했을 놈들에게.

"개씨발 좆같은 새끼들아ㅡ!"

"그래. 그리고 그렇게 어리고 불쌍한 피해자들을 안동호 검사는 외면하려는 거지."

고작 누군가의 부탁에 의해.

피해자를 구하기 위해 존재하는 검사란 놈이.

"그 개새끼……. 야, 이거 가만두고 볼 거야?! 특별범죄수사대는 다르다면서!"

"오, 그래서 후회돼?"

"야!"

"걱정 마라."

"뭘 어떻게 하려고!"

안동호 검사가 영장은 안 된다고 했다.

그렇다면 남은 방법은 학생 개개인에게 접근해 양해를

구하는 방법밖에 없을 터.

그런데 문제는 그렇게 해서 소문이 돌면 증거가 사라질지도 모른다는 거다.

첫 접촉 후 길어야 두세 시간. 그 안에 2학년 전체 학생의 핸드폰을 살펴야 했는데, 종혁이 아무리 돈이 많고 능력이 좋아도 그건 불가능했다.

"그건 네 상식이고."

"뭐?"

"따라오기나 해. 특수대의 수사가 뭔지 보여 줄 테니까."

눈빛이 서늘하게 가라앉은 종혁은 담배를 던지며 진명고의 교무실로 향했다.

"어쩌려고 그러는데! 야! 야! 에이씨!"

임세라는 다급히 종혁의 뒤를 쫓았다.

* * *

끼이익!

아침 8시 20분. 진명고 근처 버스정류장에 버스가 멈춰 서자 학생들이 우르르 뛰어내린다.

"으악! 늦었다!"

"뛰어! 뛰어!"

오늘은 진명고 학생들이 싫어하는 선생님 순위 중 2위에 랭크가 된 헤이아치가 교문을 지키는 날.

그걸 깜빡하고 늦잠을 잔 학생들은 젖 먹던 힘까지 짜내어 달릴 수밖에 없었다.

덥수룩한 헤어스타일에 안경을 낀 순하게 생긴 남학생도 마찬가지였다.

"빨리빨리 안 와?! 인사, 이 새끼들아! 인사!"

"안녕하세요!"

"그래. 얼른 얼른 들어가! 잠깐. 너 머리 꼴이 그게 뭐야? 옆으로 서!"

"악! 선생님!"

"1분 전! 야, 선도부. 8시 30분 땡 치면 무조건 교문 닫아."

"예!"

살벌한 말들이 오가는 교문을 지난 남학생은 그제야 안도의 한숨과 함께 턱 끝까지 차오른 숨을 고르기 시작했다.

그 순간 등 뒤로 교문이 닫히는 소리가 났다.

"아악!"

"저 안 늦었어요! 열어 주세요!"

"시끄러워! 니들 다 벌점이니까 옆문으로 들어와!"

마치 게임 속 좀비 떼처럼 닫힌 교문을 붙잡고 발광을 하는 아이들과 데스노트를 꺼내 드는 헤이아치.

"와 씨. 황천 갈 뻔했네."

안 그래도 아슬아슬한 점수. 조금만 삐끗하면 학생주임실이라는 악마의 배 속으로 끌려간다.

심장이 출렁거린 가슴을 쓸어내린 남학생은 그 잠깐 뒤

었다고 이마에 송골송골 맺히는 땀을 닦으며 교실로 향했다.

드르륵!

"까비! 저 새끼 학주실 가나 했는데!"

"저건 운이 좋은 거야, 아니면 일부러 저러는 거야?"

"꺼져."

친구들의 격한 환대에 남학생은 중지를 치켜들며 자리에 앉았고, 남학생의 친구들은 그의 자리로 향했다.

"왜 이렇게 늦은 거야?"

"아씨. 몰라. 엄마가 늦게 깨워 줬어."

그것뿐인가. 버스도 늦게 왔고, 오는 중 신호란 신호는 다 걸렸다. 시간이 조금씩 줄어들 때마다 똥줄이 타는 줄 알았다.

"오늘 나 건드리지 마라. 예민하다."

"오우! 그러셨어요?"

"크크크. 지랄."

킬킬 웃던 그들은 순간 주위 눈치를 보더니 슬그머니 목소리를 낮췄다.

"야, 가져왔나?"

그 말에 순간 번뜩이는 남학생의 눈빛.

남학생은 비릿하게 뒤튼 입술을 달싹였다.

"이따가 점심시간 때."

"……오케이."

"아, 씨. 점심까지 어떻게 견디……."

드르륵! 쾅!

큰 소리를 내며 열리는 앞문에 시선을 돌렸던 학생들은 기겁하며 본인의 자리로 몸을 날린다.

우당탕!

"어휴. 그래. 아침부터 공부할 거라고 생각한 내가 바보지. 창가 쪽 커튼 열고! 거기 불 켜고! 니들이 뭔 어둠의 자식들이냐?"

"크크크."

"샘! 아침 조회 시간 되려면 멀었는데요!"

"시끄러워!"

웅성거리던 학생들을 단숨에 조용히 시킨 이 반의 담임은 어리둥절해하는 학생들을 보며 입술을 비죽였다.

"어디 보자. 안 온 사람 없지?"

"……."

"그래. 다 왔고. 크흠. 다음 달에 모의고사인 건 다들 알지?"

"네!"

올해 마지막인 모의고사. 2학년 마지막 모의고사는 아니지만 그래도 굉장히 중요한 시험이다.

"다들 시험 준비는 잘하고 있냐?"

"……."

"에라이. 너희가 그러면 그렇지. 그래서!"

아이들의 이목을 끌어모으는 와중에도 꿈틀거리던 입술이 결국 환하게 웃는다.

"우리 선생님들이 너희들을 위해 선물을 준비했다!"

"……아!"

"자, 잠깐! 에이! 아니죠?"

시험에서 이어지는 선물이라는 단어와 조롱을 한가득 담은 담임의 미소.

거대한 불길함이 학생들을 덮친다.

그러나 담임의 미소는 줄어들기는커녕 더 밝아진다.

"다들 대선학원에 대해 알 거다! 교장선생님께서 특별히! 모든 인맥을 동원하셔서 모의고사 예측 시험지를 구해 오셨으니까 다들 9시부터 시험 치를 준비해! 핸드폰들 다 가져오고!"

"아악!"

"왜! 왜-!"

"이건 꿈이야! 꿈일 거야!"

학생들뿐만 아니라 남학생도 경악을 할 수밖에 없었다.

아아아!

절망과 한탄이 울려 퍼지는 진명고.

아이들의 핸드폰이 담긴 바구니를 든 선생들이 학생주임실로 향한다.

그리고 그런 그들을 문 앞에서 맞이하는 학생주임 선생.

머리가 많이 벗겨져 헤이아치라 불리는 그가 웃으며 바구니를 받아 든다.

"아이고, 이 선생. 수고했어요. 어서 가 봐요."

"저, 그런데 애들 핸드폰은 왜……."

"이 선생, 학생들을 위한 일이라는 것만 알아 둬요. 아까 교장선생님께서 말하신 대로 오늘 시험 끝나면 전교생에게 피자랑 치킨 쏘신다는 말씀 들었죠?"

앞으로 진명고의 여러 부분이 바뀌게 될 거다.

"으음. 예. 여기 있습니다."

"여기에 놔두세요."

급식실에서 급히 공수해 온 카트 위에 바구니를 올린 선생들은 썩 내키지 않는 얼굴로 돌아섰고, 그들이 더 이상 보이지 않게 되자 주변을 둘러본 학생주임은 얼른 카트를 밀며 학생주임실의 문을 열고 안으로 들어갔다.

드르륵!

"모두 수거해 왔습니다, 형사님."

안에 앉은 종혁은 카트에 한가득 쌓인 핸드폰을 보며 몸을 일으켰고, 이런 수사는 처음 본 임세라는 입을 떡 벌렸다.

"수고하셨습니다."

종혁은 특별범죄수사대와 특별범죄수사대가 아닌 다른 부서의 경찰들을 향해, 저마다 온갖 기기를 앞에 둔 그들을 보며 씩 웃었다.

"포렌식팀?"

본청의 자랑, 디지털 포렌식팀.

"예, 대장님."

"시작합시다."

그들을 보는 종혁의 눈빛이 번들거리기 시작했다.

* * *

키보드와 마우스 클릭하는 소리만 울리는 학생주임실.
슬그머니 문이 열리며 진명고의 교장이 들어오자 종혁
이 몸을 일으킨다.

"교장선생님."

"허허. 잘되고는 있는 건가요?"

"예. 협조해 주신 덕분에 잘되고 있는 중입니다. 이렇
게 아니라 잠시 나가서 이야기할까요?"

"아닙니다. 아니에요. 고생하시는데 이것 좀 드시면서
하시라고 잠시 들러 봤습니다."

교장은 그렇게 말하며 양손에 든 커피를 보여 주었고,
종혁은 걱정 말라는 듯 웃어 주었다.

"약속한 지원금은 내일까지 입금이 될 겁니다."

"허헛. 어흠흠. 그런 걸 말하려고 한 건 아니었는데……."

"아무렴요. 저희에게 적극 협조해 주시는 교장선생님
의 마음을 제가 어찌 모르겠습니까."

"그렇게 생각해 주시니 감사합니다. 그보다 정말 저희
학생들 중에…… 있는 거 맞겠지요?"

그게 아니었다면 제아무리 막대한 지원금을 준다고 해
도 종혁의 제안을 거부했을 그.

"박상영 코치의 말이 거짓이 아니라면 그렇겠죠. 학생

들 개인정보를 가지고 뭘 하려는 건 아니니 너무 걱정은
마십시오."

"크흠. 그럼 믿겠습니다."

"예. 잘 마시겠습니다."

교장이 왔던 것처럼 조심스럽게 나가자 종혁은 자신의
자리에 앉아 포렌식 프로그램이 읽어 내는 핸드폰에 저
장된 정보를 다시 응시했다.

그런 그에게 오택수가 입을 열었다.

"이번엔 얼마나 질렀냐?"

"10억이요."

움찔!

"미친……."

천문학적인 액수에 반응했던 다른 경찰들도 고개를 미
친 듯 끄덕인다.

10억이면 아파트가 몇 채인가. 그런 엄청난 돈을 고작
학생들 핸드폰 확인하는 데 태운 거다.

종혁이 미친 것 같으면서도 부담감이 그들을 엄습했다.

'씨발. 이거 무조건 찾아야겠네.'

10억을 태웠는데 아무것도 건지는 게 없다? 그땐 미안
해 죽을지도 모른다.

'아씨, 이건 또 왜 이렇게 느려?'

'나와라. 나와라. 제발 뭐든지 나와라.'

종혁은 다급해진 그들의 모습에 그럴 필요 없다고 웃어
주면서도 한편으로는 그들과 똑같이 생각했다.

'제발 뭐라도 나와야 할 텐데…….'

그때였다.

"어? 대장님!"

학생주임실을 꿰뚫는 임세라의 외침.

종혁과 경찰들의 시선이 그녀에게로 향했다.

"어? 잠깐 나도."

다시 돌아가는 고개들.

"저도요!"

결국 학생주임실에 있는 모든 경찰들이, 각자 한 번에 세 개씩 검사하던 그들 전원이 손을 든다.

"뭐야. 뭐가 어떻게 된 거야?"

혼란해하는 사람들 사이 빠르게 키보드를 두드린 순철이 다시 손을 든다.

"대장님, 아무래도 이거이 누가 사진 첨부를 해서 보낸 것 같습네다."

"뭐?"

우당탕!

다급히 순철에게 다가간 종혁.

순철이 모니터를 가리킨다.

"보시라요. 문자로 다운을 받은 겁네다."

발신번호가 변경된 번호로 전송된 문자에 첨부된 파일. 거기에 사진과 영상이 첨부되어 있었다.

"거기 포렌식팀도 확인해 보시라요."

타다닥!

"어? 진짜네?"

"대장님, 이거 누가 발송한 걸 다운을 받은 게 맞는 것 같습니다."

오싹!

잡았다. 드디어 잡았다.

"……찾아."

누구에게 받은 문자인지.

그걸 알아내야 했다.

* * *

"와. 왜 대선, 대선 하는지 알겠다."

"여기 들어가기가 그렇게 어렵다며?"

"아악! 망했어!"

"8번 답 뭐야?! 3번이지? 그렇지?"

"아니, 2번인데."

시험 답을 맞춰 보는 학생들로 웅성거리는 교실.

그런 그들은 다른 이유로 웅성거린다.

"와, 씨! 겁나 맛있어."

"우리 학교 드디어 파산하는 건가?"

"아냐. 이건 교장선생님이 치매에 걸린 게 틀림없어."

"아흐. 어디 갔다 이제 왔니! 피자야! 치킨아!"

한 사람당 치킨 한 마리에 피자 반 판.

점심을 먹은 지 겨우 3시간밖에 지나지 않았지만, 학생들은 언제 밥을 먹었냐는 듯 피자와 치킨을 흡입하고 있었다.

그건 남학생, 김대현도 마찬가지였다.

"씨발. 야, 오늘도 죽이더라."

책상 몇 개를 붙여 앉은 김대현과 친구들. 그중 한 명이 김대현을 향해 따봉을 날린다.

"미친. 와씨. 나 아까 화장실 갈 뻔했잖아."

"에라이, 발정난 새끼. 때와 장소는 좀 가리지?"

"그래서? 넌 안 꼴렸고요?"

"아니? 집에 가서 치려고."

음흉한 웃음소리가 울려 퍼지는 그들의 자리.

"야, 대현아. 넌 대체 이걸 어디서 구하는 거냐?"

움찔!

마치 누가 만진 듯 기묘한 이질감이 드는 핸드폰을 만지작거리던 김대현의 눈이 순간 크게 흔들리다가 씩 웃는다.

"알려고 하지 마. 알면 다쳐."

"아, 거 새끼. 친구끼리 좀 알려 주고 그러지."

"냅둬라. 얘도 이거 찾느라 고생했을 텐데."

"크크. 그냥 주는 거나 받아 처먹어. 대현이가 어련히 알아서 안 줄까."

"하지만 신기하잖아. 이런 레어한 사진이랑 영상을 막 옆에서 실제로 찍은 것처럼 어?"

"하긴, 졸라 유니크하긴 하지. 대현아, 네가 찍는 건 아니지? 만약 그런 거라면 나도 데려…….”

“뭐?!”

우당탕!

“…….”

김대현의 과한 반응에 싸해지는 분위기.

“그 반응은 뭐냐? ……아니지?”

“크흠. 네가 말도 안 되는 소리를 하니까 그렇잖아.”

“그래. 맞아. 괜히 친구 의심하지 말고 피자나 먹어. 방금 동수가 네 피자 먹었다.”

“이런 개……! 야, 뱉어! 뱉어!”

“어휴, 저 붕신들.”

방금 전의 일을 잊고 금세 시끌벅적해지는 그들.

“야, 김대현. 3반에 있는 친구가 오늘 업데이트된 거 있냐고 물어보는데? 어떡할까?”

“어, 보내 줘. 대신 알지?”

사진은 한 장당 100원씩. 묶음으로 팔면 천 원.

“오케이.”

김대현의 허락이 떨어지자 그는 391로 시작하는 번호로, 김대현의 계좌번호로 발신번호를 변경한 뒤 누군가에게 문자를 전송했다.

이후 그들은 다시 치킨과 피자를 즐기기 시작했고, 그런 그들을 응시하던 대현은 이내 경계를 거두고 치킨을 입에 가져갔다.

그렇게 시간이 흘러 어느새 해가 어스름히 황혼으로 물

들어 가는 오후, 하교 시간이 되자 진명고에서 학생들이 쏟아져 나온다.

"피시방 갈 사람!"

"나! 나 갈래!"

저마다 손을 드는 김대현의 친구들.

김대현이 그런 그들을 부럽다는 듯 응시한다.

"난 빼 줘. 학원 가야 돼."

발을 빼는 김대현의 모습에 친구들은 얼굴을 구겼다.

"또?"

"학원은 매일 가야 하는 거거든요?"

"그냥 안 가면 안 되냐? 너 가 버리면 숫자가 안 맞는다고!"

"울 엄마 감당 가능함?"

"그냥 오늘만 째. 하루 안 간다고 죽이기야 하시겠냐?"

"그건 그렇지만……."

자신도 가고 싶다. 하지만 학원을 안 갔다는 걸 엄마가 알게 되면 큰일이 난다.

그때였다.

지이잉! 지이잉!

"엄마다."

"힉!"

도둑이 제 발 저린다는 듯 식겁하는 친구들.

"야, 다들 조용히 해. 응, 엄마. 지금 학교 끝났지. 어? 뭐? ……아, 그래요?"

갑자기 김대현의 입가에 미소가 번지자 친구들은 의아
해했다.
　"알았어요. 그럼 어쩔 수 없죠. 네, 조심히 다녀오세요.
알았어. 내가 애야? 밥은 알아서 챙겨 먹을게. 응."
　전화를 끊은 김대현이 기묘한 미소를 지으며 친구들을
본다.
　"야, 오늘 엄마랑 아빠 모임 가신대."
　"오? 그 말은?"
　"어. 피방 가자."
　"그렇지! 이런 날도 있어야 하는 거지! 가자!"
　"와씨! 오늘은 팀전 제대로 하는 건가? 니들 다 죽었
어."
　"뭐래, 좆밥이."
　"넌 오늘 뒤졌어."
　그들은 킬킬거리며 학교 근처의 PC방으로 향했다.

　담배 연기가 자욱한 PC방.
　"7시! 7시!"
　"들어올 테면 들어와 보시지?!"
　"야! 누가 나 좀 지원 와 줘!"
　"뒤져라!"
　다 먹은 컵라면과 햄버거 따위들이 널려 있는 자리들.
　갑자기 배가 아파 잠시 화장실을 다녀온 김대현은 정말
의리 없이 자기들끼리만 게임을 시작해 버린 친구들을

보며 입술을 비죽이며 자리에 앉는다.

"야, 거기 막아야지. 11시!"

"씨발, 말 시키지 마!"

"뒤져라!"

게임에 푹 빠진 친구들을 보며 입맛을 다신 김대현은 인터넷에 접속을 하며 친구들이 얼른 게임을 끝내길 바랐고, 그런 그의 소원이 통한 건지 곧 옆자리에 앉은 친구가 헤드셋을 집어 던진다.

"게임 진짜 좆같이 하네!"

"크크. 좆밥."

"꺼져!"

씩씩거리던 친구는 의미 없이 인터넷 서핑을 하는 김대현의 화면을 바라보다 순간 뭔가를 떠올리며 눈을 빛냈다.

"야, 그래서 대체 어디서 다운을 받는 건데? 키워드가 뭔데?"

"븅신. 졸라 찾아봤나 보다?"

"아씨, 몰라. 진짜 어떻게 찾은 거냐?"

생각나는 모든 단어를 입력해 봤음에도 단 한 장조차 뜨지 않은 사진과 영상들.

"어디 사이트가 따로 있는 거야? 아니면 아까 내가 말한 것처럼 너 진짜…….'

"씨발. 아니라니까!"

김대현은 의아해하면서도 눈을 빛내는 친구의 모습에

한숨을 내쉬었다.

'이대로 또 모른 척해도 집요하게 물어 오겠지.'

원래 그런 친구다. 눈앞의 친구는.

김대현은 어쩔 수 없다는 걸 알아차렸다.

"정말 알고 싶어?"

"오? 알려 주는 건가?"

"씨발. 있어 봐."

콧방귀를 뀐 김대현은 메일에 접속해 메일함에 있는 메일들을 주욱 읽어 내리다가 웬 스팸메일 같은 것을 클릭했다.

"그건 왜…… 응?"

친구는 메일 내용을 보곤 눈을 껌뻑였다.

영어와 기호, 숫자가 혼합된 17자리의 글자만 달랑 있는 메일.

그걸 옮겨 적은 김대현은 인터넷 주소창에 한 사이트의 주소를 쳤고, 그러자 온통 검은색 배경에 하얀색 바, 뭔가를 입력할 수 있는 바가 있는 이상한 사이트가 나왔다.

김대현은 그 하얀색 바에 방금 옮겨 적은 암호를 쳤고, 이내 곧 별세계가 펼쳐졌다.

그에 친구는 입을 떡 벌렸다.

"이, 이건 뭐냐?"

"뭐긴 뭐야. 유료 성인 사이트지."

"뭐? 유료?!"

"쉿! 쉿! 조용! 여기 PC방이라고!"

"뭐야, 뭔데?"

친구는 관심을 보이는 친구들에게 방금 보고 들은 걸 말했고, 친구들은 김대현을 어이없다는 듯 바라봤다.

"씨발. 이래서 내가 말을 안 하려고 했던 거라고! 됐어. 이제 너희들한테 안 보여 줘."

"에이, 왜 이러실까. 우리 대현 씨 삐졌……."

"그래. 왜 그러실까."

"응?"

갑자기 끼어드는 웬 남성의 목소리에 깜짝 놀라 고개를 돌렸던 김대현과 친구들은 어느새 자신들을 둘러싸고 있는 어른들의 모습에 기겁했다.

"누, 누구세요?"

"아, 우리? 신경 쓰지 마. 우린 여기 너희 친구에게 관심이 있는 거니까."

종혁은 몸을 숙여 김대현의 뒷목을 잡으며 사이트를 가만히 응시했다.

"이야, 이렇게 좋은 곳이 있는 줄 몰랐네. 우리 어린 친구는 이런 곳을 어떻게 알았을까? 응?"

"왜, 왜 이러시는……."

"야. 너냐?"

콰드득!

종혁은 뒷목을 잡은 손에 힘을 주며 이를 갈았다.

김대현의 얼굴이 파랗게 질렸다.

* * *

한강이 훤히 보이는 자양동의 한 빌라.

중년인 부부가, 아니 십여 명의 중년인들이 숨을 거칠게 토해 내며 한 집의 문을 연다.

"대현아!"

"종수야!"

웅성웅성!

"컴퓨터 바로 포렌식 진행해 주시고, 저기 서재 컴퓨터랑 노트북도 확인해 줘요. 오 경감님이랑 철이는 CD랑 USB 찾아서 싹 다 확인해 주고."

"예!"

집 안을 어지럽히는 험악한 인상의 사람들의 모습에 중년인들의 얼굴이 하얗게 질린다.

"뭐, 뭡니까! 당신들 누구야!"

"아, 김대현 학생의 부모님 되십니까? 아까 연락드린 경찰 본청 특별범죄수사대 최종혁 경정입니다."

"저, 정말 경찰……."

하얗게 질린 중년인들은 거실 소파에 수갑을 찬 채 고개를 푹 숙이고 앉아 있는 아이들을 발견하곤 입을 다물었다.

"대체 저희 아들이 무슨 죄를 저지른 겁니까?"

"맞아요! 우리애가 무슨 짓을 했다고 저렇게……!"

"당신은 가만히 있어!"

애써 냉정하려는 모습을 보이는 아버지들의 모습에, 아무것도 모르는 듯한 그들의 모습에 종혁은 한숨을 내쉬었다.

"저희 특별범죄수사대는 김대현 학생이 미성년자를 대상으로 한 성착취물을 제작, 유포한 것으로 추측하고 있습니다. 다른 학생들은 유포를 도운 정황이 발견됐고요."

"네?!"

너무도 경악스러운 말에 눈앞이 깜깜해지는 그들.

"아, 아니라니까요! 전 그냥 우연히 사이트를 알게 돼서 접속한 것뿐이라고요!"

"저, 저희도 그냥 다른 애들하고 돌려 본 것밖에 없다고요!"

"조용히 해!"

"진짜라고요! 아, 씨발! 진짜 억울해요!"

"이 새끼들이 그래도……!"

"최재수!"

"……죄송합니다, 대장님."

"죄송합니다. 사안이 사안이라 저희 팀원이 좀 격한 모습을 보였습니다."

고개를 숙이는 종혁의 모습에 김대현의 부모와 다른 학생의 부모들이 눈을 감으며 애써 화를 가라앉혔다.

"아니라고요! 진짜 저 아니에요! 믿어 주시라고요! 아씨 진짜……."

끝내 눈물을 흘리는 김대현.

"변호사를 불러도 되겠습니까?"

"예, 그러셔도 됩니다. 정당한 권리니까요."

"대장님!"

"그럼 잠시."

난장판이 된 김대현의 방으로 향한 종혁은 컴퓨터 앞에 앉아 있는 순철에게 다가갔다.

"포렌식 결과 나왔습네다."

"벌써?"

"예. 기런데……."

"아, 씁."

순철의 표정을 본 종혁은 머리를 벅벅 긁었다.

* * *

다음 날, 경찰 본청의 취조실.

심기가 불편한 얼굴을 한 변호사와 동석을 한 김대현의 맞은편에 앉은 오택수와 최재수가 미간을 구긴다.

"그러니까 우연히 알게 된 사이트다?"

"그렇다니까요! 섹스코리아라고 그런 음란 사이트를 모아 놓은 사이트가 있거든요? 거기서 발견한 거예요!"

쾅!

"이게 어디서 구라를 쳐! 우리가 네 컴퓨터 싹 다 포렌식 했거든?! 그런데 네가 PC방에서 접속한 그 사이트는 없었어!"

"아씨, 진짜라니까요! 그건 섹스코리아에 있는 사이트가 맛보기라서 그런 거라고요!"

"맛보기?"

중요 부위는 모자이크가 된 사진 50여 장과 영상 몇 개가 전부지만, 눈이 돌아갈 수밖에 없는 게시물들.

그것들을 보다 보면 감질나는 것을 견디지 못하고, 모자이크가 없는 영상을 볼 수 있는 유료회원 신청을 하는 공지사항을 클릭할 수밖에 없다.

메신저 아이디만 달랑 있는 공지사항.

그렇게 몇 단계를 거치다 보면 결국 PC방에서 접속한 사이트의 주소를 받게 된다.

"그리고 그 사람들이 매일 그날 접속할 비번을 메일로 쏴 주거든요? 전 그렇게……."

"자랑이다, 새꺄! 그런 노력이면 아주 한국대도 가겠네!"

서류철을 들었다가 변호사 눈치를 보며 내려놓은 최재수는 거울 유리를 응시했고, 그 안 녹화실에 있는 종혁은 눈빛을 가라앉혔다.

임세라는 그런 종혁을 보며 입맛을 다셨다.

"대장, 아무래도 저거 진짜인 것 같은데?"

"어. 그래 보이네. 그래서 더 심각해졌고."

"응?"

잔인한 일진 무리나 웬 미친놈이 저지른 범죄가 아니라 비즈니스다. 음란 사이트를 이용하는 전국의 남녀들을 대상으로 한 비즈니스.

여기서 문제는 이게 종혁이 알지 못하는 사건이라는 것
이다.

'분명 이맘때 이런 게 있다는 소린 들어 본 적이 없었
어.'

그렇다면 답은 하나다.

'아마…… 밝혀지지 않은 거겠지.'

존재했음에도 드러나지 않은 거다.

일단 사이트에 접속을 하는 방법 자체부터 굉장히 은밀
하고 치밀하다. 알려질 확률이 극히 드물다고 봐야 했다.

"철아, 아까 그 영상 틀어 봐."

순철은 김대현에게 배정된 오늘 치 비번을 쳐서 접속한
사이트의 한 영상을, 방금 보았던 영상을 재생시켰다.

-저, 정말 해요?

-하라고.

-에, 에헤에!

한 이십대 여성이 울먹이며 일본 야동에서나 나올 법한
표정을 짓는 영상.

빠드득!

'그거 맞네, 씨발!'

2020년대 대한민국을 분노에 휩싸이게 만들었던 그 사
건을 연상시키는 영상.

다시금 피가 거꾸로 솟는 걸 느낀 종혁은 더 이상의 고민을 관두기로 했다.

"예, 검사님. 명분, 만들어졌습니다."

ㅡ……알았데이. 자료 조합해서 보내라.

"예."

전화를 끊은 종혁은 다시금 걸려온 전화에 의아해하며 봤다가 혀를 찼다.

"에라이, 씨발. 예, 최종혁 경정입니다."

ㅡ야, 이 개새끼야!

받자마자 대뜸 욕부터 하는 강동호 검사.

종혁은 얼굴을 구겼다.

* * *

서울의 패션의 메카, 동대문.

인터넷 쇼핑몰의 발달로 그 기세가 많이 죽기는 했지만, 그래도 여전히 돈이 부족한 젊은이들에게 사랑을 받는 그곳에 카메라를 목에 건 한 남성이 테이크아웃을 한 커피를 홀짝이며 지나는 사람들을 둘러본다.

"와! 여기가 동대문!"

"저 이런 곳 처음 와 봐요!"

"야, 다들 나만 믿어."

"꺄! 언니!"

마침 그의 앞을 스쳐 지나가는 소녀들.

트레이닝복이나 청바지에 회색 후드티 등 무난한 옷차림이지만, 십대 특유의 싱그러움이 가득 느껴짐에 주위 사람들이 좋을 때라며 흐뭇하게 웃는다.

하지만…….

"호오?"

마치 장난감을 발견한 듯 흥미 가득한 눈빛을 번뜩인 남성은 씩 웃으며 소녀들을 향해 걸음을 내디뎠다.

* * *

종혁이 떠나고 난 후의 진명고 여자유도부.

"오늘은 좋은 분께 아주 좋은 조언을 들은 기념으로 오후 훈련을 빼 주는 거니까 다들 어디로 새지 말고 집에 갈 수 있도록! 알았어?!"

"예!"

"수고하셨습니다!"

우렁차게 인사를 하며 돌아서는 여자유도부원들.

그들의 얼굴에는 기대와 기쁨이 한가득이다.

"정말 운동기구들을 기증해 주시는 거 맞겠지?"

"지금 운동기구가 문제야? 이번 겨울 합숙 때 동해로 간다잖아!"

"와, 진짜 레전드는 달라도 다르구나."

운동기구들을 비롯한 비품들과 여자유도부 발전 기금을 통 크게 기부하고 떠난 종혁.

앞으로 보다 나은 훈련을 할 수 있다는 기대감에 그들의 얼굴에선 흥분이 떠날 줄 모른다.

물론 오후 훈련을 안 한다는 것에 대한 기쁨도 있다. 곧바로 옷을 갈아입은 그녀들은 여자유도부 건물을 떠나기 시작했다.

그녀들 사이엔 누리도 껴 있었다.

"누리야."

"아, 주장."

주장 이수지뿐만 아니라 몇몇 선배와 동기들도 함께 오묘한 표정을 짓고 있음에 누리는 의아해할 수밖에 없었다.

"잠깐 이야기 좀 할까?"

"네? 네⋯⋯."

누리는 갸우뚱하며 그들을 따라 학교 근처에 사는 이수지의 집으로 향했다.

그리고 이내 곧 그들이 꺼낸 말에 경악을 금치 못했다.

"미안해, 누리야. 그 개자식에게서 널 보호해 주지 못해서."

"⋯⋯네에?!"

"흐어어엉!"

울음바다가 된 이수지의 방.

똑같은 아픔을 공유하는 소녀들은 서로를 위로하며 고생했다고 다독였다.

왜 보호해 주지 않았냐, 말해 주지 않았냐는 말은 하지 않았다.

그럴 수밖에 없었던 사정을 이해하니까.

종혁에게 구해졌으니까.

"훌쩍! 그래서 아까 우신 거예요?"

감독실을 뚫고 나와 건물을 울렸던 이수지의 울음소리. 그녀뿐만 아니라 지금 이 자리에 있는 선수들 모두 크게 울음을 티트렸었다.

그때까지만 해도 종혁과 임세라의 진심 어린 조언과 잔인한 현실에 감정이 요동쳐서 그런 거라고 생각했는데 그게 아니었던 것 같다.

"응. 그냥 울음이 나오더라고."

"나두."

"저도요."

살았다는 안도감이, 더 이상 악몽을 꾸지 않아도 된다는 안도감이 저절로 울음을 터트리게 만들었다.

다시금 그때가 떠오른 그녀들의 눈가에 습기가 차오른다.

"아차. 그런데 누리야."

"네?"

"최종혁 선수님, 아니 형사님과…… 아는 사이 맞지?"

"으음. 네."

상황이 이렇게 됐는데 더 이상 숨길 게 뭐 있겠는가. 누리는 당시의 상황을 모두 말해 줬고, 그녀들은 그제야 모든 퍼즐을 맞출 수 있었다.

그녀들은 다시 눈물을 글썽이며 누리의 손을 잡았다.

고마웠다. 너무 고마웠다.

우연이라도 누리 덕분에 구원을 받을 수 있었음에.

미안하고도 또 미안하며, 고마웠다.

소녀들은 한참 동안 말없이 누리의 손을 쓸어내리고 쓸어내렸다.

그렇게 얼마나 시간이 흘렀을까.

"그러면…… 우린 이제 어떻게 되는 걸까요?"

한 부원의 말에 그녀들 사이에 침묵이 내려앉는다.

그 악마 같은 인간의 손아귀에서 벗어나지 못했던 이유가 뭐던가. 바로 추천 때문이다.

비록 좋은 대학은 아니라도 계속 운동을 이어 갈 수 있는 추천. 그녀들에게는 박상영 그의 평가가 필요했었다.

그런데 그게 사라져 버렸다.

"난……."

모두의 시선이 이수지에게로 향한다.

"지도자 과정 밟으려고."

"네?! 왜요?!"

"맞아! 지금 그만두기엔 너무 아깝지 않아?"

부원들이 격하게 고개를 끄덕였지만, 이수지는 씁쓸하게 웃었다.

"나 같은 피해자가 나오지 않았으면 해서."

"아……."

"솔직히 이런 꼴을 겪으면서까지 운동을 계속해야 되나 싶기도 하고 그럴 실력이 되나 싶기도 한데, 그보다는 지금 이 순간에도 우리와 비슷한 고통을 받고 있을 후배들을 보호하고 싶어."

박상영이 유독 악마였던 게 아니다.

도 대회, 시 대회에 출전하면 자신들과 같은 피해를 입었다는 소문이 가끔씩 귀에 들려온다.

누군 몸을 팔아서 레귤러 자리를 땄네, 누군 돈을 줘서 주전 자리를 얻었네, 누군 감독에게 당해서 선수생활을 접었네 등 다들 쉬쉬해서 겉으로 드러나지 않았을 뿐, 스포츠계에선 온갖 거지 같고 더러운 일이 만연했다.

"내 몸은 한 개뿐이니까 많이는 보호할 수 없겠지만, 내 손이 닿는 범위만이라도 보호하고 싶어."

"주장……."

안타깝기도 하고 또 한편으론 이해가 되기도 해서 그녀들은 아무런 말을 할 수 없었다.

"음, 저도 주장과 같은 생각이에요."

"넌 또 왜!"

"겨우 예비 멤버로 발탁되는데 계속 운동해서 뭐해요. 그럴 바에는 차라리 그냥 지금부터 공부해서 교육자 코스 밟으려고요."

"어느 쪽으로 가게?"

"스포츠 의학이나 피지컬 트레이닝이요. 태릉 피트니스에서 그쪽 관련 자격증 있는 사람들을 수시로 모집한

다니까 평생직장을 얻는 거잖아요?"

그녀들 같은 운동선수들에게 있어서 평생직장이라 불릴 만큼 복지가 뛰어난 태릉 피트니스센터.

"유도는 그만두지 않는다는 거지?"

"네, 그래야죠. 여차하면 도장이라도 차리게. 여자유도 전문 도장!"

"그럼 됐어. 지희 넌?"

"저는……."

큰일을 겪으며 생각이 많아져서일까. 저마다 진지하게 미래에 대한 고민을 말하기 시작했다.

그러다 누리의 차례가 됐다.

"전 계속 운동을 할까 해요."

"응. 네가 운동을 그만둔다고 했으면 정말 아까웠을 거야."

남들보다 유도를 늦게 시작했음에도 가시적인 성과를 냈던 누리.

아직은 그 재능이 완벽히 꽃피지 않았지만, 분명 머지 않아 좋은 성적을 거둘 수 있을 터.

그녀는 진명고 여자유도부에 반드시 필요한 선수였다.

"그럼 다음 주장은 네가 하면 되겠다."

"네에?!"

"강요는 아니니까 한번 생각은 해 봐."

"네에……."

당황과 생각에 잠기는 누리를 일견한 유도부원들은 잠

시 입을 다물며 마음을 가득 채운 감정에 집중을 한다.

개운했다. 박상영의 마수에 사로잡힌 이후부터 언제나 우중충하고 죽고 싶었던 마음이, 몸이 날아갈 것처럼 개운했다.

마치 다시 태어난 것 같았다.

'이런 날은 기념을 해야 하는데……'

결코 잊지 않기 위해.

다신 이런 일을 당하지 않기 위해.

고민하던 이수지는 어떻게 하면 강렬한 추억을 남길 수 있을까 고민을 하다가 아이들의 옷차림을 보곤 눈을 동그랗게 떴다.

운동부라는 것을 광고라도 하듯 운동복만 입은 아이들.

그 모습을 본 이수지는 손뼉을 치며 입꼬리를 올렸다.

"애들아, 우리 옷 사러 갈까?"

* * *

웅성웅성!

"와아! 사람 많다."

토요일 오전, 버스에서 내린 누리와 소녀들이 사람들로 가득한 동대문을 보며 눈을 빛낸다.

"와! 여기가 동대문!"

"저 이런 곳 처음 와 봐요!"

"야, 다들 나만 믿어."

"꺄! 언니!"

"자, 그럼 다들 저곳으로 돌격!"

"돌격!"

마치 그동안 받은 스트레스를 모두 풀어 버리겠다는 듯 쇼핑몰을 헤집고 다니는 소녀들.

"너무 비싸요! 깎아 주세요!"

"어휴, 언니. 그렇게 깎으면 우리도 남는 거 없어요."

"그래도 깎아 주세요!"

'우와.'

상인과 당당하게 흥정을 하는 동기의 모습에 누리의 입이 벌어진다.

부모님이 돌아가신 후 가난해진 것도 있지만, 그 전에도 엄마가 사 주셨던 옷만 입어서 이런 쇼핑몰을 와 보지 못했던 그녀. 눈이 초롱초롱하게 빛난다.

"누리야, 너도 뭐 좀 골라 봐. 아니, 이것 좀 입어 볼래?"

"네? 저요? 아니에요. 전 괜찮아요."

옷 같은 걸 살 돈 따윈 없다. 종혁이 준 합의금은 곧 다가올 겨울을 위해 써야 했다.

그런 누리의 모습에 아차 했던 이수지는 이내 엄한 표정을 지었다.

"쯧. 주장으로서 명령이야. 얼른 입어."

"아니, 네에……."

누리는 이건 아닌데 하며 탈의실로 들어갔고, 이수지는 그런 누리를 보며 안타까워했다.

그동안 목이 다 늘어나다 못해 헤진 티셔츠와 교복도 작아져 학교 운동복만 입고 다녔던 누리.

"주장, 누리 옷 사 주시게요?"

이수지는 자신의 마음을 꿰뚫어 본 후배를 봤다.

"응. 누리가 아니었다면 형사님께서 우릴 구해 주실 수 없었을 거잖아."

그에 대한 보답이었다.

"아…… 그, 그럼 저도 보탤게요!"

"저도요!"

"안 돼! 내가 사 줄 거야!"

"그런 게 어디 있어요!"

"우우. 독재자다, 독재자."

"이것들이?!"

좌락!

탈의실 커튼이 열리는 소리에 다급히 입을 다물며 고개를 돌린 소녀들은 잠시 멍해졌다.

블링블링한 페인팅이 된 하얀색 긴팔 셔츠에 아이보리색 조끼, 그리고 무릎까지 내려오는 주름치마를 입은 누리.

"괘, 괜찮아요?"

치마가 어색한지 자꾸 끌어 내리는 누리의 모습에 소녀들은 절로 감탄을 터트릴 수밖에 없었다.

"……평소에 이렇게 꾸미고 다니지!"

"와, 같은 사람 맞아?"

"네, 네?"

요새 유행하는 스타일의 옷을 입었을 뿐인데 마치 사람이 달라진 것 같다.

"음. 그런데……."

무슨 일인지 못마땅한 표정을 짓던 이수지는 아 하며 손을 까딱였다.

"누리야, 잠깐 머리 좀 숙여 볼래?"

"네? 네."

누리가 머리를 숙이자 이수지는 자신이 쓰고 있던 머리띠로 수지의 치렁치렁한 앞머리를 넘겨 이마를 드러냈고, 그 모습에 소녀들은 다시 멍해졌다.

"헐?"

"와, 이게 누구야? 진짜 누리 맞아?"

"누리야, 너 앞으로 머리 올리고 다녀라. 인물이 확 사네!"

"씨이! 이쁜 얼굴 그렇게 쓸 거면 나나 주지!"

"네, 네?"

소녀들은 여전히 모르겠다는 듯 기만하는 누리를 보며 잘됐다는 듯 환하게 웃었다.

"오케이. 그럼 이걸로 당첨! 언니, 이거 계산해 주세요!"

"헉! 괜찮아요! 전……."

"쉿. 명령이라고 했지? 고마워서 사 주는 거니까 조용. 정 미안하면 이따가 음료수나 사든가."

"아니……."

이수지는 누리가 다른 말 못하게 얼른 계산을 한 후 가게를 빠져나갔고, 누리는 그런 그녀의 모습에 당황하다 결국 울상을 지으며 뒤쫓았다.

하지만 이내 누리의 입술이 꿈틀거린다.

부담이 되지만 그래도 새 옷. 가슴에 진 작은 응어리가 사르르 풀린다.

누리가 산 음료수를 든 소녀들은 쇼핑몰을 다시 헤집고 다니다 배에서 점심을 달라는 알람이 울리자 쇼핑몰을 빠져나갔다.

푸드 코트에서 먹을까 했지만, 절로 돌아 나오게 만든 가격표.

물론 다른 곳과 그렇게 큰 차이가 나지 않는다. 문제는 그들의 먹성이었다.

또래의 소녀들보다 거의 3배는 먹는 그녀들. 일반 음식점에서 배불리 먹었다가는 파산이었다.

"앗! 고기뷔페 발견!"

"뭐? 어디!"

배 터지게 먹을 수 있으면서도 값도 저렴한 곳 고기뷔페. 언제 먹어도 진리인 고기가 가득한 고기뷔페.

눈이 돌아간 그들이 그곳으로 달려가려는 순간이었다.

찰칵! 찰칵!

"누, 누구세요?!"

"아, 웃는 모습들이 너무 예뻐서 저도 모르게 사진을 찍고 말았네요. 맞아, 전 이런 사람이거든요?"

스트릿패션 전문 포토그래퍼 유명진.

남성은 명함을 보고 놀라는 소녀들을 보며 속으로 입술을 비틀다 누리를 보곤 눈을 빛냈다.

'어라? 얘 봐라?'

그의 눈이 누리를 응시했다.

* * *

한편 그 시각 서울중앙지방검찰청 여성아동범죄조사부의 안동호 검사실.

1시간 전 김대현의 변호사에게 전화를 받고 상황을 파악한 안동호 검사의 꼭지가 돌아 버린다.

"야, 이 개새끼야! 네가 감히 내 말을 무시해?!"

─검사님께서 영장을 발급해 주실 수 없다고 하시기에 제 나름대로 학교에 협조를 얻어 단서를 찾았습니다만? 힘든 상황에서 단서를 찾았는데 이렇게 화를 내시니 좀 당황스럽군요.

"다, 당황? 너 단어 선택이 좀 거만하다? 너 그거 불법인 거 알아, 몰라!"

─전 그동안 그런 나쁜 짓을 저지르는 학생이 있는 줄 몰랐다, 일을 조용히 해결하고 싶다고 하는 진명고 교장선생

님의 부탁을 받아 포렌식을 해 드린 것밖에 없습니다.

학교의 일은 가급적 학교 내에서 해결한다.

이런 기치 아래 선생들은 제법 큰 권한을 가지게 된다. 학생의 핸드폰을 스스럼없이 확인할 수 있을 만큼 말이다.

"아아, 그래. 지금 해보자는 거지? 너 거기서 딱 기다려. 내가 아주 죽여 버릴 테니까!"

쾅!

거칠게 전화를 끊은 안동호는 외투를 챙겨 들며 계장을 봤다.

"공 계장님, 최종혁에 대해 싹 다 조사해요. 최종혁의 재산부터 그 부모의 재산, 뇌물을 받은 정황이 있는지 없는지, 사소한 거라도 불법을 저지른 게 있는지 없는지 싹 다! 알았어요?!"

"예, 예!"

"이 개새끼……."

감히 검사의 말을 무시했다. 지금부터 전쟁이었다.

"검사가 왜 검사인지 알게 해 주지."

"아따, 마. 어딜 가는데 그리 살벌한 말을 하면서 갑니꺼?"

"……안녕하십니까, 부장검사님."

"오! 내 알아요?"

"이 중앙지검에서 특수부장님 얼굴을 모르면 간첩이죠."

"이야아. 강철선 출세했네! 하하, 알아봐 줘서 고마워요?"

"하하. 아닙니다. 그럼 전 일이 있어서 이만."

"아이고. 이걸 우짜지? 나도 그쪽한테 볼일 있어서 왔거든요? 급한 일 아이면 내부터 이야기합시다."

"……저와 말입니까?"

"그쪽 부장인 강 프로도 용무가 있어서. 아, 잘됐네. 이대로 강 프로 만나러 갑시다!"

"예? 아, 아니……."

"뺄 거 없으요. 자자, 갑시다."

여성아동범죄조사부의 부장검사실로 향한 강철선은 그대로 문을 열고 들어갔다.

"여! 강 프로! 바쁘나!"

"……안녕하십니까, 검사님."

"에이. 같은 부장끼리 님님이 뭔 소리고? 서로 거리감 느껴지게."

"전 이게 편해서 말입니다."

그렇게 말한 강두희는 안동호를 보며 어째서 같이 들어오냐는 눈빛을 보냈고, 안동호는 고개를 저었다.

"큼. 그런데 무슨 일이십니까?"

"아, 이번에 너희 부서에서 맡는 사건 하나만 인계해 줄 수 있냐고 물으러 왔데이. 되긋나?"

순간 강두희의 가슴이 술렁인다.

'설마 알아차린 건가? 최종혁 이놈이 꼰지른 건가?'

그는 머릿속이 복잡해졌지만 모른 척 얼굴을 구겼다.

"좀 당황스럽군요. 곧 특수부는 부산 JH메디컬 특수본에 지원을 간다고 들었습니다만."

조희구 사건이 터지며 전국이 뒤집히자 대검은 곧바로 특별수사대책본부 설치를 천명했고, 현재 각 지검에서 잘난 놈들을 선별하고 있었다. 그리고 특수부도 거기에 포함될 예정이었고.

지금 다른 사건을 가져가 맡을 여유는 없을 터였다.

"에이, 그기야 내 똑똑한 얼라들이 가는 기제. 내가 가믄 급이 맞겄나? 괜히 갔다가는 된서리 맞는데이. 그기다 내가 부장이라꼬 상대도 안 해 주고. 심심해 돌아 삐기 전에 몸이나 좀 풀라고 한다. 순순히 넘겨주면 이 은혜 잊지 않을게."

"……큼. 검사님께서 그렇게 말하시니 후배로선 거부할 방법이 없군요. 어떤 사건을 가져가시려는 겁니까?"

"알잖아."

쿵!

'최종혁…… 이 개 같은 놈이 결국!'

강두희는 싱글벙글 웃고 있는 강철선의 서늘한 눈빛에 낯빛을 굳혔다.

"지금 협박하시는 겁니까?"

"응. 협박한다."

"강 검사님!"

터엉!

책상을 치며 일어난 강두희가 붉게 달아오른 얼굴을 일그러트리자 강철선은 담배를 물었다.

찰칵! 치이익!

부장검사실을 뿌옇게 물들이는 담배 연기.

강철선의 얼굴에서 미소마저 사라진다.

"강 프로야, 니 강원도로 갈래?"

쿵!

"무, 무슨……."

"와? 종혁이 뚜까 패믄서 이런 것도 각오 안 했나?"

"……지금 경찰 따위를 위해 같은 식구 등에 칼을 꽂는 겁니까!"

"푸흐흐. 강 프로야, 여가 어데고?"

"……."

"중앙지검이다, 빙시야. 저 대검 중수부도 여차하면 들이받는 중앙지검. 전국의 모든 엘리트 중에서도 엘리트만 모아 놓는 중앙지검. 중검."

검사라면 누구나 욕심내기에 한 번만 삐끗해도 천 길 낭떠러지 밑으로 떨어지는 곳.

강철선은 들고 온 노트북을 열어 종혁이 찍어 보내온 사이트 메인 화면과 그곳에서 다운받은 사진, 영상들을 보여 줬다.

"보이나?"

"이, 이게……."

"피해자들일 얼메나 많은지 보이냐고, 씨발 새끼야. 거

안동호 검사도 이리 와서 함 보이소. 니가 좆도 아닌 생
각으로 어떤 개짓거리를 하려고 했는지 보라고—!"

"흐읍!"

"와? 내가 니 멱살 잡아 끌고 와서 보여 주까? 어?! 퍼
뜩 안 오나!"

마치 누가 뒤에서 떠민 듯 헐레벌떡 다가온 안동호는
노트북을 보곤 그대로 굳어 버렸고, 강철선은 강두희 책
상에 있는 내선전화기를 들어 한 사람에게 전화를 걸었
다.

"예, 검사장님. 저 강 프롭니더."

—무슨 일이지?

"아무래도 2차장님과 식사를 한번 하셔야 할 것 같심
더."

"허억! 거, 검사님……!"

—……설명.

"저랑 성만 같은 강 부장이 검사장님 말을 무시하네요?
이거 아무래도 2차장 빽 믿고 설치는 것 같은데…….."

—2차장이 내게 유감이 많은가 보군. 알았어.

"아, 아닙니다! 절대 아닙니다!"

"그리고 여기 강 프로 후임 좀 알아봐 주이소. 이쪽에
서 맡고 있는 사건 몇 개는 저희가 가져갈 테니까."

—곧 처리하지. 강 프로, 덕분에 여성아동범죄조사부가
자리를 잡을 수 있었어. 그동안 수고했어.

"검사장님—!"

애달픈 외침에도 통화는 매정히 끊겼고, 강철선은 망연 자실 쳐다보는 그들을 보며 피식 웃었다.

"와? 내랑 검사장님 뒤통수 후렸는데 이 정도 각오조차 안 했나? 만나서 반가웠고, 다신 보지 말제이. 저번에 맡아 보니까 강원도 공기가 참 맛있드라. 내 취향은 아이지만."

털썩!

"강 검사님! 아니, 부장검사님! 제 말 좀 들어 주십시오!"

무릎을 꿇으며 애처롭게 비는 그의 모습에도 강철선은 여전히 웃으며 몸을 돌렸다.

생각나는 사람이 없는 게 아니다.

남부지검 차장. 종혁 덕분에 물을 제대로 먹은 인간이다.

"내 간데이. 수고하래이."

"부산지검 검사장님께서 부탁을 하셔서 저도 어쩔 수가 없었습니다!"

멈칫!

"……누구?"

강철선의 눈이 가늘게 떠졌다.

* * *

"허허. 그래요, 조 회장. 최종혁 그 친구는 사건에 정신

없을 테니 너무 걱정 마세요."

오늘 아침에도 확인을 했었다.

─하하. 감사합니다, 검사장님. 시간 괜찮으실 때 한번 놀러 오십시오. 이쪽에 좋은 필드 하나 알아봐 뒀습니다.

"오. 도주 중일 텐데도 취미를 즐기시나 봅니다."

─아무리 바쁘더라도 정신 수양은 해야지 않습니까.

"하하. 그건 맞는 말이죠. 알겠습니다. 그럼 날을 잡아 봅시다."

이후로 이야기를 좀 더 하다 전화를 끊은 장년인, 부산 지방검찰청의 검사장이 열기가 남아 있는 전화기를 보며 눈을 가늘게 뜬다.

"최종혁이라……. 그쪽 친구들과 참 악연으로 얽혀 있 나 보구만."

피식 웃은 그는 이내 신경을 끄며 눈앞의 서류에 집중 했다.

어디로 갔는지 아무도 알 수 없는 조희구.

그 누구도 잡을 수 없으리라.

* * *

─사건 가져왔데이.

"수고하셨습니다."

─음? 뭔 일 있나? 와 이리 시큰둥하노? 지금이라도 무 를까?

이제부터 제대로 수사를 할 수 있다. 바라던 일이니 종혁이라면 지금쯤 기뻐해야 됐다.

"봐주세요. 지금 보고 있는 게 너무 충격적이어서 그래요."

─뭔데?

"일단 와 보시면 알 겁니다."

한 번 로그아웃이 되면 다음 날 다시 비밀번호를 받아야만 입장이 가능한 사이트. 아직 김대현의 비밀번호에만 의지할 수밖에 없는 상황이라 강철선이 접속을 하게 만들 수가 없다.

"아니, 잠시만요. 철아, 스크린샷 찍어서 강 검사님께 보내 드려."

타다닥!

"보냈습네다."

"확인해 보세요."

─잠깐만 기다리…… 뭐꼬, 이건?

종혁이 보낸 건 일종의 명단이다.

이번 주 초이스! 업데이트는 차후 공지하겠습니다!

─이기 뭐냐고!

거의 숨겨진 듯 메뉴 맨 아래에 적혀 있어 뒤늦게 발견한 것.

"뭐긴 뭡니까. 이놈들의 사냥 목록이지."

앞으로 사냥할 대상들.

종혁은 해맑게 웃으며 브이를 그리고 있는 이십대 여성의 모습에, 이제 막 스무살이 됐을 법한 앳된 여성의 모습에 이를 악물었다.

"검사님, 몇 명이 여기를 거쳐 갔는지 모릅니다."

이 사이트는 등급제로 운영되고 있는데, 김대현의 계급은 고작해야 실버. 위로 골드, 다이아, 황제 무려 세 등급이 더 남아 있다.

즉, 지금 김대현의 계정으로 확인한 것 이상으로 피해자가 많을 것이라는 의미였다.

"그런데 이것보다 더 큰 문제는 등급별로 수위가 높아진다는 겁니다."

쿵!

술에 취해 강제로 당하는 것처럼 보이는 영상보다 더 강한 영상과 사진.

이보다 더한 짓을 태연히 했을 찍었을 개새끼와 그걸 보고 낄낄거리며 웃고 있을 모니터 밖의 동조자들을 떠올리니 피가 거꾸로 솟다 못해 몸 밖으로 튀어나오려는 듯하다.

-이 개······! 찾을 수 있겠나? 아니, 찾아라! 알겄나!

"예. 찾아야죠. 끊겠습니다."

-아, 잠깐! 잠깐만 기다리레이!

"······?"

-후우. 후우. 후우. 됐다.

끓어올랐던 열을 애써 가라앉힌 강철선의 목소리가 낮아졌다.

─니 부산지검이랑 뭔 일 있나?

"부산지검이요? 아뇨?"

'아, 설마?'

뭔가를 떠올린 종혁의 표정이 굳는다.

"남부지검 차장검사가 아니었던 겁니까?"

─니도 그렇게 생각한 거제? 뭐 생각나는 거 없나? 니 기억력 좋잖아!

"뭐가 있어야 있다고 말하죠."

부산지검과 얽힐 일이 뭐가 있을까. 아무리 기억을 뒤져 봐도 없다.

"그래서 부산지검의 누구인 겁니까?"

─부산지검장.

"……꽤 큰 분께서 절 찍으셨네요."

─흠. 알았다. 이건 내가 좀 더 알아볼게.

순간 종혁의 입이 달싹인다.

말할까, 말까.

고민을 하던 종혁은 결국 결정을 내렸다.

"이건 어디까지나 제 추측인데, 어쩌면 조희구 사건과 얽힌 것일 수도 있습니다."

'일단 던진다.'

오픈을 하되, 아주 약간만 오픈한다.

'하지만 아직은 아니야.'

아직 강철선의 힘이 공고하지 못하다.

그의 힘은 전 검찰총장을 비롯해 현 서울중앙지검장이라는 라인에서 오는 것. 특수부라는 부서가 세긴 하지만 아직 권력의 한자리를 차지했다고, 오롯이 섰다고 볼 순 없다.

아직은 모든 걸 오픈할 때가 아니었다.

－뭐? 누구?

"제가 거기에 투자를 꽤 많이 했거든요."

－……종혁아. 누가 경찰 욕하면 좆같제? 나는 어떨 거 같노?

"죄송합니다."

－끊는다.

전화를 끊은 종혁의 눈에 살의가 들어찬다.

'부산지검장.'

조희구가 사기를 치던 부산, 그리고 부산지검의 검사장. 누가 봐도 관계를 의심할 수밖에 없다.

아무래도 살생부에 기록을 해야 할 것 같았다.

생각을 정리한 종혁은 핏발 선 눈으로 모니터를 쳐다보는 대원들을 일견하며 순철을 봤다.

"사이트 열어 볼 수 있겠어?"

"서버가 해외에 있어서 불가능합네다."

영장을 받아도 불가능한 일.

"일단 인터폴에 협조 요청부터 해야겠네……."

'흠. 아무래도 내가 한국에 붙어 있는 걸 원하는 것 같

은데 말이야.'

이번 사건을 맡으면서 들어온 방해, 이게 놈들의 소행이라고 가정하니 그런 생각이 든다.

그동안 수없이 방해를 받아 종혁을 극도로 경계하고 있을 놈들 회사.

'그럼 그렇게 해 줘야지.'

종혁은 생각을 빠르게 정리했다.

"최재수."

"예, 대장님."

"간편신고관리과와 112센터에 협조 요청을 해서 성범죄 신고 사례들 쭉 긁어 와. 그중에 여기 피해자들이 있을 수도 있으니까. 아마 귀찮고 힘들다고 손을 저을 수도 있을 거야. 그러니 112센터들은 직접 돌면서 기름칠 좀 해. 그 정도는 할 수 있지?"

"예!"

"오 경감님."

"영상과 사진에 나온 장소를 둘러보란 말이지?"

"일단 영상 제목과 대화, 배경을 바탕으로 추려 본 것입네다."

"크. 역시 전문직이 있으니 다르네!"

아니었다면 전국을 뒤지며 영상에 나온 장소들을 찾아야 했을 거다. 시간이 얼마나 걸릴지 모르는 일. 저곳 중 한 곳을 찾는 데만도 거의 한 달은 걸렸을 거다.

"진짜 사랑한다, 철아."

"겨, 겹치는 곳들 위주로 교차 검증을 한 것뿐이니 확인된 곳은 몇 곳 안 됩니다."

"그래도 땡큐! 임 경위는 나랑 가자."

"예!"

짜악!

손뼉을 쳐서 외투를 챙겨 들며 뛰쳐나가려는 둘과 최재수를 불러 세운 종혁은 낯빛을 굳혔다.

"딱 봐도 조직적으로 움직이는 놈들입니다. 몇 명인지, 또 얼마나 위험한 놈들인지 모릅니다. 각별히 주의해 주시고, 여차하면 발포 허락합니다."

쿵!

"현장에 의심가는 새끼 있다면 일단 조지세요. 제가 다 커버 칩니다."

"……오케이. 가자."

"앞으로 시간 싸움이니까 준비 단단히 하시고요. 본청 근처 빌라에 업무용 차량들 세워 놨으니까 관리실에 말해서 차키 받아 가세요."

"알았다니까!"

그렇게 셋이 다 나가자 종혁은 다시 순철을 봤다.

"철이는 미니홈피랑 에이버 블로그, 넥스트 카페도 얼굴 대조 들어가. 관리자 아이디 줄 테니까. 그리고 시간 나면 커뮤니티 확인도 좀 해 주고."

"혀, 형님은 기런 것도 있습네까?!"

"투자를 해 놓은 게 좀 있어서."

주식과 지분을 꽤 많이 확보해 놓은 상태지만, 이 권한을 얻어 내는 과정이 꽤 힘들었다.

수첩을 뒤져 관리자 아이디와 비밀번호를 준 종혁은 다시 모니터를 응시했다.

'후우. 이놈들을 어디서 찾는다…….'

회귀 전 대한민국을 뒤집어 놨던 사건과 비슷한 사건.

'거의 1년이 걸렸다지.'

한 모바일 메신저에 놈들이 있다는 걸 알아차리고 모든 증거를 확보해 검거하는 데 걸린 시간이었다.

'물론 그쪽 상황이랑 내 쪽 상황이 많이 다르긴 한데…….'

종혁이 기억하기로 그 사건을 처음으로 인식한 곳은 서울청 소속 수사팀의 형사였다.

일개 형사가 가질 수 있는 권한이 그리 많지 않은 상황인 데다, 처음엔 상부에서도 그리 심각하게 받아들이지 않았던 일이라서 별다른 지원이 없었음에도 끝까지 추적해 겨우 증거를 확보할 수 있었던 그들.

제대로 된 지원을 받을 수 없었던 그들과 종혁 자신의 특별범죄수사대는 많은 부분이 달랐다.

"후. 이 돈을 받는 놈이, 자금 관리책이 누군지 확인만 할 수 있어도 좋을 텐데……."

회귀 전처럼 가상화폐를 이용한 게 아니라 계좌이체로 돈을 받는 놈들. 종혁은 곧바로 해당 계좌의 소유자가 누구인지 관련 기관에 협조를 요청해 두었다.

하지만 대포 통장일 것이 뻔했기에 현재로서는 놈들에

게 닿을 방법이 없는 상황.

그에 종혁이 한숨을 내쉬던 그때였다.

"그건 가능할 것 같습네다."

"어? 뭐?"

종혁이 눈을 부릅뜨며 순철을 본다.

"하지만 그러려면 대장님의 허락이 있어야 합네다. 이게 메일을 통해 비밀번호를 받는 것뿐만 아니라, 유료 회원가입도 하지 않습네까?"

"어? 잠깐 그거?"

"예. 해킹입네다. 메일을 보낼 때 악성코드만 심으면 됩네다."

서버가 해외에 있는 사이트인 데다가 메일 확인을 위해 IP 우회를 할 수도 있는 상황. 이렇게 몇 단계에 걸쳐 회원을 받는 놈들이 그런 것도 안 할까.

가장 확실한 방법은 바로 메일을 여는 순간 악성코드가 전파되도록 해 접속 위치를 알아내는 거다.

"……그건 좀 더 생각해 보자."

물론 해킹을 해서라도 잡고 싶은 놈들이지만, 현재 상황이 상황이다. 자칫 후폭풍이 크게 불지도 몰랐다.

'나중에 가면 나도 어떻게 될지 모르겠지만…….'

새로운 피해자가 나타나면 견딜 수 있을까.

해킹은 최후의 보루다.

"예. 알겠습네다…… 응? 대장님, 놈들이 새로운 타깃을 고른 것 같습네다."

"뭐? 어디……."

다급히 모니터를 봤던 종혁의 표정이 딱딱하게 굳는
다.

오늘 발견한 신인들! 기대해 주세요!
(맛보기 합성 사진 첨부!)

가슴과 소중한 부위를 가린 채 웃고 있는 두 여성.

얼마나 정교한지 실제와 구분이 가질 않는다.

까드득! 빠드득!

"이 개……!"

빠드드드드득!

얼굴이 도깨비처럼 일그러진 종혁은 핸드폰을 들었다.

"그래, 누리야. 혹시 오늘 수지랑 별일 없었니? 아니,
그냥 시간도 늦었는데 밥은 먹었을까 해서. 나야 아까 먹
었지. 아, 동대문 쇼핑몰에 옷을 사러 갔어? 좋았겠네.
또? 아아."

섬뜩!

갑자기 심장을 찌르는 살의에 순철이 눈을 동그랗게 떴
다.

"웬 놈팡이, 아니 사진작가가 사진을 찍으면서 명함을
줬어?"

'이 새끼구나?'

아닌지 맞는지 아직은 모르지만, 수십 년 형사 생활과

함께 갈려 오고 성장한 측이 맹렬하게 외친다.

이놈이라고. 이놈이 놈들 중 한 명이라고.

"언제? 이름이 뭔데? 아니, 그런 곳에 이상한 놈들이 많다는 소리를 들어서 그래. 응응. 유명진?"

종혁은 얼른 검색해 보라고 신호를 줬고, 순철은 다급히 키보드를 두드리기 시작했다.

"스트릿패션 전문 포토그래퍼?"

종혁의 눈이 분노와 살의로 넘실거리기 시작했다.

* * *

타다다닥!

서울 어느 건물의 지하 스튜디오.

유명진이 컴퓨터로 누군가와 채팅을 하고 있다.

−오늘 올린 애들 취향 좀 타겠던데요?

"그럴수록 수요가 많다는 걸 모르네."

타다다닥!

−하지만 운동선수들이라서 벗겨 놓으면 볼만할 겁니다.

일반인들과 달리 근육질의 탄탄한 몸.

또한 쉽게 마주칠 일 없는 운동선수라는 점이 새로운

자극, 정복감을 줄 것이다.

 −신체 사이즈는요?

 −뜸도 안 들였는데 누룽지를 찾으시나. 확인되면 바로 영상 보낼 테니까 넌 업로드나 잘해요.

 −이번엔 확실한 거죠? 저번에 실패해서 손해가 이만저만이 아니에요.

 −돈이나 보내요. 짜증 나게 하지 말고.

 −지금 보냈습니다. 확인해 보세요.

얼른 폰뱅킹으로 입금을 확인한 그는 씩 웃었다.

 −확인했습니다.

 −회원들이 신인들 업데이트가 늦다고 성화입니다. 빨리 부탁드릴게요.

"예이, 예이."

코웃음을 친 유명진은 채팅을 종료했다.

"끄아!"

드디어 오늘 할 일이 모두 끝났다.

습관적으로 담배를 물던 그는 아차 하며 지하 스튜디오를 빠져나갔다.

"담배 냄새를 싫어하는 년들이 많지."

그럼 작업에 작은 애로 사항이 생긴다.

찰칵! 치이익!

"후우. 이수지, 김누리라…… 흐흐."

그저 체중과 몸매를 관리하기 위해 운동을 하는 이들이 아닌, 전문적인 선수로서 운동을 하는 그녀들.

쉴 틈 없이 운동만 하던 이들에게 남자를 만날 시간이나 있었을까?

어쩌면 처녀를 유지하고 있을지도 모른다.

"그년들은 무슨 맛일까?"

게다가 십대다. 그냥 손만 가져다 대도 짝 달라붙을 만큼 피부가 보들보들한 십대.

생각만 해도 사타구니가 뻐근해진다.

유명진은 사타구니를 주물럭거리며 근처 편의점으로 향했고, 그런 유명진의 스튜디오 근처에 주차된 차.

누워 있다가 몸을 일으킨 종혁이 무전기를 든다.

"임세라, 놈이 지금 이동한다. 따라붙어."

─오케이.

종혁은 멀어지는 유명진을 보며 차를 빠져나왔다.

임세라를 지원하러 가야 했다.

* * *

어스름한 가로등 불빛만이 어둠을 쫓는 좁은 도로.

부스럭, 부스럭.

"어휴. 이런 날은 그냥 옆구리에 아가씨 끼고 술을 쭉 빨아야 하는데……. 돈도 있는데 이게 뭔 궁상이야?"

친구라고 있는 것들이 죄다 오늘은 안 된다고 해서 어쩔 수가 없다. 술과 안주가 들어 있는 봉지를 든 유명진이 머리를 벅벅 긁으며 다시 스튜디오 안으로 들어갔다.

그리고 잠시 후, 유명진의 스튜디오가 있는 건물 앞에선 종혁이 핸드폰을 든다.

"어, 철아. 어떻게 됐어?"

-업로드가 되기 4시간 전부터 그곳에 있었습네다.

동대문의 쇼핑몰에서 누리들의 사진을 찍은 후 곧바로 이곳으로 왔던 유명진.

근처에 설치된 공영 CCTV와 임세라가 확보한 CCTV들을 확인한 결과, 유명진은 이 건물을 벗어난 적이 없다는 게 판명됐다.

즉, 이곳이 유명진의 작업 공간이라는 뜻이었다.

"알았어. 그놈 과거 동선도 계속 추적해 줘."

-알겠습네다.

종혁은 유명진의 지하 스튜디오를 봤다.

"쯧. 이 건물만 살 수 있었어도……."

보다 편하게, 그리고 더 세밀하게 유명진의 동선을 알 수 있었을 테지만, 아쉽게도 이 건물의 건물주가 해외로 여행을 가 있는 바람에 무산이 됐다.

"산다고? 건물을?"

"응. 난 그렇게 수사하는데?"

"……여보라고 부르면 돼?"

"꺼져."

정말 경멸하며 손을 저은 종혁은 다시 생각에 잠겼다.

"놈의 작업 공간이 저기라면 작업에 쓴 데이터도 저기에 있단 소리일 텐데…… 저길 어떻게 들어간다?"

아직까지는 심증만 있는 유명진.

놈이 범인이라는 확실한 증거를 찾기 전까진 강철선이라도 영장을 발부하지 않을 거다.

어떻게 해서 들어간다고 해도 문제다.

안에 몇 대의 컴퓨터가 있는지, 그중 어떤 걸로 작업했는지, 놈의 컴퓨터를 확인할 방법이 없다.

누군가 컴퓨터를 만지는 걸 극도로 경계하고 있을 유명진.

같은 걸 떠올린 건지 입술을 달싹이다 마는 임세라를 일견한 종혁은 머리를 혀를 찼다.

'돌겠네.'

작업 공간으로 추정되는 곳이 뻔히 눈앞에 있는데 들어갈 방법이 없다.

'이래서 건물을 사야 했던 건데. 쯧.'

"일단 자리부터 옮기자. 더 서 있다가는 의심받을라."

이 인적 드문 곳에 계속 서 있는 모습을 누가 보기라도 한다면 분명 의아하게 여길 터.

유명진이 경계심을 품으면 일이 어떻게 꼬일지 모르니 의심을 받을 만한 행위는 피해야 했다.

"알았어."

종혁과 임세라는 차를 향해 걸어갔다.

깜빡깜빡 머리 위에서 점멸하는 불빛에 종혁은 잠시 가로등을 보다 흠칫 놀라 주변을 둘러봤다.

아직 늦다고 말할 수 없는 저녁 9시임에도 인적이 전혀 느껴지지 않는 낙후된 동네.

"이 새끼는 왜 이런 곳을 떠나지 않는 거지?"

아직 유명진이 대가리인지 아닌지는 모르지만, 분명 적잖은 돈을 벌고 있을 텐데도 굳이 이런 허름한 동네를 벗어나지 않는 이유가 뭘까.

"월세가 싸서?"

"……세라야. 웬 사진작가가 너보고 예쁘다고 하든 뭐라고 하든 아무튼 자기 스튜디오에서 사진 좀 찍재. 그래서 이곳까지 왔어. 저기 보고 가장 먼저 무슨 생각이 들겠냐?"

"이거 이상한 곳 아…… 냐? 씨발?"

"그래. 그거지."

유명진이 이 부분을 몰랐을까.

아닐 거다. 분명 피해자들 중 누군가는 이에 대해 언급을 했을 거다.

그럼에도 유명진은 이곳에서 무려 2년 동안 벗어난 적이 없다.

"어, 철아. 유명진이 유흥을 즐기는 것 같다고 했지?"

-아직 다 파악이 된 건 아니지만, 일단 단란주점이나 나이트, 클럽, 그런 곳에서 카드를 긁은 내역이 많습네다.

한 번에 몇 십만 원씩 턱턱 긁었다.

"그래…… 그렇단 말이지?"

이거 아무래도 길이 보이는 것 같다.

종혁은 세라의 전신을 훑었다.

객관적으로 봐도 미인 축에 속하는 임세라. 입만 다물고 있으면 어디 흠잡을 곳 하나 없는 동기다.

"야, 너 진짜 내 여보 할래?"

"엉?"

"아니다. 그냥 너 내 여보 해라."

"……딸꾹?"

* * *

이이이잉!

유명진이 아침부터 스튜디오를 쓸고 닦고 광을 내느라 바쁘다.

오랜만에 들어온 의뢰.

그의 주력 분야과 약간 다른 분야지만, 그런 돈을 준다는데 마다할 이유가 없었다.

"햐, 고작 그걸 찍는 데 그 돈을 태우네. 에이, 씨. 졸라 귀찮네."

스튜디오가 제법 넓고 또 조명 등 이런저런 기구도 많다 보니 청소를 하는데도 힘이 빠진다.

하지만 해야 됐다. 업계 평균도 모르는 병신 같은 호구

손님이 오기 때문이다.

그렇게 청소를 끝내다 못해 씻기까지 한 유명진이 의자에 앉아 쉴 때였다.

─시작은 달콤하게 평범하게 나에게 끌려!

십대, 이십대 여자들을 꼬드겨 낼 때 참 좋은 노래가 울리자 유명진은 얼른, 그리고 거만하게 전화를 받았다.

"예, 포토그래퍼 유명진입니다."

─지금 스튜디오 앞에 도착했는데요.

'왔구나!'

"그러세요? 그럼 지하로 내려오시면 됩니다."

뚜벅뚜벅.

누군가 지하로 내려오는 소리가 들리자 몸을 일으켰던 유명진은 오늘 작업을 의뢰한 커플이 문을 열고 들어오자마자 몸을 움츠렸다.

'워우, 씨. 몸이……'

순간 옆의 여성은 눈에 들어오지 않을 정도로 거대한 덩치.

"아이, 씨. 넌 뭘 이딴 걸 찍겠다고 난리냐. 너 아주 내 돈 쓰는데 뭐 있다?"

"우리도 곧 서른이잖아. 곧 결혼하고 애 가지면 너나 나나 몸이 어떻게 될지 모르는데, 가장 예쁠 때 모습을 남겨 놔야지. 그리고 이 돈이 아깝냐? 아까워?"

"아니, 그래도 내가 힘들게 번 돈인데…… 오백만 원이 뉘집 애 이름도 아니고."

"원래 다 이렇거든? 그쵸, 포토그래퍼님?"

"아하하."

'야무진 것처럼 보이지만 세상 물정 모르는 년이네.'

이들이 찍으러 온 사진은 그렇게 비싼 게 아니다.

커플로 찍어 봤자 고작해야 오십만 원 수준. 비싸게 찍는다고 해도 백만 원이면 찍는다.

"정말 그런 겁니까? 끙. 그렇다면 죄송합니다. 오늘 바디프로필을 의뢰한 최종혁입니다. 이쪽은 절 꼬신 여자 친구고요."

"너 이따가도 그런 소리 나오나 보자. 안녕하세요, 임세라예요."

"아하하."

'예비부부인가?'

투덜거리면서도 슬쩍 기대감을 비추는 종혁을 보며 속으로 혀를 찬 유명진은 시선을 임세라에게 돌렸다가 고정시켰다.

웨이브컬이 들어간 단발을 사과머리 스타일로 귀엽게 올린 임세라. 딱 달라붙는 스키니진을 통해 도드라지는 매끈한 다리와 왼쪽 눈 밑 눈물점이 유명진의 시선을 뺏는다.

"응? 왜 그러세요?"

"아, 아닙니다. 갈아입을 옷은 준비해 오셨습니까? 탈의는 저쪽 공간에서 하시면 됩니다."

"네! 가자! 덩치는 소도 때려잡을 게 왜 이렇게 굼떠!

얼른 가자고!"

"……너 이따가 이야기해."

임세라는 종혁을 끌고 갔고, 이윽고 탈의실에서 나온 스포츠 속옷만 입고 나온 둘의 모습에, 아니 종혁의 모습에 다시 몸을 움츠렸다.

자신 따윈 손가락으로 죽일 수 있을 듯한 살벌한, 마치 만화를 보는 것처럼 각이 살아 있는 근육들.

그런데…….

'저, 저거 설마 수술 자국이야?'

마치 날카로운 무언가에 베이거나 찔린 듯한 흉터들.

자신도 모르게 고개를 돌렸던 유명진은 이번엔 임세라에게 시선을 뺏기고 말았다.

가끔 헬스장을 가면 시선이 절로 돌아가게 만드는 섹시한 몸과 근육질의 그 사이. 제법 도드라진 드러난 복근과 떡 벌어진 어깨가 아니라, 누가 봐도 탄탄해 보이는 가슴과 잔뜩 성이 난 엉덩이가 유명진으로 하여금 방금 전과 다른 의미로 침을 삼키게 한다.

'몸이 좋겠다 싶었는데, 벗겨 놓으니 더 미쳤네. 이건 또 새로운 맛인데?'

그러다 그는 의아해하는 임세라의 모습에 얼른 헛기침을 했다.

"아, 죄송해요. 제 남친 몸이 좀 그렇죠? 위험한 일을 하는건 맞는데, 포토그래퍼님이 생각하시는 그런 건 아니니까 너무 겁먹지 마세요."

"내가 아니라 네 근육질 몸뚱이 때문에 놀란 듯."

쩌억!

"억?!"

종혁은 허벅지를 잡으며 주저앉았고, 유명진은 눈을 동그랗게 떴다.

"어머. 호호호! 야, 엄살 그만 떨고 일어나. 포토그래퍼 님이 뭐라고 생각하시겠어?"

"아니, 진짜 아픈데……."

"평생 앉게 해 줄까?"

"아뇨."

슬그머니 몸을 일으킨 종혁은 유명진에게 살려 달라는 눈빛을 보냈고, 그는 얼른 입을 열었다.

"크흠. 두 분께서 바디프로필을 의뢰하셨는데, 어떤 용도로 쓰실 건가요?"

그의 전문 분야가 아닌 바디프로필 의뢰에 급히 사진작가 커뮤니티에 물어봐 관련 노하우을 습득한 그.

"소장용으로 쓰실 건가요? 아니면 패션 관련 업계 쪽에는…… 아니시겠구나."

"둘이 차이가 있습니까?"

"예. 아무래도 제공용 바디프로필은 보정이 좀 많이 들어가거든요."

"그럼 제공용으로 할게요! 너도 괜찮지?"

"으음."

"왜?"

갑자기 종혁이 심각해하자 임세라와 유명진 모두 의아해한다.

그러다 뭔가를 결정한 듯 고개를 끄덕인 종혁이 눈을 빛내며 물었다.

"포토그래퍼님, 보정을 한다면 혹시 얘 가슴도……."

짜악!

"아악!"

"느 즘이다아 오자."

"어, 얼른 찍으시죠!"

"아하하. 예. 그러시죠. 저기에 서시겠어요?"

종혁은 임세라를 끌고 조명이 내리쬐는 하얀 스크린 앞에 섰고, 유명진도 카메라를 들며 그들의 앞으로 다가간다.

'햐. 세상 진짜 많이 좋아졌네.'

이 시기엔 보디빌더나 전문 모델들이 아니고서야 아직 그 개념 자체이 생소한 바디프로필.

가끔 이런 식으로 자신들의 몸을 찍어 기록으로 남기려는 사람들이 생겨났다고는 들었는데, 자신이 그걸 찍게 될 줄은 생각도 못했던 그.

유명진은 방금 전 언제 다퉜냐는 듯 서로 꽁냥거리는 둘을 보며 속으로 썩소를 지었다.

"그럼 시작하겠습니다! 이쪽을 봐 주세요!

찰칵!

"좋습니다! 자세를 조금만 바꿔서! 좋아요. 그대로!"

찰칵! 찰칵! 찰칵!

연신 셔터를 누르며 좋다고 외치는 유명진.

"어휴, 모델이세요? 조금만 더 허리를 펴시고! 좋습니다! 마무리로 하나만 더!"

찰칵!

"예, 수고하셨습니다."

"벌써 끝난 겁니까? 뭐야, 별거 아니네?"

"내가 그랬지?"

"하하. 이쪽으로 오셔서 확인해 보시겠어요?"

"오."

"와아!"

사진을 본 종혁과 임세라 둘 모두 놀라고 말았다.

"역시 전문가는 달라도 다르시네요."

'그런 실력을 왜 그딴 곳에 쓰고 있을까.'

순간 살의가 솟구쳤던 종혁은 임세라의 사진을 보곤 눈을 빛냈다.

"누구세요?"

"왜? 갑자기 이 누나가 섹시해 보여? 오늘 장어 먹는 거야?"

"넌 여자애가! 포토그래퍼님도 옆에 계신데!"

"그래서 싫어?"

"아니, 그건 아닌데…….."

허공에서 부딪친 둘의 눈빛이 파바박 튀자, 유명진은

속으로 얼굴을 구기며 어색하게 웃었다.

"일단 사진을 보정할 텐데⋯⋯. 어디 지우고 싶은 부분 있으세요?"

"지우고 싶은 부분은 없습니다."

"흉터들은 괜찮으세요?"

"예. 제겐 훈장 같은 놈들이라서요."

"혹시 하시는 일이⋯⋯?"

"아, 그게⋯⋯."

"사람을 보호하는 일이에요!"

재빨리 종혁의 팔짱을 끼는, 마치 자신의 남자친구가 자랑스럽다는 듯한 임세라의 모습에 유명진의 속이 다시 뒤틀린다.

"아아, 경호원? 소방관? 그런 일을 하시나 보구나."

"하하. 예, 뭐 그런 쪽 일이죠. 그러면 이제 돈을 드려야 하는데⋯⋯."

"아닙니다. 결과물을 모두 보고 주시면 됩니다. 일단 메일로 사진을 보내 드릴 건데 마음에 드시면⋯⋯."

"괜찮습니다. 전문가신데 어련히 알아서 잘해 주시려고요. 포토그래퍼님도 카드보단 계좌이체가 좋으시죠? 어디 보자, 핸드폰이⋯⋯. 아, 차에 두고 왔나 보네. 야, 나 차에서 핸드폰 가져올 테니까 계좌번호 받아 놔. 알았지?"

"응! 다녀와!"

재빨리 옷을 갈아입은 종혁은 외투를 챙겨 와 세라의

어깨에 걸쳐 주고는 다시 인사를 하며 스튜디오를 빠져 나갔고, 쾅 거칠게 닫힌 문을 빤히 바라보던 임세라는 슬그머니 눈치를 보며 입을 열었다.

"저, 포토그래퍼님? 아까 보정 이야기하셨잖아요."

"예……."

"그거 할 때……."

슬쩍 말을 줄이며 자신의 가슴을 힐끔 보는 임세라.

그에 유명진의 시선도 슬쩍 내려간다.

'하, 씨발.'

꽁꽁 여민 코트 틈 사이로 아주 살짝 드러나 사람을 더 미치게 만드는 가슴골.

우물쭈물하던 임세라는 부끄러운 표정을 지었다.

"이, 이건 나중에 따로 연락을 드려도 될까요?"

'와. 진짜 미치겠네. 왜 이런 여자가 그딴 풍선근육이랑…….'

몸만 좋을 뿐 여자한테 기도 못 펴는 소심한 놈.

고작 오백만 원이 아깝다 말하는 놈.

아깝다. 너무 아깝다. 임세라의 성격이 딱 자신의 취향이라서 더.

유명진의 가슴 속에서 욕망이 슬그머니 고개를 든다.

'내가 그래도 걔보단 낫지 않아?'

과한 자신감이지만, 유명진은 정말 그렇게 생각했다.

"음. 예, 그러셔도 됩니다. 그러면 제 연락처가……."

벌컥!

"헉헉! 가져왔습니다! 계좌번호가 어떻게 되시죠?"

"이씨! 왜 이렇게 빨리 왔어!"

"어? 나 나갔다 와?"

"아냐, 됐어. 얼른 와서 계산해. 난 옷 갈아입으러 갈 테니까."

"알았어. 다녀와."

종혁은 탈의실로 향하는 임세라를 흐뭇이 바라봤고, 그런 둘의 모습에 유명진은 입술을 깨물었다.

그냥 보기만 해도 이가 썩을 것 같은 예비부부.

한쪽이 너무 아까운 커플.

그의 눈이 위험하게 빛나기 시작했다.

* * *

그날 밤, 지하 스튜디오.

유명진이 또 누군가와 메신저로 대화를 나눈다.

–오늘 신인 반응 좋아요. 얼른 업로드를 해 달라고 성화네요.

"흐흐. 그럴 수밖에 없지."

진짜처럼 정교하게 합성한 사진이 아니라, 날것 그대로의 사진이다.

중간에 브라와 팬티도 벗으며 찍은 거의 세미 누드 사진.

안 그래도 모델이 미쳤는데 조명에 보정까지 제대로 들어갔기에 회원들의 눈이 돌아갈 수밖에 없었다.

유명진도 종혁 때문에 눈빛을 제어하느라 아주 곤욕을 치렀다.

타다다닥!

－아마 이번 건 좀 오래 걸릴 수도 있을 겁니다. 얜 딱 봐도 자기 남자친구한테 너무 성실하거든요.

함락시키는데 시간이 좀 걸릴 거다.

－너무 오래 걸리면 회원들이 싫어하는데…….
－싫으면 이걸로만 시마이 치고, 다른 신인 찾아서 한 달 안에 올려 드릴게요.

유명진이 타깃을 정하고 함락시켜 영상과 사진을 찍는 데 걸리는 시간이 평균적으로 한 달. 빠르면 일주일 안에도 찍는다.

－아니에요. 재촉하진 않을 테니까 최대한 빨리 올려 주세요. 그보다 운동부 여학생들은 어떻게 되어 가고 있죠? 연락은 왔나요? 얘들 반응이 더 커요.

취미가 아닌 전문적으로 운동을 하는 여자들은 뭐가 다

를까 하고 관심을 가지는 회원들이 많다.

"걱정 마라. 내가 어련히 알아서 할까."

둘과 만난 지 나흘째. 이제 슬슬 연락이 올 때가 됐다.

-연락이 안 오면 평소처럼 작업 들어갈 거니까 걱정
마시고 돈이나 부치세요.

-지금 입금했습니다.

폰뱅킹으로 입금을 확인한 유명진은 다음에 보자는 말
을 마지막으로 채팅을 종료하곤 몸을 일으켰다.

"끄아!"

오늘도 한 건.

커플의 꽁냥꽁냥을 보는 게 곤혹스러웠지만, 그래도 보
람찬 하루였다.

그런데……

"하, 씨발. 겁나 아른거리네."

세라의 몸이, 그 눈물점이 머릿속에서 떠나지 않는다.

한입 꽉 베어 물면 이가 튕겨 나갈 것처럼 탄력적인 가
슴과 엉덩이.

"일단 연락이라도 해 볼까?"

그는 어떻게 설계를 할까 머릿속으로 계산을 하며 슬그
머니 전화를 걸었다.

-네, 포토그래퍼님!

"혹시 지금 통화 괜찮으세요? 보정이 어느 정도 끝나긴

했지만, 아무래도 세라 씨 의견을 좀 더 들어 봐야 할 것 같아서요."

　─아, 괜찮아요! 안 그래도 지금 스튜디오 앞이거든요.

"네? 남자친구랑 같이 오셨어요?"

　─아뇨. 남자친구는 오늘 일이 있어서 혼자 왔어요. 그럼 내려갈게요.

유명진은 통화가 종료된 핸드폰을 보곤 눈을 동그랗게 떴다.

"오, 씨발!"

생각지도 않았는데 기회가 왔다.

"일단 내 말발에 걸리면 아무리 성실한 년이라도……
흐흐."

타박타박.

누가 계단으로 내려오는 소리가 들리자 다급히 옷매무새를 점검하고 향수를 뿌린 유명진은 문 앞에 섰다.

그 순간 문이 열렸고, 환하게 웃으려던 유명진의 얼굴이 다이나믹하게 변하기 시작했다.

그를 향해 손을 흔드는 세라의 뒤에 서 있는 종혁.

거대한 손이 뻗어져 나와 유명진의 얼굴을 덮는다.

콰악!

"개새끼야."

이놈이다. 추측처럼 이놈이 맞았다.

"예? 아니, 이게 도대체 무슨……."

"일단 좀 맞자."

유명진을 그대로 집어 던진 종혁은 몸을 풀며 다가갔고, 세라는 조용히 문을 잠그며 수갑을 너클처럼 잡았다.

* * *

타닥!

유명해지자 님이 대화를 나가셨습니다.

키보드에서 손을 내린 이십대 중반의 여성이 머리를 뒤로 넘기며 잠시 눈을 감는다.
"후우. 병신 새끼."
'이놈은 이제 됐고.'
몇 번 삐끗하긴 했지만, 원래부터 잘했던 놈이니 더 이상 신경 쓰지 않아도 될 것 같다.
여성은 친구 목록을 살펴봤다.
"접속한 놈은…… 없네."

아름다운 피사체를 위해
세상 전부를 찍자
사랑♡ 내 인생

접속한 사람을 찾아 한참을 내리던 여성은 혀를 차며 창가로 걸어가 담배를 문다.

찰칵! 치이익!

"후우우. 세 명."

다음 달에 유명진이 업데이트를 할 신인만 세 명이다.

한 명은 아리송하지만, 그래도 일단 두 명은 확보됐다고 봐야 했다.

"이번엔 얼마나 벌려나?"

몇 명이나 봐 주고, 또 몇 명이나 돈을 쏴 줄까.

또 어떤 컬렉션이 저기에 추가될까.

방 한쪽 면에 세워진 수납장을 가득 차지하고 있는 명품백들을 보며 히죽 웃은 여성은 담배 연기를 길게 뿜으며 몸을 떨었다.

그때였다.

"주영아! 간식 먹어!"

"네ー!"

손을 저어 담배 연기를 흩어 버린 그녀는 맑게 웃으며 방을 빠져나갔다.

* * *

어둠이 내려앉은 밤, 가평의 한 모텔 앞.

오택수가 순철과 통화를 하고 있다.

"뭐 좀 나왔어?"

지난 이틀간 순철이 알려 준 장소들로 가서 그 근방 CCTV를 확보할 수 있을 만큼 확보해 보낸 오택수.

-아직 이렇다 할 게 나오지 않았습네다.

"응? 날짜가 특정됐잖아?"

피해자들의 사진이 업데이트가 된 날짜.

-일단 업데이트가 된 날짜 사흘 전까지 뒤져 보고 있습네다만…….

그나마 공영 CCTV는 낫다.

문제는 개인용 CCTV다. 영상 보존 기간이 그리 길지 않아서 많이 누실이 된 개인용 CCTV 영상들.

"그래? 흠. 알았어. 계속 수고해 줘."

-오 경감님도 수고해 주십쇼.

"어야."

통화를 종료한 그는 미간을 좁혔다.

"오늘 찍은 게 방금 전에 올라왔다고 하지 않았나?"

꼴에 성실한 타입인 것 같았던 유명진.

의아해하던 오택수는 최재수에게 전화를 걸었다.

"어, 재수야. 뭐 좀 나왔냐?"

-눈이 빠질 것 같아요.

"지금 어딘데?"

-목동이요.

"에휴. 여기저기 빨빨거리며 돌아다닌 새끼 때문에 네가 고생한다. 퇴근은 어떻게 할 거야?"

벌써 저녁 10시다. 경찰도 사람인지라 쉴 땐 쉬어 줘야 했다.

-근처 모텔에서 잠깐 눈 좀 붙이고 내일 새벽에 다음

112센터로 넘어가야죠. 오 경감님은요?

"나도 여기서 쉬려고. 알았어, 수고해."

–수고하십쇼.

전화를 끊은 오택수는 한숨을 내쉬며 모텔 안으로 들어
갔다.

"여기선 뭐라도 좀 건졌으면 하는데 말이야……."

카운터로 걸어간 오택수는 들고 온 비타민 박스와 경찰
공무원증을 내밀었다.

"경찰입니다. 뭐 좀 확인하고 싶은데요."

"불륜?"

오택수는 심드렁한 모텔 주인의 모습에 눈을 빛냈다.

"그런 사람들이 많나 봅니다."

"어휴. 한둘이라면 이런 말도 안 하죠."

맨날 쳐들어와서 영상을, 증거를 내놓으라고 난리를 치
니 하루하루가 골치 아프다.

"뭔 놈의 좆대가리를 그리도 놀려 대는지……. 며칠 영
상을 원하시는데요?"

"일단 7월 한 달 영상을 확인했으면 하는데 혹시 있을
까요?"

오택수는 부디 있기를 간절히 바라면서 물었다.

"예, 있어요. 우리 모텔은 2년 치까지 보관하고 있어서
요."

"어휴. 그렇게나요?"

"예전에 한번 누가 너희도 한편 아니냐고 방화를 할 뻔

한 적이 있어서…….”

“뭐라고요? 아니, 어떤 미친 새끼가…….”

“몰라요. 엄한데 화풀이하던 놈이 있습니다. 아주 그때만 생각하면…… 어휴! 그래서 영상을 이렇게 오래 보관하는 거 아닙니까!”

“어떻게 됐는데요? 그걸 가만 놔두셨습니까? 경찰은요?”

“다행히 일찍 출동해 주셔서 지금 깜빵에 있어요.”

“천만다행입니다.”

“진짜 다행이죠. 복사해 드려요?”

“감사하죠. 아, 그리고 방도 하나 주십쇼. 특실로.”

오택수는 그냥 오늘 이쯤에서 쉬면서 순철을 도울 생각을 했다.

“어이구. 그러지 않으셔도 되는데…… 604호로 가 계시면 제가 복사본이랑 노트북 들고 갈게요. 제가 아주 니미랄 거 불륜들 때문에 CCTV 확인하는 데 도삽니다, 도사!”

“아하하. 그럼 부탁하겠습니다. 아, 그리고 노트북은 제게 있으니 괜찮습니다.”

키를 받아 들고 방으로 향한 오택수는 대충 씻고 나왔고, 모텔 주인도 준비를 모두 마쳐서 들고 왔다.

“이것 좀 드시면서 하세요. 형사님을 위한 룸서비스입니다.”

“하핫! 감사히 먹겠습니다.”

"범죄자 잡느라 불철주야 노력하시는 분들인데 이 정도는 해 드려야죠. 그런데…… 무슨 일이에요?"

오택수는 슬그머니 엉덩이를 붙이는 모텔 주인의 모습에 그럼 그렇지 입맛을 다셨다가 이내 혹시나 하고 입을 열었다.

"혹시 7월 중에 큰 카메라를 든 커플을 보신 적 있으실까요?"

"큰 카메라요? 디카 말고요?"

"예. 남자는 이렇게 생겼는데……."

"흐음……."

벌써 몇 달 전 일이라 기억을 뒤지던 모텔 주인은 이내 갸웃했다.

"이렇게 생긴 사람 말고 다른 사람들이 오긴 했습니다. 가평에 사진 찍으러 오시는 분들이 많거든요."

봄, 가을, 겨울엔 풍경 사진을 찍으러, 여름엔 연인이나 친구, 가족들끼리 사진 찍으러 많이 온다.

"아, 그래요……."

"그런데 그중에 큰 카메라를 든 커플이 하나 있긴 했는데, 이 얼굴은 아니었어서……. 일단 카드 결제 내역을 확인해 볼까요?"

오택수는 혀를 차며 수첩을 꺼내 들었다.

"그래 주시면 감사하죠. 혹시 며칠인지 기억 하십니까?"

"아마 7월 3째 주였을 거예요."

"알겠습니다. 감사합니다."

"예. 그럼 수고하세요. 필요한 거 있으시면 연락하시고요."

"하하. 예, 사장님도 수고하십시오."

그렇게 사장이 나가자 오택수는 곧바로 순철에게 전화를 걸었다.

"지금 영상 넘길 테니까 확인 좀 해 줘. 얼마나 걸리겠어?"

ㅡ내일 새벽이나 확인이 가능할 것 같습네다.

오택수가 보낸 영상들이 많아서 어쩔 수가 없다.

"알았어. 나도 여기서 함께 확인할 테니까 천천히 해. 수고."

전화를 끊고 영상을 보낸 오택수는 모텔 주인이 가져온 커피를 한 손에 든 채 7월 3째 주 영상을 찾아 확인하기 시작했다.

사람 눈보다는 그래도 기계가 낫긴 할 테지만, 아무것도 안 한 채 쉬려니 좀이 쑤셔 견딜 수 없는 그.

'철이는 첫째 주부터 확인할 테니까…….'

후룩! 달칵!

커피 마시는 소리와 키보드를 누르는 소리만이 조용한 방을 울렸다.

그렇게 얼마나 영상을 살폈을까.

눈이 뻐근하게 아파 오자 잠시 모니터에서 시선을 뗐던 그는 시간을 확인하곤 씁쓸히 웃었다.

"나도 이제 나이가 들었나. 이것 조금 확인했다고 벌써 눈이 아프네."

세월이 무상함에 혀를 찬 오택수는 다시 영상을 살피기
시작했다.

"여기도 유명진의 명의로 된 카드가 이용된 기록은 없고……."

추적을 피하려는 듯 카드가 아닌 현금을 이용한 것 같
은 유명진.

"하여튼 범죄를 저지르는 놈들은 왜 이렇게 조심성이
많은지 모르겠네. 개새끼."

그 순간이었다.

"음?"

막 모텔로 들어서는 한 커플에 왠지 눈이 간다.

"아, 사장님이 말한 그 커플인가 보네."

저녁 8시, 커다란 카메라 가방을 든 채 모텔 안으로 들
어오는 커플. 남자가 유명진이 아니라서 대충 넘기려 했
던 오택수는 미간을 좁히며 모자를 눌러쓴 여성을 봤다.

"뭐지?"

왠지 거슬린다.

의아해하며 영상을 천천히 재생시킨 오택수는 이내 눈
을 동그랗게 떴다.

"뭐야. 이 사람이 여기서 왜 나와?"

피해자다.

웬 남성의 팔짱을 낀 피해자가 모텔 방 앞에서 주변을
두리번거리고 있다. 마치 모텔이 처음인 듯 약간 겁먹은
듯한 모습으로 두리번거리는 피해자.

우당탕!

다급히 모텔 방에 비치된 전화기로 달려간 그는 카운터로 전화를 걸었다.

"예, 사장님! 7월 21일 오후 8시 30분 204호. 누가 계산했는지 알 수 있을까요?"

-7월 21일이요? 잠시만요? 아, 이거 현금으로 계산했네요. 아, 이 커플! 기억나요! 아까 제가 말한 그 커플! 여자친구가 꽤 어려 보여서 주민등록증 번호를 기록한 게 있거든요? 예. 주민번호가…….

사장이 말한 주민번호를 기록한 오택수는 다시 순철에게 전화를 걸어 신원 조회를 부탁했다.

-이름이 이미혜. 22살로 뜹네다. 그리고…… 어? 이건 또 뭐이가! 자, 잠시만 기다려 주시라요!

"뭐야! 뭔데!"

-이, 이거이 이미혜가 아니라 그 여동생 갔습네다.

"뭐? 확실해?!"

-확실합네다! 이미혜의 미니홈피에 있는 이미혜 여동생 얼굴과 사이트에 올라온 사진이 99퍼센트 일치한단 말입네다! 이름 이지혜! 17살!

쿠웅!

뒤통수에 큰 충격을 받은 오택수는 멍하니 중얼거렸다.

"찍새가…… 한 놈이 아니다? 씨발! 그렇지! 이렇게 조직적으로 움직이는 놈들인데 한 놈일 리가 없지!"

그는 다급히 종혁에게 전화를 걸었다.

"최 대장, 나야. 우리 얼른 그 사이트 회원이 돼야 할 것 같다. 이 새끼들 찍새가 한 명이 아니야."

* * *

만신창이가 된 얼굴을 한 유명진이 팬티만 입은 채 무릎 꿇고 바들바들 떠는 지하 스튜디오.

의자를 끌어다 그 앞에 앉은 종혁이 담배를 핀다.

"그러니까 모델을 시켜 주겠다라고 꼬드겨서 반노출 사진을 찍게 만든 후에……."

그날 술이나 밥을 먹으며 연인 관계가 되고, 이후 본격적으로 노출 및 관계를 맺는 사진과 영상을 찍는다.

"만약 거부하면?"

"혀, 협박을 합니다. 학교와 지인들에게 뿌리겠다고……. 그, 그런데 대체 왜 이러세요! 누구신데 이러는 건데요!"

"알잖아."

"씨발! 경찰이……."

퍼억!

"큽!"

종혁의 발에 걸어차인 유명진이 뒤로 두 바퀴 구른다.

"원위치. 나 일어나면 너 진짜 죽는다."

"크흐윽."

울상이 된 유명진은 어기적거리며 종혁의 앞에 무릎을
꿇었고, 종혁은 다시 그를 걷어찼다.

"원위치."

"큭!"

퍼억!

"빨랑 안 오지? 원위치."

"흐윽!"

퍼억!

"원위치."

후다닥! 쿵!

다급히 달려와 무릎을 꿇는 그.

결국 유명진이 눈에서 닭똥처럼 굵은 눈물이 흘러내린다.

"그 눈깔 어떻게 안 하면 그냥 파 버린다."

"흐으윽!"

유명진은 눈물을 멈추려 애썼고, 종혁은 컴퓨터 앞에
앉아 있는 임세라를 봤다.

"어때?"

"이거…… 좀 이상한데? 야, 좆대가리! 너 여기에 있는
게 다야?"

움찔!

"네, 네!"

임세라가 수갑을 들자 질겁을 하며 고개를 끄덕이는 그.

"작업 영상은 거기 저장된 게 전부입니다!"

"지랄! 이 새끼가 어디서 거짓말을!"

"지, 진짜예요!"

"왜 그래?"

"부족해."

"뭐?"

단숨에 임세라가 하고 싶은 말을 알아들은 종혁이 유명진을 죽일 듯 노려본다.

그 순간이었다.

-뚜뚜루 뚜뚜뚜 키싱 유 베이베!

"……외로워? 키스해 줘?"

"닥쳐. 예, 오 경감님. 무슨 일…… 아, 그래요?"

"힉!"

순간 끔찍한 살의가 덮쳐 오자 다급히 물러나는 유명진과 임세라. 임세라를 일견한 종혁은 몸을 일으켜 유명진의 앞에 쪼그려 앉았다.

"오, 오지 마! 오지 마세……."

콰악!

"끅?!"

머리채를 잡아 뒤로 꺾은 종혁은 감정이 사라진 눈으로 공포에 질린 유명진을 응시했다.

이놈이 아니다.

이놈은 대가리가 아니었다.

짜증이 종혁의 뒷목을 타고 솟구치기 시작했다.

뿌득! 뿌드득!

"야. 내가 말할 수 있는 기회를 딱 한 번만 준다. 아니면 넌 평생 남 수발 받으며 살게 될 거야. 알아들어?"

"네, 네!"

"네 대가리 누구야?"

이 모든 개짓거리를 지시한 대가리.

지금쯤 모니터 뒤에서 피해자들의 고통스런 모습과 결제된 내역들을 보며 키득 키득 웃고 있을 씹새끼.

종혁의 눈에서 살의가 폭발했다.

＊　＊　＊

"나는 신데렐라. 일낼라."

아침 8시, 상쾌하게 눈을 뜬 여성 조주영이 콧노래를 부르며 치장을 한다.

일명 유효리 화장법으로 아이라인을 짙게 그리고, 새빨간 립스틱으로 포인트를 준 그녀.

"오늘은…… 너희다!"

구찌 하이웨스트 청바지에 검은색 셀린느 목폴라 니트, 그리고 버버리 코트를 꺼내 드는 그녀.

"주영아! 학교 늦어!"

"다했어!"

혀를 찬 그녀는 샤넬 향수를 칙칙 뿌리곤, 루이비통 가방을 챙겨 방을 나섰다.

"오늘 늦어!"

"얼마나 늦는데? 일단 이거 마셔."

현관 앞에서 기다리다 한약을 든 컵을 건네는 조주영의
어머니.

"윽! 써."

"여기 사탕 먹어. 그래서 얼마나 늦는데? 또 야근이야?
회사는 좀 어때?"

"몰라. 이번에 신입들 채용했어."

"또? 어휴. 일이 너무 바쁜 거 아니야? 엄마가 음식이
라도 싸 가야 하는 거 아니야?"

"번거로우니까 절대 올 생각 마. 절대, 절대. 알았어?"

"으응. 그, 그렇게."

갑자기 살벌해진 딸의 모습에 고개를 끄덕이는 그녀.

조주영은 그런 엄마를 빤히 바라보다 속으로 가슴을 쓸
어내렸다.

'오긴 어딜 와!'

있지도 않은 쇼핑몰. 괜히 긁어 부스럼을 만들 필요는
없었다.

"연락할게!"

신발장에서 새빨간 하이힐을 꺼내 든 그녀는 냉기를 흩
날리며 집을 나섰고, 조주영의 모친은 그런 딸을 보며 한
숨을 내쉰다.

"많이 늦지 않으면 좋을 텐데……. 혹시…… 아냐, 아
니야. 주영이는 정신 차렸잖아."

불과 2년 전까지만 해도 부모 속을 그렇게나 썩게 만들
더니 이젠 맘 잡고 대학에 간 딸, 조주영.

그러다 못해 인터넷 쇼핑몰 사업으로 대박까지 쳐서 집안을 일으킨 자랑스러운 딸.

조주영의 어머니는 그런 딸이 돈을 벌자마자 가장 먼저 산 집을, 무려 30평대 한강뷰 아파트를 아련한 눈으로 둘러봤다.

평생토록 월셋집만 살다가 난생처음으로 가져 본 집.

12년 전 남편이 사고로 간 이후 더 지지리 궁상으로 살아오다 이제야 가지게 된 그들 가족만의 보금자리.

그게 얼마나 한이 됐으면 돈을 벌자마자 집을 샀을까.

딸이 이걸 사기 위해 얼마나 노력했을까.

자신이 모르는 곳에서 흘렸을 땀과 눈물, 그 수고를 떠올리니 눈앞이 뿌옇게 흐려진다.

조주영의 모친은 TV 옆에 걸어 놓은 십자가 앞에 무릎을 꿇으며 양손을 모았다.

"하나님 아버지. 부디 우리 딸이 아프지 않게 해 주옵시고, 하는 사업이 번창하게 해 주시고……."

딸의 행복을 바라는 어머니는 오늘도 하늘에 계신 주님께 기도를 올렸다.

한편 BMW를 몰고 숭신고구려대학이라는 서울 외곽의 대학교에 도착한 조주영이 차에서 내리자 같은 학과 학생들이 몰려든다.

"와, 언니! 또 차 바꿨어요?"

"응. 전에 타던 건 질려서."

"힉?! 그, 그거 이번 봄에 나온 샤넬 한정판 백 아니에요?"

"어머? 진짜? 이거 한정판이었어? 난 그냥 백화점에 있길래 산 것뿐인데……."

"미쳤다, 미쳤어. 이거 버버리도 찐이죠?

"누가 요새 짜가를 입니? 격 떨어지게."

"와. 언니 진짜 멋져요!"

몰려든 학생들의 칭찬에 콧대가 하늘로 솟는 그녀.

"주영아, 요새 쇼핑몰이 붐이긴 붐인가 봐. 그치?"

뭔가 이상한 말투.

미간이 살짝 구겨진 조주영은 가까이 다가온 여성을 보곤 속으로 피식 웃었다.

며칠 전 자신의 패션을 그대로 따라 한 또래의 여성. 듣기로 강남 건물주 딸이라고 했다.

'다 찐이네. 2년 전이었으면 미치도록 부러웠을 텐데…….'

아니, 2년 전의 자신이라면 그냥 훔치거나 빼앗았을 거다.

가짜라도 명품을 입고 싶었던 그녀.

하지만 그럴 수 없어서 명품을 들고 다니는 세상 모든 여자들이 증오스러웠던 그녀.

"그래서 나도 쇼핑몰 창업이나 할까 하는데, 네 생각은 어때?"

살살 웃지만 그 눈 속에 든 뱀의 혀에 조주영은 푸근히 웃었다.

"그렇지. 붐이지. 그런데 개나 소나 다 성공은 못하지."

"뭐? 자, 잠깐. 너 그거 무슨 말이야?"

"일단 난 창업하는 거 찬성. 한 살이라도 젊었을 때 이런저런 경험을 해 봐야지."

"무슨 말이냐니까?"

"난 수업 있어서 먼저 가 볼게. 다음에 봐."

손을 흔든 그녀는 상큼하게 웃으며, 어렸을 적 꿈이었던 패션과가 있는 건물로 향했고, 둘의 눈치를 보던 여성들은 이내 조주영의 뒤를 따랐다.

남겨진 건물주 딸은 그런 그녀를 보며 부들부들 떨었다.

"개 같은 년."

그런 그녀의 말이 들린 듯한 조주영의 입술이 뒤틀렸다.

'이거지! 이런 거지!'

그녀가 바라 왔던 삶.

그 지옥 속에서 바랐던 삶.

조주영의 얼굴이 오늘도 희열에 물들었다.

'부디 매일 오늘만 같기를!'

그녀는 간절히 바라 보았다.

* * *

침묵이 내려앉은 특별범죄수사대.

모든 팀원이 모인 사무실, 화이트보드의 맨 위에 하나의 이름이 새겨진다.

"이름 박주성. 나이, 78세. 현재 교도소에 수감된 인물

로, 메신저에서 쓰는 아이디는 행복한 나날. 접속 장소가
해외인 걸 보니 아무래도 아이피 우회 프로그램을 쓰는
것 같습네다."

"수감된 이유는?"

"이번엔 어느 옷가게 유리창에 벽돌을 던졌답네다. 이
런 기물파손 전과가 무려 56범입네다. 형량은 6개월. 가
중처벌 받아서 6개월입네다."

"……노숙자네."

날이 추워지자 노숙자가 교도소에 들어가려고 수를 쓴
것 같다. 78살이 이 가을에 노숙을 했다가는 영영 눈을
뜰 수 없을지도 모르니 말이다.

담배를 피우는 사람들 전부 담배를 문다.

누가 봐도 주민번호를 도용한 상황이었다.

'기껏 찾았는데 오리무중이라…….'

유명진이 말하길 이런 일이 있으니 해 보지 않겠냐고
제의가 올 때부터 모두 메일과 메신저로만 연락을 주고
받았다고 했다.

행복한 나날이 유명진을 어떻게 알았는지 모르겠지만,
정말 철두철미한 놈이라고 할 수 있었다.

"철아, 저거 추적 못하냐?"

"우회 프로그램을 운영 중인 회사의 서버를 뒤져 보면 알
수 있겠지만…… 아직 인터폴에서 연락이 안 왔습네다."

이게 아니라면 결국 실시간으로 해킹을 해야 된다.

그 말에 질문을 던졌던 오택수가 머리를 벅벅 긁는다.

"아오. 야, 최 대장. 이거 어쩌지?"

아무래도 행복한 나날을 찾는 데 시간이 길어질 것 같다.

그렇게 해서라도 검거를 하면 다행이겠지만, 지금 그들에게는 당면한 문제가 하나 더 있다.

바로 중국으로 튄 조희구.

놈을, 그리고 놈과 연결된 개새끼들을 모두 잡아야 하는 거다.

이 사건을 얼른 해결해야 놈을 잡을 수 있을 터.

"방법이 없겠어?"

너라면 무슨 방법이 있지 않냐는 듯한 시선에 종혁은 코웃음을 쳤다. 안 그래도 방법이 하나 생각났기 때문이다.

"없긴 왜 없어요. 일단 최재수."

"예!"

"계속 112센터 돌고, 오 경감님은 계속 하던 일 해 주세요. 세라는 이지혜 양 만나서 피해 사실 확인하고."

"최 대장 너는?"

"저요?"

오택수의 질문에 종혁은 눈빛을 서늘하게 가라앉혔다.

"철아."

"예?"

"행복한 나날한테 메일 보내. 100억 줄 테니까 사이트 팔라고."

"……?!"

모두가 경악해 종혁을 봤다.

'암막 뒤에 숨어서 지휘하시겠다? 그럼 암막 밖으로 끌어내야지!'

거부할 수 없는 돈을 안겨서라도 말이다.

종혁은 주먹을 꽉 쥐었다.

* * *

새벽 2시. 급히 사무실에 모였던 특별범죄수사대 대원들이 흩어진다.

"그럼 다들 수고하시고, 12시에 연락합시다. 철이 넌 뭐라도 나오면 바로바로 연락해 주고."

"알겠습네다."

"어우, 씨. 가평까진 또 언제 내려가냐."

"피곤한데 가다가 괜히 사고 내지 말고 요 앞 제 빌라에서 자고 가요."

"아, 그럴까? 재수야, 너도 갈래?"

"호텔비 영수 처리는 되는 거죠?"

"내가 언제 안 해 주는 거 봤냐?"

"여기 호텔비도 영수 처리를 해 줘?!"

"수사 비용이면."

"씨발! 돌았네!"

웅성거리며 엘리베이터에 오르는 그들.

엘리베이터 문이 닫히고 내려가기 시작하자, 계단 쪽에

서 슬그머니 한 경찰이 모습을 드러낸다.

"예. 그냥 중간 점검을 하려고 잠시 모인 것 같습니다."

ㅡ누굴 체포해 왔다고 하던데?

"아무래도 중간책 한 놈을 잡은 것 같습니다."

ㅡ누군데?

"특수대 사무실 유치장에 갇혀서 누군지는 확인할 수가 없었습니다."

ㅡ들은 것도 없어?

"방음이 잘되어 있는 탓에 아무것도 들리지 않았습니다. 지금 사무실에는 리순철 경장만 있는데 한번 슬쩍 떠볼까요?"

ㅡ아냐. 됐어. 괜히 긁어 부스럼을 만들 필요는 없지. 알았어. 철수해.

자신들이 종혁을 감시하는 걸 들켜선 안 된다.

"예, 알겠습니다. 청장님께도 제 안부 전해 주십시오."

통화를 종료한 경찰은 계단을 통해 내려가기 시작했다.

"그런데 최 대장 동태는 왜 확인하라는 거야? 긁어 부스럼은 또 무슨 말이고?"

그는 머리를 벅벅 긁었다.

한편 본청 건물 밖 주차장.

"다들 오늘 수고했고, 내일 연락합시다. 세라도 푹 쉬고. 아, 데려다줘?"

"나도 그 빌라 가 볼래!"

"……전 싫습니다! 절대! 네버!"

"왜에. 재수 씨, 내가 싫어? 나 섭섭하려고 그런다?"

최재수는 살려 달라고 종혁을 봤고, 종혁은 피식 웃었다.

"오 경감님 소주 좋아한다."

"대, 대장님?!"

"오케이! 재수 씨, 가자!"

최재수는 발버둥 치며 끌려갔고, 그런 그에게 손을 흔들어 주던 종혁은 담배를 물며 차에 올랐고, 오택수도 차에 올랐다.

부르릉!

차에 시동이 켜지자 계기판 아래 녹색불이 들어온다. 차에 도청 장치가 설치되지 않았다는 뜻.

둘은 그제야 불을 붙였다.

찰칵! 치이익!

"최 대장, 너도 느꼈지?"

"예."

사무실을 나오던 그때, 그들을 지켜보는 시선이 있었다. 누군가 특별범죄수사대에 감시를 붙인 것이 분명했다.

"누굴까? 박종명일까? 아님……."

치고 들어오는 타이밍이 공교로웠던 정용진 과장.

"누구든 제가 바쁘길 원하는 사람이겠죠."

누군지는 나중에 CCTV화면을 돌려 보면 된다.

"지랄 맞네. 진짜."

식구가 칼을 쥔 채 같은 식구를 감시한다. 이보다 지랄 맞은 일이 또 있을까.

"조희구 그 새끼는?"

"골프 치고 있답니다."

"개새끼! 야, 진짜 괜찮겠냐?"

조희구가 도주한 지 거의 2주가 되어 간다.

"이러다 네 돈 다 날아가는 거 아니야?"

"놈이 둘러 처먹은 게 거의 9조 원이에요. 그게 고작 2주 만에 세탁이 되겠습니까?"

못해도 3년이다. 그 정도는 되어야 완전히 세탁을 할 수 있을 거다.

"그리고 그 정도로는 아직 끄떡없습니다."

"그렇다면 다행이겠지만……."

"그보다 노출 안 된 정보원 있죠?"

"……있긴 있는데 왜?"

"대기시켜요. 시킬 일 있으니까."

종혁이 하고 싶은 말을 눈치챈 오택수는 낯빛을 굳혔다.

"쯧. 알았다. 수고해라."

"수고하십쇼."

차문을 열고 나간 오택수가 고개를 들이밀며 누구보고 들으라는 듯 크게 외친다.

"야! 진짜 너 가만있을 거야? 니가 JH에 꼬라박은 돈이 얼만데!"

"청장님이 가만있으라는데 나보고 뭘 어쩌라고요, 씨발!"

"에라이, 병신 새끼. 간다!"

"아, 좀 가요! 가!"

타악!

차문을 닫은 오택수는 임세라와 최재수를 쫓아 걸음을 옮겼고, 안전벨트를 메는 척 주위를 둘러본 종혁은 한숨을 내뱉었다.

"그래, 지랄 맞지."

모든 게 참 지랄 맞았다.

혀를 찬 종혁은 차를 출발시켰다.

* * *

찰칵! 찰칵!

"으으."

아직 해가 뜨지 않은 새벽, 앳된 외모의 소녀 이지혜가 머릿속을 울리는 셔터 소리에 악몽에 몸부림을 친다.

-그래, 좋다! 조금만 더 섹시하게!

-어후, 덥다. 야, 우리 좀 쉬었다 할까?

-좀 어때? 할 만해?

허벅지에 닿는 끔찍한 느낌의 손.

이지혜는 옆으로 물러나지만, 다가오는 포토그래퍼.

다시 손이 허벅지에 올려지자 이지혜는 모든 환상에서 깨 버린다.

이건 아니다. 이건 아니었다.

−왜, 왜 이러세요? 저 갈래요.

−어디 가! 너도 관심이 있었으니까 따라온 거잖아!

−아, 안 돼요! 싫어요!

−미친. 여기까지 따라와 놓고 싫다고? 야, 이거 네 부모한테 보여 줄까? 어?!

"싫어…… 싫어−!"

벌떡 몸을 일으켜 다급히 주위를 둘러본 이지혜는 이곳이 자신의 방임을 확인하곤 안도의 한숨을 내쉬었다.

하지만 그것도 잠시다.

그날의 악몽이 다시 떠오르자 그녀는 무릎을 끌어안으며 공포에 떨기 시작했다.

내가 왜 그랬을까.

별것도 아닌 년이 무슨 모델을 한다고 그런 남자를 따라 모텔까지 간 걸까.

왜 언니 주민등록증까지 훔쳐 따라간 걸까.

모텔에서 찍을 게 뭐 있다고.

왜. 왜. 왜!

"우웁!"

입을 틀어막은 이지혜는 다급히 화장실로 뛰쳐 들어갔다.

후다닥! 쾅!

"웨에엑!"

그녀는 쏟아 냈다. 아니, 쏟아 내고 싶었다.

그날의 끔찍했던 고통을, 그리고 기억을.

달그락, 달그락.

조용한 아침 식탁.

우물쭈물하던 이지혜의 어머니가 결국 입을 연다.

"지혜야."

움찔!

"네?"

"힘드니? 공부하느라 힘들어?"

"그래. 그깟 공부 안 해도 돼. 우리 예쁜 딸이 공부 못한다고 어떻게 될까. 힘들면 그냥 자퇴할래?"

"이이는? 그래도 고등학교 졸업은 해야죠."

"이 사람이! 지금 졸업이 문제야?! 애가 저렇게 힘들어하는데! 그리고 애가 얼마나 힘들면 이 시간에 일어나!"

"맞아, 엄마! 이러다 지혜 잡아!"

"끄응. 지혜야, 그럴래? 그냥 고등학교 졸업장은 검정고시로 딸래? 아, 아니면 네가 옛날에 가고 싶어 하던 모델 학원 갈까? 그럴래?"

걱정이 가득 들어 있는 부모님과 언니의 모습에 지혜의 두 눈이 파르르 흔들린다.

"자, 잘 먹었습니다!"

다급히 방에 들어간 이지혜는 가방을 챙겨 도망치듯 집을 빠져나왔다.

"하악! 학!"

집이 멀어지고 나서야 뛰는 것을 멈춘 이지혜.

그녀의 얼굴이 일그러진다.

'죄송해요. 죄송해요…….'

그놈의 모델이 뭐라고.

그까짓 모델이 뭐라고.

그대로 주저앉은 이지혜는 울음을 터트렸다. 오늘도 또 울었다.

삐빅! 삐빅!

매일같이 울리는 손목시계 알람 소리.

잠꾸러기 그녀를 위해 아빠가 사 준 손목시계를 멍하니 응시하던 이지혜는 눈가에 스미는 눈물을 훔치며 버스정류장으로 향했다.

하지만…….

웅성웅성.

"아."

등교 시간이라서 그런지 버스정류장에 서 있는 타 학교의 남학생들.

이지혜는 자신에게로 향하는 시선들에 걸음을 멈춘다.

'서, 설마 본 걸까?'

분명 자신만 간직하겠다고 말한 악마.

하지만 어떻게 믿을 수 있을까.

그녀는 저곳에 가기 싫었다. 아니, 학교도 가기 싫었다.

모두가 자신에게 손가락질 하는 것 같아서.

자신에게 걸레라고 말하는 것 같아서.

안절부절못하던 지혜는 결국 입술을 깨물며 돌아섰다.

그 순간이었다.

"안녕, 지혜야?"

"누, 누구세요?"

화려한 메이크업에 버버리 코트와 흰색 블라우스.

코끝에 닿는 향수의 은은한 향기가 성인 여성의 매력을
물씬 풍긴다.

세라는 마치 겁을 먹은 토끼처럼 움츠리는 이지혜의 모
습에 입술을 깨물며 그녀를 와락 껴안았다.

"많이 기다렸지? 구하러 왔어."

"네?"

"이제 그 악몽을 끝내 줄게, 이 언니가."

임세라의 얼굴이 흉흉하게 일그러졌다.

* * *

사람들이 가득 모인 대전의 한 번화가.

그곳이 갑자기 소란스러워진다.

"비켜! 씨발! 비켜!"

"꺅!"

"뭐, 뭐야!"

사람들 사이를 미친 듯 달리는 사십대 남성.

그의 목에 걸린 카메라가 금방이라도 떨어져 나갈 듯 격하게 흔들리고, 그 뒤를 임세라가 바짝 쫓는다.

"거기서, 새꺄!"

"좆까, 씨발!"

어쩌다 이렇게 된 걸까.

오늘도 평상시와 다름없이 먹잇감을 찾으러 나왔던 번화가.

날이 추워진 탓에 여자들이 옷을 껴입자, 어쩔 수 없이 늘씬하게 빠진 다리를 찍는 걸로 아쉬운 마음을 달래던 그때였다.

그는 자신에게 다가오는 한 여성을 발견하곤 왠지 모를 섬뜩함을 느끼곤 그 자리에서 도망쳤다.

그리고 그 판단은 옳았다. 자신이 도망치기 시작한 순간, 그 여성이 흉흉한 살기를 내비치며 자신을 쫓아온 것이다.

'누구지? 설마 내가 찍었던 여자 중 한 명인가?'

더 이상 협박을 버티지 못하고 이판사판으로 자신을 찌르러 온 것일지도 몰랐다.

'여기!'

급격하게 코너를 꺾은 그는 어느새 사람들이 가득한 번

화가 골목을 벗어나 횡단보도로 향한다.

'시발! 빨간불!'

그의 눈이 빠르게 주변을 훑다가 빛난다.

'그래! 저걸 타고······!'

그는 다급히 횡단보도 옆에 세워진 택시의 문을 열었다.

그 순간이었다.

부웅.

'어?'

갑자기 자신의 시야에 나타나 팔꿈치를 밀어 버리는 하나의 발.

콰드득!

"끄아아아아악······!"

꺾일 수 없는 방향으로 꺾인 팔꿈치를 붙잡고 발버둥을 치는 그.

그의 팔꿈치를 밀어 그대로 부러트린 사람이 발로 그의 목을 누른다.

"케엑! 켁!"

"헉! 헉! 이 개새끼!"

뒤쫓아 온 임세라가 다급히 그를 덮치며 수갑을 꺼내 든다.

"윤정신, 너를 아동 청소년의 성보호에 관한 법류 위반 및 협박 혐의로 긴급 체포한다!"

"놔! 놔아!"

"가만있어!"

뒤통수를 후려쳐 침묵시킨 임세라는 미란다의 원칙을 읊으며 수갑을 채우곤 자신을 도와준 사람, 오택수를 보며 고개를 숙였다.

뒤로 꺾이는 팔에 놈이 비명을 질렀지만 둘 중 누구도 신경 쓰지 않았다.

"수고하셨습니다, 오 경감님."

"뭘. 임 경위가 몰이를 잘한 거지. 그보다 피해자는?"

"일단 어느 정도 달래긴 했지만……."

과연 영혼에 남은 상처가 지워질까.

아마 평생이 가도 지워지지 않을 거다. 낙인처럼 남아 평생을 괴롭힐 거다.

"쳐죽일 새끼!"

빠아악!

"컥!"

생각할수록 열이 받아 놈의 얼굴을 까 버린 임세라는 덜렁거리는 팔을 보며 입맛을 다셨다.

"그런데 괜찮으시겠습니까?"

"응. 괜찮아. 최 대장이 다 커버 쳐 줘."

"……진짜 죽이네요, 특수대."

"그치? 큭큭. 그런데 더 죽이는 거 알려 줄까? 어, 최 대장. 나 지금 대전인데, 윤정신 잡았거든? 이 새끼 취조도 할 겸 여기서 자고 가려는데, 이 동네 최고급 호텔에 묵어도 되냐? 영수증? 오케이! 끊는다. 어때?"

"결혼은 종혁이랑 해야 되나……."

"으하핫!"

* * *

"왜 이런 걸 물어…… 아, 세라 때문인가?"

당연한 것을 물어보는 오택수의 질문에 당황했던 종혁은 이내 이유를 깨닫곤 피식 웃었다.

이지혜에게 피해 사실을 듣고, 그녀를 짓뭉개고 농락한 개새끼를 잡으러 간 둘.

"이지혜 씨가 얼른 털어 내면 좋을 텐데……."

하지만 쉽지는 않을 것이다. 어쩌면 평생을 괴로워하며 살아가게 될지도 몰랐다.

종혁이 그런 그녀를 위해 해 줄 수 있는 일이라고는 그녀를 농락하고 짓밟은 윤정신에게 그가 저지른 죗값을, 아니 그 이상의 죗값을 치르게 만드는 것밖에 없었다.

"후."

"대장님. 다른 피해자 신원도 확인됐습네다."

"뭐?"

황급히 순철의 자리로 달려가 모니터를 확인한 종혁은 무거운 한숨을 내쉬었다.

이번 피해자는 부산에 거주하고 있는 올해 막 20살이 된 여성이었다.

"오 경강님과 세라한테 정보 전달해 줘. 그리고 행복한 나날한테는 아직 연락 없어?"

"없습네다……."

"그래? 메일은 확인했어?"

"확인은 했는데……."

'100억이 부족하다고 생각하는 건가?'

메일을 보낸 지 벌써 이틀째다.

놈의 생각이 길어질수록 일이 어그러질 가능성이 높았다.

'그렇다고 다시 먼저 움직일 수는 없어.'

조심성이 많은 놈이다 보니 의심을 할 수도 있기 때문이다.

종혁의 마음에 초조함이 찾아들기 시작한 순간이었다.

띠링!

모니터에 메일 도착 알람이 뜬다.

"온 것 같습네다!"

"……확인해 봐."

얼른 메일을 확인한 순철은 눈을 부릅떴다.

"이, 이 미친 아새끼래!"

종혁은 갑작스럽게 터져 나온 욕설에 피식 웃었지만, 그 역시 순철과 비슷한 심정이었다.

"200억이라……."

200억이면 사이트를 팔겠다는 제안. 그뿐만 아니라 만나려면 보증금을 내라는 내용까지 있다.

'그래, 조심성을 기하시겠다 이거지?'

"한 10분 뒤에 그러겠다고 메일 보내고, 보증금으로 10

억 부쳐 줘.”

“아, 알겠습네다!”

고개를 끄덕인 종혁은 눈빛을 서늘하게 가라앉히며 몸을 돌렸다.

‘너 새끼 얼굴 보는 데 10억이면 싼 거지.’

종혁은 너무 많이 맞은 탓인지 고통을 호소해 결국 병원에 입원시킨 유명진에게로 향했다.

“야. 네 대가리에 대해 이야기 좀 해 볼래?”

‘10억을 부쳤으니 직접 나올 확률이 높지만…….’

10억을 부쳤는데 경찰이라고 의심을 할까.

하지만 조심성이 많은 놈이다 보니 어쩌면 대리인을 보낼 수도 있다. 그러니 서로 만나게 됐을 때 놈이 맞는지를 확신할 수 있는 정보를 알아야 했다.

아주 사소한 것이라도 말이다.

* * *

그리고 며칠 후 신화호텔 로비의 카페.

종혁은 자신의 맞은편에 서는 어린 여성을 보며 속으로 재밌다는 듯 웃었다.

“피차 떳떳한 일로 만나는 게 아니니 인사는 생략하도록 하죠. 최 과장이라고 불러 주시면 됩니다.”

“행복한 나날 님의 의뢰를 받고 왔습니다. 이 주임이라고 불러 주시면 됩니다.”

종혁과 조주영. 둘은 악수를 하며 서로를 가만히 응시
했다.

* * *

　언제나 뿌연 서울의 하늘도 맑아지는 11월 초의 가을.
　청담동 거리에 선 조주영이 생각에 잠긴다.
　"배, 백억……."
　처음 메일이 왔을 때 눈을 얼마나 비벼 봤던가.
　그녀가 지난 2년 동안 번 돈보다 거의 다섯 배나 많은
액수. 다시 생각해도 심장이 떨리는 금액이다.
　하지만 의심부터 든다.
　'경찰일까? 아니면 검찰?'
　만약 그들이 자신의 사이트를 알게 됐다면?
　그래서 접근을 하는 거라면?
　유료 회원수가 2만 명인 자신의 사이트. 누군가 정보를
흘렸을 수도 있다.
　그녀는 그런 의심을 떨칠 수가 없었다.
　'만약 경찰이나 검찰이라면…….'
　접어야 하는 걸까.
　자신이 얼마나 큰 죄를 저지르고 있는지 알고 있는 그녀.
　입안을 적시는 커피가 오늘따라 쓰게 느껴졌다.
　'그런데 만약 진짜라면…….'
　앞으로 10년 동안 벌 액수를 한 번에 버는 거다. 갈등

이 들 수밖에 없었다.

"주영아!"

상념에서 깨어난 조주영은 머리 위로 들어 올린 손을 흔들며 이쪽을 향해 달려오는 또래의 여성을 보곤 손을 마주 흔들었다.

"꺄악! 주영아!"

주영의 손을 잡고 방방 뛰는 여성, 이상아.

"왔어?"

"이게 진짜 얼마 만이야! 너 전 남친이랑 헤어지고 나서 처음 보는 거지? 이 기집애! 왜 이렇게 연락을 안 한 거야!"

꿈틀!

전 남친이라는 말에 주영의 눈살이 찌푸려진다.

16살, 지독한 가난 속에서도 어떻게든 살아 보려 애쓰던 조주영 자신을 타락시키고 지옥으로 데려간 개새끼.

"읍! 미안. 너 그 새끼 이야기 싫어하지?"

"알면 됐어."

조주영의 퉁명스런 말에 눈치를 보던 이상아는 이내 조주영의 옷차림을 발견하곤 경악했다.

"뭐야! 이거 다 명품이잖아?"

그것도 자신들 사정으로는 꿈도 꿀 수 없었던 최고가 명품들이다.

"어떻게 된 거야? 피부는 또 왜 이렇게 좋아졌고! 로또 라도 맞았어?"

"응. 사업이 좀 잘되고 있거든."

"사업?"

더 묻지 말라는 듯 손을 흔든 조주영은 이상아의 전신을 훑어 내렸다.

몸에 딱 달라붙는 핑크색 벨벳 후드집업과 골반에 걸쳐진 하얀색 트레이닝복 바지, 어그 부츠. 그리고 엉덩이에 박힌 PINK라는 로고가 사람들의 시선을 끌어모은다.

"넌…… 좀 변했나?"

아니, 변하지 않았다.

이상아는 언제나 이렇게 화려한 색상에 몸매를 드러내는 옷을 입고 다녔고, 조주영은 그런 이상아의 당당함을 부러워했었다.

'근데 왜 지금은 이렇게 싸구려처럼 보이지?'

어쩌면 자신의 인식이 변한 것일 수도 있었다.

"나? 아닌데? 나 여전히 예쁜데?"

"아, 네."

콧대를 세우는 친구의 모습에 고개를 저은 조주영은 발을 뗐다.

"가자. 밥 먹어야지."

"고고고!"

팔짱을 낀 둘은 예약한 식당으로 향했다.

"여, 여기 비싼 곳 아나?"

단아함이 가득 풍기는 한옥식 인테리어에 기가 죽은 이

상아가 조심스럽게 묻자 조주영은 콧대를 슬쩍 세웠다.

"그럼 청담동인데 싸겠니."

"와. 너 진짜 성공했나 보구나……. 미아리 촌년이 이런 곳을 다 오고……."

미아리 텍사스. 그녀가 끌려갔던 지옥.

그냥 있기만 해도 숨이 턱턱 막히던 곳.

이상아를 만난 곳도 미아리였다.

"야. 그냥 성북이라고 해. 우리가 거기서 몸 팔았어?"

"아니지."

"아무리 그 동네에서 살았다고 해도 그 언니들이랑 우린 급이 달라. 알았어?"

"아, 알았어."

'언니들이 우리 식당 와서 네 안부 많이 물었는데…….'

미아리에서 24시간 해장국집을 운영하는 이상아의 부모.

인생 막장만 모이는 그곳에서 몸을 팔지 않는 어린 여자는 꽤 희귀한 존재였고, 그래서 그녀들은 해장국집에서 알바를 하는 조주영과 이상아를 예뻐했었다.

때론 용돈도 쥐여 주었다. 자신들처럼 되지 말라고 말이다.

'애 좀 변했네.'

용돈을 받으면 환하게 웃으며 고맙다고 인사를 하곤 이 돈을 어떻게 쓸까 행복한 고민을 했던 조주영.

'잘돼서 그런 것일 테지만…….'

이상아의 머릿속에 돈을 잘 벌면서 갑자기 변한 에이스 언니들이 떠오른다.

물론 조주영처럼 사업으로 성공한 건 아니지만, 에이스가 됐다고 갑자기 콧대가 높아져 다른 언니들을 하녀처럼 부리거나 손님을 하찮게 생각했던 언니들.

'그 언니들 다 나가리됐는데. 사람은 변하면 안 되는데…….'

이상아는 조주영이 걱정되면서도 한편으로는 괘씸했다.

"아, 배고프다. 주영아, 여긴 뭐가 맛있어?"

"그냥 코스 시키면 돼. 여기요?"

가볍게 코스 메뉴를 시킨 조주영은 다리를 꼬며 이상아를 봤다.

"그래서 무슨 일로 2년 만에 연락을 한 거야?"

"그냥 갑자기 너 생각도 나고……. 그게 성북흥신소가 이번에 문을 닫았거든. 그거 보니까 갑자기 네 생각나서 연락했던 거야."

움찔!

"성북흥신소?"

"아, 미안. 네 남친 이야기는 하지 말랬지."

조주영은 입술을 깨물었다.

성북흥신소의 직원이었던 전 남자친구.

그가 조폭, 아니 삼류 양아치였던 시절 둘은 만나게 됐다. 정확히는 당시 성인이었던 남자친구가 중학생이었던 그녀를 꼬드긴 거다.

지금 생각해 보면 그저 지 성격 주체 못하는 개새끼였을 뿐인데 그땐 그게 참 멋져 보여서 사랑을 하게 됐고, 크게 다쳐 조폭 생활을 관둔 남자친구를 따라 자신의 발로 미아리 텍사스에 기어 들어가게 됐다.

곰팡이 핀 여관방에서의 생활.

낮에는 흥신소에서 잡일을 하고, 오후엔 이상아의 가게에서 짬짬이 알바를 하며 생활비를 충당해야 됐다.

말단 직원인 남자친구의 돈으로는 하루에 라면 하나 사 먹는 것도 벅찼으니까.

자신도 업소 여성들처럼 명품 하나 가지고 싶었으니까.

참 지독했고, 지우고 싶은 과거였다.

'물론 덕분에 이 사업을 깨닫게 됐지만……'

업소에서 도망친 여자들을 찾아내는 등 돈만 받으면 어떤 지저분한 일도 도맡아 처리했던 성북흥신소.

조주영은 삼류 양아치인 그들을 지켜보며 참 많을 걸 깨닫게 되었다.

무엇이 돈이 되고, 불법적인 일을 들키지 않으려면 어떻게 해야 하는지 등 말이다.

'아니지. 굳이 거기가 아니었더라도 이렇게 성공했을 거야. 난 평범한 사람들과 다르니까.'

비록 이 사업은 아니었을 테지만, 뭐든 성공했을 거다.

자신과 비슷한 또래임에도 아무 생각 없는 대학 선후배들을 보면 그런 생각이 들 수밖에 없었다.

조주영 자신은 특별하다는.

"음식 나왔습니다."

"음식 나왔네. 먹자."

"와, 씨. 이게 뭐야? 내가 아는 한식 맞아?"

이상아는 금세 앞에 놓인 음식에 시선을 뺏겼고, 조주영은 그런 그녀의 모습에 피식 웃음을 흘리곤 자신도 젓가락을 들었다.

그 순간이었다.

"와, 여기 예쁘다. 청담동에 이런 곳이 생겼어?"

"그치? 전에 와 보니까 음식 맛이 꽤 괜찮더라고."

가까이 다가오던 여성의 눈이 샐쭉해진다.

"……쯧."

"아는 사람이야?"

"대학 동기. 신경 쓰지 마. 나랑 안 친해."

"아, 그래?"

피식 웃은 조주영의 동기 여성, 예리의 친구들은 들은 고개를 까딱이곤 직원이 안내해 준 자리에 앉았고, 조주영은 하필 뒷자리에 앉는 그녀들의 모습에, 온갖 명품으로 치장을 한 모습에 코웃음을 쳤다.

'부모 등골이나 빼먹는 년들 주제에.'

"주영아, 저년들은 뭐야?"

"신경 꺼."

어차피 자기가 이룬 것 하나 없이 부모 돈으로 이런 곳에 들어오는 골빈 년들일 뿐이다.

그렇게 생각하는 그녀는 몰랐다.

〈266〉 회귀 경찰의 리셋 라이프 25

허벅지 위에 올려진 손이 어느새 주먹을 꽉 쥐고 있다는 걸 말이다.

"어때? 입에는 좀 맞아? 내 입에는 맞아서 데려온 건데."

"야."

갑자기 낯빛이 굳는 이상아의 모습에 조주영은 눈살을 찌푸렸다.

"왜?"

"겁나 맛있어."

"……그래. 많이 먹어."

"응!"

이상아는 그때부터 본격적으로 음식을 먹기 시작했고, 조주영은 그런 그녀의 모습을 빤히 바라보다 젓가락을 내려놓았다.

그런 그녀의 귀로 뒷자리의 대화가 들려온다.

"예리야, 너도 곧 졸업인데 어떡할 거야? 우리처럼 회사에 취직할 거야? 아니면 사업?"

"야. 얘 아빠가 건물주인데 우리처럼 월급쟁이가 되려고 하겠니? 그치?"

"야, 니들이 그냥 월급쟁이니? 지들도 나랑 똑같으면서."

"똑같긴! 오빠들한테 거의 다 물려준다고 해서 취직한 건데!"

"난 선보기 싫어서! 우리 나이에 선이 말이 돼? 넌 어떤데?"

"몰라. 나도 그것 때문에 죽겠어. 아빠가 취직을 하거나 시집을 가거나 아무튼 뭔가를 하지 않으면 물려준 건물까지 싹 다 회수해 간다잖아."

"뭐? 잠실에 있는 그 건물? 그거 80억짜리라고 하지 않았어?"

"달에 5천인가 나온다는 그 건물 말하는 거지?"

달에 5천만 원이란 소리에 조주영의 귀가 쫑긋 솟는다.

"응. 그거. 대신 뭐라도 하면 그거랑 비슷한 거 하나 더 준다고는 했는데……. 아, 진짜 아빠는 왜 하나뿐인 자식한테 이런 시련을 주는 거야."

"햐. 이게 무남독녀의 위엄인가?"

"철없는 년의 어리광이지. 그냥 카페라도 열어, 이년아."

"안 돼. 그러다 망하면 건물값 떨어질 것 같단 말이야."

'미친년.'

철없는 년의 푸념에 조주영의 얼굴이 구겨진다.

참 끼리끼리 어울린다 싶었다.

"아, 그냥 대출을 받아서 다른 건물이나 살까? 요새 부동산 가격 조정이 되려는 움직임이 보인다던데."

"그러면 사면 안 되는 거 아니야?"

"아냐. 아빠가 말하길 부동산은 불패니까 무조건 쌀 때 사라고 했어. 아빠가 그런 식으로 건물들 늘렸잖아. 지금도 돈을 엄청 끌어모으고 있는걸?"

'쌀 때 산다?'

순간 조주영의 눈이 번뜩인다.

80억 건물에서 나오는 돈이 연 6억.

자신이 버는 돈이 1년에 약 10억.

'만약 이번 제안이 진짜라면…….'

그녀의 두뇌가 빠르게 돌아가며 득실을 따지기 시작한
다.

"흐으응."

"왜 그래?"

"아니야. 먹어."

'한번 만나 봐야겠어.'

어쩌면 더 이상 경찰이나 검찰을 걱정하지 않으면서도
큰돈을, 그녀의 인생에 있어 한이었던 돈을 계속 벌 수
있는 일.

물론 그 때문에 애꿎은 여자들이 다쳤지만 그딴 게 무
슨 상관이란 말인가.

어차피 돈이 최고고, 돈이 진리다.

그녀는 그 돈을 위해 작은 모험을 걸어 보기로 했다.

* * *

"피차 떳떳한 일로 만나는 게 아니니 인사는 생략하도
록 하죠. 최 과장이라고 불러 주시면 됩니다."

"행복한 나날 님의 의뢰를 받고 왔습니다. 이 주임이라
고 불러 주시면 됩니다."

성북흥신소 때 고객을 접대하던 경험을 살려 사무적인 표정을 지은 조주영이 자리에 앉으며 종혁의 전신을 훑어 내린다.

'역시 경찰이나 검찰이 아냐.'

손목에 찬 시계는 롤렉스 서브마리너. 누구나 아는 고급 시계 브랜드이며, 입은 슈트는 아르마니. 셔츠는 돌체 앤 가바나.

공무원은 결코 살 수 없는 고가의 명품들이다.

그런데 그보다 더 조주영을 안심시키는 건 바로 무엇보다 잘 어울린다는 점이다. 마치 평소에 입어 온 것처럼 말이다.

그렇게 조주영이 종혁을 평가할 때, 종혁도 조주영을 평가하고 있었다.

'중고가의 명품들이네? 흐음.'

나이는 이제 고작해야 이십대 중반 정도로 보이는데, 입고 온 블라우스만 해도 40만 원을 넘기는 중고가의 브랜드다.

'본인일까. 아니면 정말 대리인일까?'

대리인을 보내겠다고 연락을 해 왔던 행복한 나날.

종혁의 머릿속으로 유명진과 나눴던 대화와 그의 채팅 내역이 스쳐 지나간다.

'시종일관 사무적이었지.'

딱 할 말만 하고 끝내는 행복한 나날과의 대화.

그런데 종혁은 그 대화체나 사용하는 문장, 단어에서

교육을 제대로 받지 못한 느낌과 어쩌면 젊을 수도 있다는 느낌을 받았다.

형사로서의 촉도 그렇게 말하고 있었다.

종혁은 다리를 꼬며 조주영을 봤다.

"으음. 이렇게 젊은 여성분께서 대리인으로 나오실 줄 몰랐군요."

"제가 젊은 게 이번 일과 무슨 상관인지 모르겠군요."

"하하. 그렇죠. 돈 앞에서 나이는 아무래도 상관없는 문제죠."

"그만 본론으로 넘어가시죠."

조주영은 종혁의 능글맞은 웃음에도 차가운 태도를 고수했다.

"어이구. 냉정하시네. 그럼 바로 일 이야기로 넘어갈까요?"

"거래 조건은 사전에 메일로 말씀드렸듯이 사이트와 운영 노하우까지 전수해 주는 조건으로 200억, 이외에 다른 조건은 없습니다."

"그래요? 그럼 더 이야기 나눌 게 있을까요? 그럼 자료는 어떻게⋯⋯."

"자료가 정리되는 대로 따로 연락을 하시겠다고 하십니다. 자료를 받을 장소도 그때 통보하신다고 하셨습니다."

"좋습니다. 그럼 그때 봅시다. 이건 보증금이 든 통장이고, 이건 선물입니다. 이렇게 시원시원한 여성분께서 오실 줄 알았다면 다른 걸 준비할 걸 그랬군요."

"선물이요?"

"이야기 좀 잘 부탁드린다는 의미로 선물을 준비해 왔는데, 남성용으로 준비한 터라 쓸모가 없게 됐네요. 이건 행복한 나날 님께 전해 주십시오. 이 주임님의 선물은 다음에 다시 준비해 오도록 하겠습니다."

"……알겠습니다. 그럼."

고개를 숙이고 카페를 나선 조주영은 꽤 걸어 나와 택시를 탄 후에야 선물을 열어 봤다.

"핸드폰 고리? 루이비통?"

그것도 백금에 제법 큰 다이아몬드가 박힌 핸드폰 고리였다.

남성용으로 나온 디자인인 것 같긴 하지만, 그냥 자신 써도 썩 나쁘지 않을 듯했다.

"센스 있네?"

피식 웃은 조주영은 핸드백 속에 열쇠고리를 넣고는 주먹을 꽉 쥐었다.

200억이다. 고작 말 몇 마디 했을 뿐인데 무려 200억이다.

'역시 다른 사람에게 맡기질 않길 잘했어.'

처음엔 흥신소에 의뢰를 맡길까 했지만, 그녀는 이내 직접 자리에 나오기로 마음먹었다.

여차하면 의뢰인을 협박하는 게 바로 흥신소 놈들. 그런 놈들을 어찌 믿는단 말인가.

그녀는 만족스럽게 웃으며 등받이에 몸을 기댔다.

"그 돈으로 어떤 건물을 살까?"

그녀의 머릿속에서 행복회로가 돌아가기 시작했다.

한편 조주영이 떠나고 남은 자리.

이어폰을 귓가에 가져가니 최재수의 음성이 흘러나온다.

—타깃 택시 타고 이동 중.

"하핫!"

택시. 어쩐지 이쪽, 브로커 일을 하는 사람치고 단어 선택이 어설프다 싶었는데 역시였다.

누가 비즈니스를 하는데 택시를 타고 올까.

"그래, 너구나?"

이놈이다. 아니, 이년이다.

이년이 그렇게 찾았던 대가리일 확률이 거의 70퍼센트다.

나머지 30퍼센트는 앞으로 채워 나가면 될 터.

"철아, 계좌 잘 지켜봐."

종혁이 몸을 일으켜 신화호텔을 빠져나가기 시작했다.

* * *

택시에서 버스로, 버스에서 지하철로, 그리고 또 택시로.

혹시나 미행을 당할까 흥신소에서 배운 사람 따돌리는 기술을 유감없이 발휘해 집에 도착한 조주영은 다시 한

번 희열에 떨었다.

"오늘은 빨리 왔네?"

"응? 아, 응. 벌써 11월이잖아. 가을 의류 판매도 한풀 꺾여서 그냥 오늘은 다 쉬라고 했어."

"잘했어. 사람이 어떻게 맨날 야근을 하니? 이렇게 쉴 때도 있는 거지. 과일 줄까?"

"아니야. 나 씻고 일해야 하니까 방해하지 마요."

"또? 쉬엄쉬엄하지. 저녁은?"

"간단히!"

씻고 나온 조주영은 방으로 들어가 컴퓨터 앞에 앉아 빠르게 사이트의 모든 걸 정리하기 시작했다.

돈을 주고 고용한 직원들과 연락할 방법, 사이트와 회원들을 관리하는 방법, 차명 계좌로 돈을 받는 방법, 사진과 영상을 업로드하는 방법, 그리고 아이피를 우회하는 방법까지.

그간 수많은 시행착오 끝에 익힌 노하우들을 일목요연하게 정리한 그녀는 〈저장하시겠습니까?〉라는 창을 잠시 가만히 바라보았다.

그런 그녀의 머릿속으로 지난 2년간 사이트를 운영하며 있었던 일들이 스쳐 지나간다.

혹여 경찰에 걸릴까, 찍새들이 배신을 하진 않을까 조마조마해하며 사이트를 꾸려 왔던 지난 2년의 시간.

언제 들킬까 항상 마음을 졸였지만, 밀려드는 돈에 치여 행복했다.

"덕분에 잘살았다."

이젠 200억 부자다. 아니, 건물주다.

그녀는 미련 없이 〈저장(Y)〉 버튼을 눌렀다.

달칵!

"후아!"

두 개의 USB를 뽑아 든 그녀는 잠시 천장을 바라봤다.

"계좌는 돈을 다 받으면 그때 한꺼번에 정리하면 될 테고……."

어차피 돈 주고 산 대포 통장들.

다리 역할을 하던 통장들만 해지해 버리면 검찰 할아버지라고 해도 자신을 찾을 수 없을 거다.

"내일부터 바빠지겠네."

돈을 받으면 통장 해지도 해야 되고, 돈세탁을 할 사업체도 만들어야 하고, 찍새들에게 주인이 바뀌었다고 알려 주는 등 아주 바빠질 거다.

그래도 기분 좋은 바쁨.

그녀는 활짝 웃으며 침대에 몸을 날렸다.

"아! 얼른 내일이 왔으면!"

오늘 하루 긴장했던 조주영은 이내 곧 곯아떨어졌다.

한편 그녀가 사는 아파트 주차장에 세워진 검은색 승합차 안.

―아, 얼른 내일이 왔으면!

움찔!

커다란 기기 앞에 앉은 최재수가 다급히 커피를 마시고 있는 종혁을 본다.

"대장님!"

"나도 들었으니까 진정해."

"그럼 뭐하세요. 안 따세요?"

"확실한 게 아니잖아."

조주영이 대가리가 아니라 그 하수인일 가능성, 사진과 영상을 찍어 넘기는 놈들과 달리 대가리와 아주 밀접할 뿐인 관계일 가능성을 배제할 수 없다.

그녀를 섣불리 검거했다가 대가리가 잠적을 한다면?

그땐 스스로를 용서하지 못할 거다.

"자는 것 같으니까 우리도 눈 좀 붙이고 오자."

"끄응. 예."

드르렁!

승합차의 문을 열고 나간 종혁은 권아영에게 전화를 걸었다.

"예, 이모님. 빈 아파트가 몇 동 몇 호라고요?"

부동산 쪽에도 막대한 투자를 하는 권&박 홀딩스.

한강변 아파트는 1순위 매입 대상이었다.

* * *

다음 날 아침 일찍부터 일어나 페이퍼컴퍼니로 쓸 법인을 타인 명의로 만들고, 법인 통장을 만드는 등 치밀하게 준비를 하고 나서야 화려하게 치장을 한 채 커다란 버킨 백을 메고 어딘가로 향하는 조주영.

택시와 버스, 지하철을 이용해 어느 지하철역에 도착한 그녀가 오는 길에 갈아입은 검은 점퍼의 지퍼를 끝까지 끌어 올리고 검은색 모자를 깊게 눌러쓰며 지하철 보관함 앞에 선다.

그중 하나의 문을 열어 두 개의 USB 중 하나를 집어넣고 잠근 그녀.

이후 인천까지 넘어가 똑같은 행위를 반복한 그녀는 그제야 종혁에게 전화를 걸었다.

-흐음. 연락이 늦었군요.

"정리할 게 많으셨나 봐요. 선릉역 17번 보관함이에요. 열쇠는 그 근처의 유담이라는 카페에 맡겨져 있을 거고요."

그녀는 애써 냉랭하게 말했다.

"나머지 자료는 돈을 모두 받은 후에 넘겨 드리죠."

-뭐, 그럽시다. 그럼 이따가 봅시다. 확인해 봐.

전화가 끊긴 핸드폰을 주머니에 집어넣은 그녀는 마침 근처에 보이는 레스토랑에 들어가 늦은 점심을 해결할 주문을 했다.

그러나 조주영은 그 음식을 제대로 넘기지 못했다.

무려 200억이 걸린 일.

다리가 달달달 떨리고, 시선은 계속 테이블에 올려놓은 대포폰으로 향한다.

그렇게 음식이 코로 들어가는지, 입으로 들어가는지 모를 만큼 정신이 빠진 채로 식사를 하던 그녀가 디저트로 나온 아이스크림을 입에 가져가던 순간이었다.

지이잉! 지이잉!

'왔다!'

"스으읍! 후우."

심호흡을 하며 마음을 가라앉힌 그녀는 그제야 전화를 받았다.

"확인하셨나요?"

─계좌 확인해 보시죠.

"30분 후 다시 연락드리죠."

얼른 전화를 끊은 조주영은 폰뱅킹으로 예금 잔액을 확인하기 시작했다.

그리고 잠시 후 그녀는 자신도 모르게 비명을 지르고 말았다.

"꺄앗!"

200억이다. 정말 200억이었다.

온몸을 관통하는 전율, 환희.

드디어 자신도 건물주였다.

"괜찮으십니까, 손님?"

"아. 괜찮아요. 미안해요."

"필요한 게 있으시면 언제든 불러 주십시오."

흥분을 애써 가라앉힌 그녀는 다시 종혁에게 전화를 걸었다.

"확인했어요. 나머지 자료는 부평시장역 4번 출구 쪽 보관함 6번에 있어요. 열쇠 위치는……."

이번엔 부평시장역 출구 근처의 수풀에 숨긴 그녀.

—흠. 이쪽에서 먼저 신뢰를 보여 준 만큼 허튼짓은 하지 않을 거라고 생각해도 되겠습니까?

"걱정 마세요. 돈 가진 사람이 얼마나 무서운지는 잘 알고 있으니까."

흥신소에서 사람 한 명 찾는 데 드는 돈이 고작해야 100만 원이다. 많아야 200만 원.

아무리 돈이 좋다지만 목숨을 걸 정도는 아니었다.

—분수를 알아서 다행이군요. 그럼 마무리도 잘 부탁한다고 전해 주십시오.

"마무리요?"

—인수인계 말입니다. 주인이 바뀌었으니 마름들도 알아야죠. 그럼 잘해 줄 거라 믿고 끊겠습니다.

통화가 끊기자 다시 비명을 지른 그녀는 황급히 레스토랑을 빠져나와 택시에 올라타 계좌들에 든 돈을 다른 계좌로 옮기기 시작했고, 그녀를 태운 택시는 빠르게 목적지를 향해 나아갔다.

이번에도 버스, 지하철, 택시 등을 이용해 추적을 피해 집에 도착한 그녀.

현관문이 닫히자 그녀의 긴장도 탁 하고 풀린다.

'끝났다.'

이제 드디어 200억 건물주다.

조주영의 인생은 지금부터 다시, 아니 새롭게 시작이었다.

'아ㅇㅇㅇㅇㅇ!'

조주영은 기쁨에 몸부림을 쳤다.

"오늘은 퇴근이 좀 늦었네?"

"아, 응."

이렇게 기쁜 날이면 엄마를 끌어안고 방방 뛰어야 하지 않나 하는 생각이 머릿속을 스쳤던 조주영은 이내 관뒀다.

지독한 가난에 일조를 했던 엄마.

그래도 어떻게든 자신을 보살피려 노력을 했기에 그에 대한 보은을 하긴 했지만, 기쁨을 나눌 정도는 아니었다.

"엄마."

"응?"

"나 일 때문에 곧 1년 정도 해외에 나가 있을 거거든?"

일단 나름 자금을 추적할 수 없게 만들기는 했지만, 혹시 모를 상황을 대비해 조주영은 잠시 한국을 뜨기로 했다.

'그러는 김에 유럽 일주도 하고!'

꿈에서나 그렸던 유럽 일주.

그동안은 사이트 운영 때문에 엄두도 못 냈던 일이지만, 지금은 얼마든지 할 수 있었다.

그것도 럭셔리하게.

"뭐?! 무, 무슨 일인데 1년이나 나가 있어?"

"말하면 알아?"

쿵!

눈을 동그랗게 뜬 조주영의 어머니가 한 발 물러서고, 그 모습을 본 조주영은 혀를 찼다.

"아무튼 그럴 거니까 그렇게 알고 있어요. 아, 나 밥 먹었으니까 방해하지 말고요."

충격을 받은 어머니를 지나쳐 방으로 들어간 조주영은 메신저를 켰다.

"일단 쪽지를 보내고……."

띠링!

"응? 이 인간이 왜?"

닉네임 유명해지자, 유명진이 갑자기 대화를 건 것에 미간을 찌푸렸던 그녀는 이내 대화를 수락했다.

'어차피 할 말도 있고.'

ㅡ아니, 왜 이렇게 접속이 늦어요? 그 예비부부 여자 사진 올렸으니까 확인해 보세요.

"벌써?"

놀란 사진을 확인한 그녀는 미묘한 표정을 지었다.

얼굴과 속옷을 벗은 가슴을 팔로 가린 사진.

정말 그 예비부부가 맞았다.

"……이 자식 능력이 이렇게 좋았나?"

ㅡ확인했습니다. 나머지 사진들도 올려 주시면 입금해 드리죠.

-알았어요. 잠시만요.

그렇게 유명진이 잠시 침묵하는 사이 비접속 중인 찍새
들에게 쪽지를 날리던 조주영은 뭔가 이상해 다시 대화
창을 켰다.
"뭐야. 왜 이렇게 늦어?"
평소답지 않게 연락이 늦는 유명진.
갑자기 불길함이 엄습한다.
"이거 설마……."
그때였다.

-어휴, 미안합니다. 갑자기 똥이 마려워서.

"……더러운 새끼."
혀를 찬 그녀는 키보드에 손을 올렸다.

-그런데 사진은 왜 안 보내 주시는 거죠?
-어휴. 그러게요. 갑자기 인터넷이 버벅거리네요.
-그런가요? 알겠습니다. 그럼 그사이에 저희 사이트
에 발생한 변동 사항에 대해 알려 드리죠.
-설마 돈을 깎겠다, 그런 말을 하려는 건 아니죠? 그
럼 곤란한데.
-그건 아니고 오늘부로 저희 사이트의 운영자가 바뀌
게 됐습니다. 저는 물러나고, 새로운 분께서 저희 사이트

를 꾸려 가실 예정입니다.

　-사이트 파셨어요?! 왜요?!

　-저희가 그런 것까지 말해 줘야 할 사이였던가요?

　-하지만 나도 지분이 있는데! 이러면 섭섭하죠!

　-새로 운영자가 되실 분께서 섭섭지 않게 대우해 주실 겁니다. 아무튼 그렇게 아세요.

　-와, 섭섭하네! 당신 정말 사이트 운영자 맞아? 내가 아는 운영자는 이렇지 않아!

　"하아아."

　타다닥!

　-그동안 절 어떻게 생각하셨는지 모르겠지만, 그것과 이게 무슨 상관인지 모르겠군요. 우리는 비즈니스 관계가 아니었던가요? 당신은 사진과 영상을 제공하고, 난 돈을 지불하는 비즈니스적인 관계.

　-참 끝까지 싸늘하시네. 좋습니다. 그럼 마지막으로 하나만 물읍시다. 정말 당신이 이 사이트의 운영자 맞습니까? 이제 마지막이니 내가 누구 밑에서 일을 했는지는 알아야 하잖습니까. 만약 당신이 누구의 부하라면 내가 섭섭할 것 같아서 그래.

　"흠."

　잠시 생각에 잠겼던 그녀는 이내 어깨를 으쓱이며 키보

드를 두드렸다.

　-네. 제가 운영자 맞습니다. 그동안 수고하셨습니다,
유명해지자 님.

　"응?"
　다시 멈춘 채팅.
　이윽고 다시 올라오는 채팅에, 채팅창에 올라온 한 문
장에 그녀의 시간이 얼어붙는다.

　-역시 너 맞구나?

　우당탕!
　경악한 조주영이 의자를 박차며 일어난다.
　그런 그녀의 전신을 내달리는 소름.

　-내가 누군지 감 오지? 조주영 씨? 거기서 딱 기다리
세요. 지금 갈 테니까.

　"씨발!"
　경찰이다.
　경찰이나 검찰이 유명진을 찾아낸 거다.
　다급히 컴퓨터를 포맷하며 옷과 여권, 들고 왔던 버킨
백을 챙겨 든 조주영은 방을 뛰쳐나갔고, 그런 그녀의 모

습에 그녀의 모친마저 다급해진다.

"왜, 왜 그러니? 무슨 일이야?"

"갑자기 비행기 시간이 변동돼서 지금 가야 하니까 누가 나 찾아오면 해남 땅끝, 아니 제주도에 갔다고 해. 알았지?"

"뭐? 그게 무슨 말……."

"갈게! 내년에 봐!"

"얘! 주영아!"

현관문을 박차고 나온 조주영은 엘리베이터부터 봤다가 혀를 찼다.

안타깝게도 방금 막 자신이 사는 층을 내려가는 엘리베이터. 그녀는 어쩔 수 없이 계단으로 달려갔다.

그렇게 계단을 모두 내려와 아파트 입구 쪽으로 몸을 돌리는 순간이었다.

"어휴. 어딜 그렇게 가십니까?"

섬뜩!

"최…… 과장님? 다, 당신이 여길 어떻게……."

종혁은 당황하고 어리둥절해하며 겁을 먹는 그녀를 향해 씩 웃어 주었다.

"야. 내가 곧 온다고 했지?"

"……?!"

종혁은 굳어 버린 그녀를 향해 다가가며 수갑을 빼 들었다.

"조주영, 널 범죄 단체 조직 및 범죄 단체 활동, 아동

청소년의 성보호에 관한 법률 위반 등의 혐의로 체포한
다. 넌 묵비권을 행사할…….”

“씨발!”

종혁의 말이 다 끝나기도 전에 몸을 돌려 냅다 달리는
그녀.

그와 동시에 종혁의 뒤에 있던 임세라도 몸을 날린다.

“야, 이 개 같은 년아—!”

마치 벌처럼 날아간 임세라는 머리채를 잡아채더니 그
대로 얼굴을 후려쳤다.

쩌어어억!

“나이스 샷…….”

그 그림 같은 싸다구에 종혁은 박수를 칠 수밖에 없었
다. 그건 최재수와 오택수도 마찬가지였다.

* * *

웅성웅성.

형사들이 땀이 가득한 발로 짓밟으며 돌아다니는 조주
영의 집.

수갑을 찬 채 소파에 앉아 고개를 푹 숙이고 있는 조주
영을 본 그녀의 모친이 지나는 형사들을 붙잡으며 애원
한다.

“아이고, 형사님! 저희 딸은 아무런 죄가 없습니다! 다
제가 저지른 거예요!”

"예, 예. 이러시다 다치시니까 저기 계세요. 박 경사, 이분 저쪽으로 모셔다 드려."

"대장님! 복구됐습니다!"

그 말에 조주영을 뒤지던 종혁이 재빨리 컴퓨터 쪽으로 다가간다.

그 짧은 사이에 포맷까지 했던 조주영.

포렌식으로 복구된 컴퓨터를 본 종혁의 머릿속에서 툭 하고 이성의 끈이 절반가량 끊어진다.

고오오!

전신에서 살기가 넘실거리는 종혁.

그건 이 방 안에 있는 모든 이들도 마찬가지였다.

빠득! 빠드득!

이걸 정녕 같은 사람이, 그것도 같은 여자가 한 짓이 맞을까.

"하아. 저 문디 같은 년."

수십 년 검사 생활을 한 강철선도 잠시 고개를 돌릴 수밖에 없는 참상이다.

"대충 몇 명 정도로 보입니꺼."

"이거 어림잡아도 오백 명은 넘겠는데요? 어? 남자도 있네요."

쿵!

오백 명. 그 말을 들은 모두가 잠시 걸음을 멈추며 경악한다.

고작 2년여 만에 오백 명의 피해자가 발생했다. 만약

종혁이 이들을 이렇게 빨리 검거하지 못했다면 얼마나 많은 피해자가 발생했을지 가늠조차 안 됐다.

"앞으로 우얄끼고?"

"일단 영상이 유포되지 않게끔 사이트 이용자들의 신원을 확보해서 영상부터 다 지워야겠죠."

"흠. 그리고 일제 단속에 들어가는 건 어떻겠노?"

"성인 사이트 단속이요?"

"어. 전담반 만들어가 싹 다 조지는 기다. 이런 사이트가 또 없을 거란 보장 있나?"

그리고 일제 단속만으로도 언론의 주목을 받을 테니 약간의 결과만 나와도 조주영에게 극형을 내리기가 더 수월해질 거다.

"알겠습니다. 이건 검찰 쪽에서 나서 주세요."

"오야. 그래야 모양새가 좋겠제. 하이고, 이걸 다 언제 찾노."

"특수부는 찍새들 검거해 주세요. 피해자들과 사이트 이용자들은 저희가 만날 테니까."

"다섯 명이서 되긋나?"

"제가 바쁘길 원하는 분들이 계시는 것 같아서요."

흠칫!

맞다. 종혁이 바쁘길 원하는 사람들이 있었다. 그 어떤 원한 관계가 없음에도 말이다.

눈을 가늘게 뜬 강철선이 종혁을 봤다.

"시간 비워 놔라."

"예."

고개를 끄덕이며 조주영 방을 나선 종혁은 조용히 오택수를 불렀다.

"왜?"

"그때 말한 정보원 있죠? 간편 신고 사이트로 신고하라고 해 주세요. 조희구를 인천에서 본 것 같다고."

"너……?!"

"일단 확인부터 하고 가자고요."

정용진이 놈들의 하수인인지 아닌지.

맞다면 끌어들이고, 아니라면 죽인다.

종혁은 이를 악물며 조주영의 집을 나섰다.

2장. 도려내다

도려내다

본청의 경찰청장실.

오늘도 아침 일찍 출근해 어젯밤 있었던 일을 보고 받은 박종명 경찰청장이 눈살을 찌푸린다.

"주범을 잡았다?"

-피해자만 612명이라고 하고, 그중 56퍼센트가 미성년자라고 합니다.

"크군."

이 말은 진심이었다.

박종명도 놀랄 만큼 사건이 컸다.

-하지만 언론에는 오픈을 하지 않으려는 것 같습니다.

"2차 피해를 우려하는 건가."

지금껏 종혁이 보여 왔던 행보를 생각한다면 그 때문일 가능성이 높았다.

'다른 놈들이라면 어떻게든 언론에 노출시켰을 텐데……'

언론을 통해 이번 사건을 대대적으로 알려 이슈화시킬 수록 성과는 부풀려질 수밖에 없다. 그런데 종혁은 피해자들을 위해 그것을 포기한 것이다.

"쯧."

종혁의 행동이 마음에 들지 않는 것인지, 아니면 부하들이 마음에 들지 않은 것인지 몰라도 혀를 찬 박종명은 커피잔을 입에 가져갔다.

"최 대장은 지금 뭐하지?"

─피해자들과 사이트 이용자들을 만나러 간다고 합니다. 장기 출장계를 냈습니다.

"내가 확인하지."

특별범죄수사대는 본청 그 어느 곳에도 소속되지 않은 독립적인 부서. 그 보고와 결재는 모두 경찰청장인 박종명이 해야 됐다.

어찌 보면 청장 직속 부서라고 할 수 있었다.

'최소 두 달?'

종혁이 올린 출장계를 확인한 박종명은 눈을 가늘게 떴다.

"해외도 있군."

현재 해외에 나가 있는 탓에 연락이 닿지 않는 피해자들을 만나러 간다는 내용.

'이게 진짜일까, 아니면 뭔가 냄새를 맡은 걸까.'

조희구의 JH메디컬에 거의 5백억을 투자했다는 종혁.

눈이 돌아가 있을 종혁이라면 박종명 자신이 경고를 했
더라도 비밀리에 추적을 하고 있을지도 모른다.

"흐음……."

지이잉! 지이잉!

"전화가 들어왔군. 좀 있다가 통화하지. 일단 최 대장
은 계속 감시해."

—예, 알겠습니다.

"예. 경찰청장 박종명입니다."

—처, 청장님! 조희구 목격담이 떴습니다!

쿵!

"……어디서? 누가?"

—인천 부둣가에서 조희구가 얼쩡거리는 걸 본 것 같다
고 합니다! 간편신고관리과에서 전달된 정보입니다!

"정용진 과장이? 알았어. 일단 광수대 보내도록 해."

—예, 알겠습니다!

전화를 끊은 박종명은 잠시 고개를 뒤로 젖히며 한숨을
내쉬었다.

"아침부터 정신이 없군."

그는 다시 핸드폰을 들었다.

"나야, 조 회장. 대체 일 처리를 어떻게 하는 거야?"

박종명은 조희구를 타박하며 모니터를 응시했다.

'두 달 동안 612명을 다 만나려면 다른 여유는 없겠지
만…….'

그의 고민이 깊어졌다.

* * *

"주범을 잡았다고 합니다."

"쓸데없이 유능한 새끼!"

본사의 제2기획실. 제2기획실장이 중국 동부지부에서 전해진 소식에 책상을 걷어찬다.

지난 2주 동안 종혁이 바쁘다고 해서 얼마나 행복했던가.

그런데 그것도 이젠 끝이었다.

"그런데 더 큰 문제는……."

"또 뭐!"

"최종혁이 장기 출장계를 올렸다고 합니다. 그중엔 해외 출장계도 있다며 박종명이 고민 중이라고 합니다."

"……냄새를 맡은 건가? 아니, 이놈 설마 조 지부장이 우리 소속인 걸 알아차린 거 아니야?"

하도 당하다 보니 예민하게 반응하는 제2기획실장.

"그런 정황은 없었잖습니까."

종혁이 JH메디컬을 안 것도 어디까지나 우연이었다는 걸로 판명됐다. 당시 경찰 이미지 마케팅과의 과장 대리로서 영화 촬영 독려 차 부산에 왔던 종혁.

거기서 영화 관계자에게 JH메디컬에 대한 걸 알게 됐다는 게 그들이 내린 결론이었다.

"그리고 조 지부장이 저희 소속인 걸 알았다면 놈이 가만히 있었겠습니까?"

"그렇…… 지."

종혁이라면 조희구가 중국 동부 지부와 접선을 한 순간 곧바로 덮쳤을 거다. 아니, 그 전에 이미 종혁의 하수인이든 SVR이든 누구든 JH메디컬을 감시하고 있었을 거다.

하지만 그런 정황은 발견되지 않았다.

"그래도 혹시 모르니까 조희구 위치 옮기고, 조 지부장에게 연락해서 박종명에게 출장계 승인하라고 해."

"예?"

"인천공항에 우리 직원 있지? 최종혁 전용기 고장 내라고 해. 한 반년간 수리하게 만들 정도로."

"최종혁의 위치를 실시간으로 감시하려는 거군요. 하지만……."

그 고장이 인위적인 것임이 밝혀지는 순간 추적이 들어올 거다.

더욱이 그 전용기는 미국이 준 선물. CIA가 나설 수 있었다.

"사회에 불만이 많은 누굴 충동질을 하든, 폭탄 테러로 위장을 하든, 로고를 새기지 않은 인턴을 이용하든 뭐든 하라고. 이놈이 해외 어디로 가는지는 알아야 하지 않겠어?"

그래야 안심을 할 것 같다.

"차라리 그냥 병신으로 만드는 게 낫지 않겠습니까?"

"야, 부산지검장도 압박을 넣었어. 이런 상황에서 사고가 나면 어떻게 될 것 같냐?"

"……죄송합니다."

"됐어. 가 봐."

고개를 숙인 부하 직원이 물러나자 제2기획실장은 담배를 물며 뜨거워진 머리를 쓸어 올렸다.

"실장님!"

"왜! 왜왜!"

"러, 러시아에서……."

"걔들은 또 뭐어-!"

부하 직원의 자리로 달려가는 제2기획실장의 손에서 수백 가닥의 머리카락이 흩날렸다.

* * *

서울 어느 도로 위.

차에 앉은 종혁이 인천에 급파한 흥신소 직원과 통화를 하고 있다.

-아무래도 부산청 광수대인 것 같습니다. 부산 사투리가 진합니다, 사장님.

"흠. 알겠습니다. 계속 지켜봐 주세요."

통화를 종료한 종혁이 담배 연기를 뿜는다.

-다음 소식입니다. 인천공항에서 테러에 준하는 상황이 발생했습니다.

라디오를 응시한 종혁의 눈빛이 차갑게 가라앉는다.

전용기 및 전세기를 대상으로 한 테러.

부자가 싫은 어느 사회 부적응자가, 격납고 야간 경비원으로 취직한 놈이 전용기와 전세기의 엔진에 볼트를 넣거나 아예 망가트렸다.

종혁의 전용기도 마찬가지. 때문에 한 반년은 수리 및 점검을 해야 될 것 같다고 했다.

"놈들이겠지."

타이밍이 너무 공교롭지 않은가.

게다가 회귀 전에는 없었던 일이었다.

"아주 지랄 난리를 하는구만."

혀를 찬 종혁은 다시 정용진 과장에 대해 생각했다.

"곧바로 전달을 했다라⋯⋯."

'놈들이 아닌 건가?'

만약 놈들이나 그 하수인이었다면 목격담을 묵살을 했을 터. 그런데 한 치의 망설임도 없이 부산경찰청에 전달된 것을 보면 놈들과 연관된 게 아닐 확률이 높아진다.

게다가 조희구가 어제서야 다른 도시로 이동을 했다. 만약 거처를 옮길 거였으면 자신과 김종두의 대화에 정용진이 난입했을 때 옮겼을 텐데도 말이다.

"감시자를 찾으려는 움직임도 그리 크지 않았지."

이 악물고 찾는 듯한 모습은 아니라고 했다.

즉, 본사에서 과하게 반응한 거다.

일단 의심이 들면 지부를 폐쇄한다. 놈들의 행동 강령

이었다.

종혁은 정용진이 남긴 문자를 빤히 바라봤다.

―조희구 목격담이 나왔습니다. 인천 부둣가에서 밀항을 한 걸로 추정됩니다.

"흠."

운전대를 검지로 두드리며 생각을 정리한 종혁은 정용진에게 전화를 걸었다.

"예, 과장님. 오늘 저녁에 술 한잔하시겠습니까?"

* * *

종혁이 현몽준 당대표와 자주 식사를 하던 서울 외곽의 한정식집.

"이야, 서울에 이런 곳이 있었네."

옛것의 멋을 잘 살렸으면서도 세련된 한옥 스타일의 내부 인테리어에 김종두 과장이 감탄을 터뜨린다.

"이래저래 뭐든 많은 양반들이 자주 이용하는 곳이에요."

"아, 그래? 그래서 메뉴판을 안 주는 건가?"

"오마카세 아시죠?"

"너랑 전에 몇 번 갔었잖아."

"그런 거라고 생각하시면 돼요."

매일 아침 납입되는 식재료를 직접 검수하고, 또 2주에 한 번씩 산지를 돌아다니며 또 검수를 하는 주방장.

메인은 오직 제철 식재료만 이용해 만들고, 그날의 메뉴 구성은 오직 주방장의 기분에 따라 달라진다.

"이 녹차의 찻잎까지도요."

"허어. 그럼 가격이……?"

"알려 하지 마세요. 목구멍으로 안 넘어갑니다."

"어, 응."

"마음에 드시는 거 있으면 더 달라고 하셔도 되고요."

제철 식재료로 만드는 메인 요리를 더 시키는 건 어렵겠지만 말이다.

똑똑!

"손님께서 도착하셨습니다."

"들어오시라고 하세요."

종혁의 허락이 떨어지자 문이 열리며 정용진 과장이 묘한 미소를 지은 채 들어온다.

"여기가 이렇게 생긴 곳이었군요."

"응? 정 과장, 여기가 어딘지 알아?"

"정치인들이 자주 이용하는 곳입니다."

"정치인이? 프라이빗한 공간을 원하는 부자들이 아니라?"

"기업 회장님들도 자주 찾는 곳이긴 합니다."

그 상대가 정치인 혹은 검사, 같은 기업 회장이지만 말이다.

"역시 정보국 출신다우시네요."

경찰 조직에서 가장 비밀스런 기관인 정보국.

정치인이나 재벌 일가와 관련 정보 수집 능력은 거의 국정원이나 대검 중앙수사부에 버금간다고 알려져 있다.

그들이 어떤 정보를 가지고 있는지는 모르지만 말이다.

"앉으시죠."

정용진이 자리에 앉자 다시 문이 열리며 종업원이 모습을 드러낸다.

"음식을 들일까요?"

"예. 바로 넣어 주세요."

"술은 어떡하시겠습니까? 오늘 준비된 술은 소주로는 삼해주와 진도 홍주, 탁주로는……."

준비된 술들을 주르륵 읊는 종업원.

"오늘 준비된 요리와 잘 어울리는 것들로 들여보내 주세요."

"알겠습니다. 그럼 바로 음식을 들이겠습니다."

그 말이 끝남과 동시에 음식이 들어오기 시작한다.

처음은 뭉근하게 데친 무를 올린 굴죽이었다. 고소하게 올라오는 참기름 향기에 살짝 경직되어 있던 표정이 사르르 풀린다.

"와. 무슨 굴이……."

거의 손가락 두 개만큼 큰 굴.

많이 조리한 게 아닌 듯 젤리처럼 입속으로 스르륵 빨

려 들어간 굴이 입안에서 이렇게까지 자라 오며 지난 세
월 동안 응축시켰던 맛의 폭죽을 터트린다.

아니, 이건 맛의 폭력이다.

그들은 잠시 오늘 만난 이유를 잊고 음식을 즐기기 시
작했다.

그렇게 얼마나 먹었을까. 차갑지만 뜨거운 붉은 홍주가
입안을 적시자 그들의 정신이 깨어난다.

"여기 얼마라고?"

"연말 보너스 다 꼬라박으셔야 돼요."

달그락!

두 사람의 대화에 젓가락을 내려놓은 정용진이 종혁을
본다.

"이제 의심은 거둬지셨습니까?"

그 말에 순간 종혁과 김종두의 눈빛이 가라앉으며 정용
진을 본다.

"그렇게 말하시니 다시 커지는군요."

"이런. 제가 실수를 했군요."

"일부러 꺼내신 말이잖습니까?"

의심을 하라고. 자신을 믿지 말라고.

정용진은 그렇게 말하는 것이었다.

정용진이 옅게 웃으며 술잔을 들었다.

"최 대장은 나이답지 않아서 좋습니다. 멍청한 사람과
일하는 것만큼 괴로운 건 없거든요."

순간 정용진의 눈에서 감정이 사라진다.

종혁은 마치 인형처럼, 거울처럼 자신을 투영하는 그의 눈동자에 씩 웃었다.

오싹!

'이게 본모습이군.'

하긴 모든 걸 의심하고, 대한민국의 모든 부정부패를 다루는 정보국에서 일생을 바친 인간의 정신이 온전할까.

숨기고, 숨기고 또 숨긴다.

정보기관에서 일하는 인간들의 특징이었다.

종혁은 술주전자를 들어 정용진의 잔에 따라 주었다.

"얼마나 파악하셨습니까?"

"제가 움직였을 거라고 확신하고 있군요."

"아닙니까?"

둘의 시선이 중간에서 부딪친다.

"……부산지검장이나 부산청장, 광수대 대장은 알고 계실 테니 넘어가도록 하죠."

이윽고 그의 입에서 의심이 가는 인물들의 명단이 흘러 나온다.

언론사 임원부터 정치인, 교수, 사회운동가 등 아는 사람은 다 알 법한 이름들.

거기다 1996년 서울시 3선 시의원 박태성 자살 사건. 1999년 서울시 2선 시의원 김성령 자살 사건으로 인해 이득을 본 사람들.

중앙경찰학교에 놈들이 침투했을 당시 면접을 본 사람

들 등등.

"그리고 박종명 경찰청장까지. 현재 사건의 논점을 흐리거나 물타기를 하려는 움직임을 보이는 모든 인물이 용의선상에 올려놨습니다. 이 중의 몇 명은 확신이고, 내년이 가기 전에 다 파악이 될 겁니다. 최 대장이 도움을 준다면 더 빨리 끝날 수도 있겠죠."

정용진은 그러니 이제 숨기고 있는 진짜들을 오픈하라는 눈빛을 짓는다.

김종두는 그 무시무시한 명단에 입을 떡 벌렸지만, 종혁은 어이없다는 듯 웃었다.

"정보국은 대체 언제부터 이놈들에 대해 알아차린 겁니까?"

"오해입니다."

"단순히 과장님의 수완이 좋은 거라고요?"

"그렇게 봐 주시니 감사하군요."

"정보국은 왜 나오신 겁니까?"

"첫째가 열여덟 살입니다."

"아."

이제 대학 진학을 준비해야 될 열여덟 살, 고2. 지금부터 부지런히 벌어야 등록금을 댈 수 있었다.

위험한 일을 함에도 그에 합당한 대우를 못 받는 공무원 사회. 참 지랄 맞았다.

"맞벌이로 벌어도 낳은 자식들이 많다 보니 어쩔 수 있겠습니까. 올라가야지."

"다섯 명이시라고요."

"막내가 이번에 초등학교에 들어갔습니다."

"저런."

종혁은 권&박 홀딩스 명함을 내밀었다.

"제가 소개했다고 하면 자산 관리를 잘해 줄 겁니다. 어떤 상품을 추천하면 바로 가입하시고요."

"……감사합니다."

귀중한 보물처럼 조심스럽게 지갑에 갈무리한 정용진은 다시 종혁을 봤다.

"작년에 떠들썩했죠? 러시아 바이칼호 보물선 인양. 그것도 놈들입니다."

정용진의 눈이 크게 흔들린다.

"그리고 아프가니스탄 대명 대학교 기독동아리 달란트 피랍 사건."

콰득!

정용진과 김종두의 손에 쥐어져 있던 술잔이 부서진다.

"90년대 미국 플로리다 사이비 교단 마을 사건, 그리고 얼마 전 워싱턴 DC에서 발생한 테러. 모두 놈들의 소행입니다."

"정말……."

빠드드득!

"정말 크군요."

아연해질 정도로 크다.

"해외 곳곳에 놈들의 지부가 얼마나 있을지 알 수 없는 상황입니다."

"하핫!"

얼음장보다 더 차갑고도 칼날보다 더 날카로운 웃음.

술을 쭉 들이켠 정용진은 몸을 일으켰다.

"알겠습니다."

"지금부터 과장님을 밀착 감시할 겁니다."

"함께하는 동안 믿음을 주지 못해서 미안합니다. 뭐가 나오면 연락드리죠. 그리고 저 너머 방에 계신 분께도 안부를 전해 주시고요."

종혁의 등 뒤를 응시한 정용진은 김종두에게 고개를 까딱이곤 방을 빠져나갔고, 김종두는 딱딱하게 굳은 얼굴로 종혁을 봤다.

뭔가 할 말이 많은 듯한 표정.

"……뒷방에 누가 계시냐?"

"이참에 과장님도 인사드리면 좋겠네요."

몸을 일으킨 종혁은 뒷방으로 넘어갔고, 그런 종혁의 뒤를 따른 김종두는 오택수, 최재수와 함께 있는 한 노인을 발견하고는 눈을 부릅떴다.

"다, 당신은?"

"허허. 이거 최 대장님께서 밥을 사 주신다기에 왔는데, 참 비싼 밥을 얻어먹는 것 같습니다."

"제가 전에 부탁드린 이야기 기억하고 계십니까? 그 어떤 방해가 있더라도 제가 지목하는 3명을 반드시 처벌해 달라고 했던. 그 약속을 지키실 때가 온 것 같습니다, 대통령님."

그랬다. 그는 박노형 전 대통령이었다.

그의 얼굴이 분노로 일그러져 있었다.

* * *

달이 가장 높이 뜬 자정.

한정식집을 나선 박노형이 담배를 문다.

곧게 솟은 소나무들 사이로 싸늘히 불어오는 가을바람이 지독히 가슴을 시리게 만든다.

"몰랐습니다."

"그러실 거라 생각했습니다."

"현 대표는 알고 있습니까?"

"대통령님께는 죄송한 말이지만, 당대표님께서는 모르셨으면 좋겠습니다."

앞으로 이 나라를 위해, 보다 나은 대한민국을 위해, 지금도 범죄에 고통 받고 있는 국민들을 위해 해야 할 일이 많은 현몽준이다. 이런 일로 신경을 쓰이게 하고 싶지 않았다.

"당분간은 말이죠."

그가 대권을 노리게 되면 알아야 할 일. 오픈은 그때 가서 해도 늦지 않다.

"……현 대표는 참 복 받은 사람이군요."

무조건적인 지지를 해 주는 사람이 있다는 건 부러운 일이었다. 물론 자신도 그런 사람들이 많지만, 그래도 남의 떡이 더 커 보이는 법이었다.

"그러면 국정원은 알고 있습니까?"

"국내 파트 차장님께서 알고 계십니다."

"그 친구를 말하시는 거군요. 참 고마운 분이죠. 덕분에 내가 사랑하는 이 나라가 많은 위협과 약탈에서도 지켜질 수 있으니까요."

기밀 및 기술 탈취 등 지금 이 시각에도 국민들은 모를 수면 아래에서 발생하고 있는 소리 없는 전쟁들.

그 선봉에서 싸우는 국정원의 희생이 있기에 대한민국이 세계에서 손꼽히는 강국으로 존재할 수 있는 것이었다.

국정원뿐만이 아니다. 검찰, 경찰, 군대, 하물며 일반 국민들까지 모두 한마음, 한뜻으로 각자의 자리에서 이 나라를 지키고 또 발전시키고 있다.

"그런 나라인데 감히……."

콰드득!

박노형의 손아귀에서 종이컵이 구겨지며 커피를 쏟아 낸다.

그걸 힐끔 본 종혁은 오늘따라 크게 뜬 달을 응시했다.

"털어 낼 건 털어 내셔야 할 겁니다."

단 한 톨의 티끌조차 없어야 잡을 수 있는 놈들이다.

박노형의 눈썹이 파르르 떨린다.

"가진 건 쥐뿔도 없던 못난 날 위해 애써 준 사람들입니다."

"부탁드리겠습니다."

종혁은 허리를 깊이 숙였고, 박노형은 눈을 질끈 감았다.

"……하긴 그래야 이 나라가 깨끗해지겠지요. 후. 알겠습니다. 내 박명후 대통령을 만나 보겠습니다."

놈들을 법정에 세우기 위해선 현 대통령의 협조가 필요하다.

"대통령님의 큰 결단, 결코 잊지 않겠습니다."

"그거 든든해지는 말이군요."

"이거면 주머니도 든든해지실 겁니다."

"권&박 홀딩스…… 권회수 그분의 따님께서 운영하는 회사라는 소리는 들었습니다."

"현재 미국발 세계 경제 폭락으로 재미를 보고 있으니, 지금 편승한다고 해도 주변 분들을 다독일 수준은 될 겁니다."

"거부할 수 없겠군요."

자신을 믿고 따라와 준 사람들을 쳐내야 한다. 어쩌면 아내와 자식, 일가친척까지도.

남은 이들을 달래기 위해선 이런 돈이 필요했다.

명함을 안주머니에 찔러 넣은 박노형은 다 피운 담배를 버리며 새 담배를 물었다.

"뿌리 뽑을 수 있겠습니까?"

"그럴 수 있도록 노력하겠습니다."

"그래야 될 겁니다."

살점과 뼈를 끊어 내는 고통을 감내했다. 그러니 종혁도 그에 대한 보답을 해 줘야 했다.

"아니면 죽은 권력도 권력이라는 것을 알게 될 테니까요."

"……앞으로 저분들께서 대통령님을 지키게 될 겁니다."

척! 척! 척!

어둠 속에서 검은색 슈트를 입은 채 걸어 나오는 사람들.

척!

"전체 차렷! 대통령님께 대하여 경례!"

"충성!"

박노형은 설명을 바라는 눈으로 종혁을 봤다.

"이 나라와 이 나라 국민을 위해 청춘과 목숨을 바치셨지만, 그 대가를 제대로 받지 못하신 분들입니다."

정치에 휘말려 허무하게 제대를 한 군인. 얼마든지 이겨 낼 수 있는 약간의 장애를 입었음에도 제대를 강요당한 군인.

부당한 걸 말했을 뿐인데도 제대를 당하고, 제대를 했음에도 이런저런 이유들로 취업이 불가능해진 군인.

그 외에도 참 많은 이유로 희생에 대한 보답을 받지 못하는 불쌍한 사람들.

그런 이들을 권회수가 거두어 케어했고, 또 케어하는

중이다. 어디 희생에 보답을 바라겠냐마는 그렇기에 더 보답을 해 줘야 했다.

그리고 그들 중에서 귀신이라 꼽히는 이들이 바로 오늘 소집한 이 사람들이었다.

"권회수 그분께서…… 허허. 이 나라는 아직도 바뀌어야 할 것이 많군요. 임기 때 어떻게든 중임제를 통과시켜야 했나 봅니다."

"참고로 전 찬성했습니다."

"으하하핫!"

딱히 박노형이 마음에 들어서 찬성을 했던 건 아니다.

경우에 따라서는 독재가 우려될 수도 있긴 하나, 재임을 바라는 대통령이 더더욱 노력할 이유를 주기도 하기 때문이다.

"알겠습니다. 최 대장과 권회수 그분의 선물을 기꺼이 받아들이죠. 반갑습니다, 박노형입니다. 이젠 일개 야인이니 대통령이란 딱딱한 명칭 말고 형이나 삼촌 정도로 불러 주세요."

"그럼 앞으로 의뢰인이라고 칭하겠습니다."

"그래요. 차차 바꿔 갑시다."

박노형은 종혁을 봤다.

"도움이 필요한 상황이 생기면 연락드리겠습니다."

"나이가 들어선지 요새는 잠들면 잘 깨지 못하더군요."

"유념하겠습니다."

고개를 끄덕인 박노형은 가장 선두에 선 중년인의 어깨

에 팔을 얹으며 돌아섰다.

"혹시 막걸리 좋아합니까? 내 아내가 파전을 아주 기가
막히게 굽습니다."

"이, 이 시간에 그러시면 혼나실 겁니다."

"걱정 마세요. 안사람은 제가 아주 꽉 잡고 있으니까!
하하핫!"

종혁은 어둠 속으로 사라져 가는 그들을 응시하다 한숨
을 내쉬었다.

"아주 대한민국은 내가 다 지키지."

"나도 지킨다, 짜샤. 나뿐이냐? 수백만, 수천만 국민들
이 지킨다!"

"하핫!"

"특수에 있을 때도 나 몰래 어딜 그렇게 빨빨거리며 돌
아다니나 했다만은……."

김종두 과장의 눈이 가늘게 떠지자 종혁은 어색하게 웃
었다.

"그럼 난 뭘 해야 되냐?"

객관적으로 봐도 김종두 자신은 참 별게 없다.

종혁은 그 끝 모를 자금과 호화찬란한 인맥이 있고, 정
용진은 정보국이라는 단체가 있다.

그러나 자신에겐 겨우 특수범죄수사과와 그간 현장에
서 다진 인맥들이 전부였다.

"과장님이 계셔서 제가 얼마나 든든한지 모르실 겁니
다."

"……썩을 놈. 알았다. 간다."

혀를 차며 몸을 돌린 김종두의 이가 악물어진다.

무력하다. 너무 무력하다.

까득!

'위로 올라가야겠군.'

본청 과장으로도 충분했기에 꿈에서도 쳐다보지 않았던 상부.

괴물들의 각축장. 마굴.

아무래도 그곳에 가야 할 것 같다.

그래야 이 무력함이 사라질 것 같다.

"미친개들을 소집해야겠어."

자신의 편이 되어 줄 미친개들. 정치인, 재벌 가리지 않고 아무나 물어뜯는 개새끼들. 온갖 압박에 제 성질을 죽인 채 끙끙거리고 있을 놈들을 소집해야 될 것 같다.

"앞으로 대가리 좀 빠개지겠구만."

김종두는 머리를 벅벅 긁으며 길을 내려갔고, 희미하게 들려오는 그의 목소리에 그 심정을 읽은 종혁은 고개를 숙였다.

"감사합니다. 지원은 확실하게 해 드리겠습니다."

김종두가 위로 향할 욕심을 드러냈으니 앞으로 당분간은 보지 못할 거다. 상부로 향하기 위해선 지방 순회, 지방서부터 시작해야 되기 때문이다.

그러니 그가 중간에 포기하지 않도록 온갖 지원을 아끼지 않을 생각이었다.

"진짜 넌……."

최재수도 아연실색한 얼굴로 종혁을 본다.

언제나 상상을 초월하는 종혁. 하지만 이렇게까지 초월할 줄은 몰랐다.

"하하."

"앞으로 어떻게 할 거냐?"

"어떡하긴요. 이번 사건에 집중해야죠."

놈들이 방심할 그 순간을 위해.

러시아 바이칼호에 있는 놈들마저 움직일 그날을 위해.

한순간 몰아칠 그때, 사냥의 순간을 위해 숨을 죽이고 있어야 했다.

"갑시다. 그 많은 사람들 만나러 다니려면 시간 없습니다."

"야. 제야의 종소리는 집에서 볼 수 있는 거지?"

"그럴 수 있도록 노력해 볼게요."

"아니, 노력이 아니라 확답을 줘 봐."

"노력한다니까요."

그들은 두런두런 이야기를 하며 차에 올랐다.

* * *

스악, 따앙!

중국 대륙의 따뜻한 남쪽에서 울리는 호쾌한 소리.

"나이스 샷."

주위에 모인 사람들이 박수를 치며 조희구의 빨랫줄 같은 드라이브샷을 축하한다.

"왕유춘 대리라고 했었나?"

"아무렇게나 불러 주시면 됩니다."

"그럼 왕 대리라고 할게."

위장된 신분은 지켜 줘야 하는 게 룰.

"왕 대리도 쳐 보지?"

"죄송합니다. 운동 신경이 좋지 않아서 지부장님의 발목만 잡을 겁니다. 그래도 실내골프장에 등록했으니 조금만 기다려 주시면 지부장님과 함께 필드에 나올 실력을 쌓을 수 있을 겁니다."

"누가 대리 아니랄까 봐 말은 잘해."

피식 웃은 조희구는 캐디에게 골프채를 넘기곤 왕유춘 대리, 아니 최성현에게 손을 내밀었다.

최성현은 그에게 태블릿 PC를 넘겨주었다.

이윽고 자리를 정리하고 카트로 향하는 그들.

"최종혁 때문이라고?"

"본사 지시입니다."

"그 새끼 때문에 이게 무슨 꼴인지 모르겠네."

잘 있던 칭다오에서 긴급히 벗어나 이 남쪽까지 내려온 조희구. 불만이 클 수밖에 없었다.

"먼저 주신 자금 중 30퍼센트에 대한 세탁을 끝냈습니다."

"우리 같은 주제로 대화하는 거 맞지?"

"다음 통장을 주시면 감사하겠습니다."

"……그래, 대리한테 뭘 바라겠냐."

조희구는 그럴 줄 알았다는 듯 옆을 따라오는 부하 직원에게 손가락을 까딱였고, 그는 얼른 지갑에서 메모지를 꺼내 최성현에게 내밀었다.

"거기에 든 건 700억. 다음엔 50퍼센트쯤 끝내면 말해. 일일이 기억을 떠올리는 것도 귀찮으니까."

최성현은 대답 대신 고개를 숙였고, 조희구는 카트에 올랐다.

"아, 오늘 저녁은 예쁜 아가씨들과 술을 마시고 싶네."

"준비해 놓도록 하겠습니다."

"땡큐."

시트에 편히 앉은 조희구는 그제야 태블릿 PC를 켰고, 이내 한국의 특집 영상이 흘러나왔다.

-제발 좀 돌려줬으면 하죠.

-조 회장님! 아니 조희구, 이 삐-! 야! 제발 그 돈 좀 돌려줘! 그거 우리 엄마 수술비라고!

-우리 아들 결혼 자금입니다. 제발 부탁드립니다.

-왜 그랬니! 왜 그랬어! 그깟 돈일 뿐인데 왜!

-네 처자식들은 어떡하라고, 이 자식아!

"끅끅. 병신들."

이 중 사기를 의심하지 않은 사람이 몇 명이나 될까.

이들이 중간에 돈을 뺄 기회는 얼마든지 있었다.

이 정도면 됐다. 충분히 벌었다. 그런 결단만 내렸으면 됐다.

하지만 이들은 그러지 않았다.

조금만 더. 천 원이라도 더. 그 욕심을 부리다 이 사단이 난 거다.

이들은 더 큰돈을 노리다 제 욕심에 잡아먹힌 돼지 새끼들일 뿐이었고, 조희구 자신은 그런 돼지 새끼들의 욕심을 이용한 죄밖에 없었다.

"그래, 울어라. 더 울어. 끅끅끅끅!"

최성현은 그런 괴물을 무심한 눈으로 응시하다 문자로 최고급 술집을 예약하라는 지시를 내렸다.

당한 놈들이 병신이라는 건 같은 생각이었으니 말이다.

칭다오에서 이어진 일상의 하늘은 오늘도 맑았다.

앞으로도 그럴 것이다.

* * *

쿵쿵쿵!

현관문이 두들겨지는 원룸.

담배 냄새와 술 냄새가 자욱한 돼지우리가 따로 없는 작은 방에서 이십대 후반의 청년이 몸을 일으킨다.

어젯밤 얼마나 달린 건지 얼굴이 퉁퉁 부은 그는 잠을

방해하는 불청객을 노려본다.

"아으, 누구야."

쿵쿵쿵!

"김진한 씨, 경찰입니다. 문 좀 열어 주세요."

섬뜩!

"겨, 경찰? 경찰이 왜?"

정신이 번쩍 든 그는 숙취에 돌아가지 않는 머리를 억지로 굴려 봤지만 딱히 뭔가 떠오르는 건 없었다.

"어, 어제 술 사다가 편의점에서 토한 것 때문인가? 씨발, 대체 뭔데!"

순간 그런 그의 머릿속에 경찰에서 날아온 소환장이 떠오른다.

'시발! 설마 그것 때문에?!'

"법대 다니는 친구가 그거 무시해도 된다고 했는데!"

"김진한 씨, 문 열어 주세요. 안에 계신 거 다 압니다."

"예, 예! 나가요!"

얼른 옷을 입은 그는 부리나케 문을 열었고, 종혁은 그런 그를 향해 경찰공무원증을 보여 주었다.

"경찰 본청 특별범죄수사대 소속 최종혁 경정입니다. 김진한 씨 맞으시죠?"

"네, 네! 그, 그런데 경찰이 저를 왜……."

"성인 사이트에 유료 회원으로 가입하신 후 음란물을 다운받으신 적 있죠?"

"아뇨?! 그거 저 아닌데요?!"

"증거 다 확보됐습니다. 거짓말하시면 위증죄 추가십니다."

"……."

"안으로 들어가도 되겠습니까?"

그 말에 그가 할 수 있는 건 그저 비켜서는 것밖에 없었다.

"푸후우."

코를 찌르는 악취와 돼지우리가 따로 없는 방 꼬라지에 혀를 찬 종혁은 컴퓨터를 보며 눈을 빛냈다.

"컴퓨터 좀 확인해도 될까요?"

"네에……."

그의 허락에 컴퓨터를 켜며 앉은 종혁은 들고 온 손바닥만 한 기계를 컴퓨터 본체에 연결시켰고, 곧 모니터에 그가 다운받은 음란물들이 쫘르륵 올라오기 나타나기 시작했다.

"어이구. 많이도 받으셨네. 얼씨구? 업로드한 기록도 있으시네요?"

종혁은 눈빛을 서늘히 가라앉히며 그를 봤다.

"김진한 씨, 정보통신망 이용촉진 및 정보보호 등에 관한 법률 위반과 아동 청소년의 성보호에 관한 법률 위반으로 체포되시겠습니까, 아니면 그냥 삭제하실래요?"

이름도 어려운 법을 위반했단 소리에 김진한은 다급해졌다.

"사, 삭제할게요!"

"컴퓨터 포맷을 시킬 건데 중요한 자료 있습니까?"

"아, 아뇨? 악! 자, 잠깐만요! 거기 과제 있는데!"

"네. 그럼 삭제하는 걸로 할게요?"

종혁은 순철이 만들어 준 특제 포맷 프로그램을 실행시켰고, 곧 본체가 맹렬한 소리를 내며 컴퓨터에 저장된 모든 파일이 삭제되기 시작했다.

"안 돼-!"

"아, 이렇게 삭제를 하는 거지만 증거가 명확하시기에 벌금은 내셔야 합니다. 이 부분 이해하셨죠?"

"벌금이요!?"

그는 눈물을 삼킬 수밖에 없었다.

잠시 후, 그의 집을 나선 종혁은 핸드폰을 들었다.

"어, 세라야. 거긴 어때?"

소환 날짜가 지났음에도 찾아오지 않는 사람들을 직접 찾아 나선 그들.

보통 이런 사건에서 소환장을 날리면 사람들은 겁을 먹고 증거부터 인멸하려 든다.

종혁이 소환장부터 날린 이유도 그 때문이다. 스스로 지워 버리도록.

그런데 간혹 어설픈 법 지식으로 거부를 하는 사람들이 있고, 또 너무 멀어서 못 오겠다고 버티는 사람도 있다.

종혁들은 그런 이들을 찾아 나선 거다.

물론 소환에 응한 사람들도 직접 찾아가 정말로 지웠는

지 확인을 했다.

-수원은 끝. 화성으로 넘어갈게…….

"그래. 수고해 줘."

피로가 가득한 세라의 목소리에 입맛을 다신 종혁은 잠시 생각에 잠겼다.

"재수는 성남으로 향했고……."

경기도를 반으로 나누어 서쪽은 임세라가, 동쪽은 최재수가 맡기로 했다. 오택수는 충청도부터 아래로 훑고 내려가기로 했다.

서울을 비롯한 대도시는 특수범죄수사과와 간편신고관리과 특별수사팀에서 지원을 받았고, 그래도 부족한 인력은 여유가 있는 동기들의 도움을 받았다.

처음엔 2만여 명이었지만, P2P 사이트에 올린 사람들이 많았기 때문에 결국 지원을 받을 수밖에 없었다.

때문에 실적이 쪼개지게 됐지만, 종혁은 별로 신경 쓰지 않았다.

"나도 이 도시는 다 끝났으니 다음으로 넘어가 볼까?"

종혁은 차를 세워 둔 곳을 향해 발을 내디뎠고, 그 순간 강한 바람이 불어왔다.

"어후. 춥네, 이젠."

어느덧 11월 하순. 가을이 된 지 얼마나 됐다고 겨울이 다가오고 있었다.

"그만큼 정신없이 움직였다는 거겠지만……."

조주영을 사로잡은 이후 지난 보름간 집에 들어간 게

손가락으로 꼽을 정도니 정말 정신없이 움직이긴 했다.

"아, 그렇게 생각하니 나도 갑자기 피곤해지네."

그때였다.

지이잉! 지이잉!

발신자를 확인한 종혁의 눈빛이 차갑게 가라앉는다.

"예, 김경후 씨."

본디 놈들의 사원이었지만, 약간의 오해로 인해 은퇴를
당할 뻔하다 종혁에게 사로잡힌 후 전향을 한 김 대리,
아니 김경후.

현재 바이칼호에서 놈들과 똑같이 보물선 인양을 하는
듯 연기하며 놈들의 동태를 감시 중이다.

-놈들이 움직였습니다.

"그래요?"

방금 전까지 춥다고 느꼈던 몸이 후끈 달아오르기 시작
했다.

놈들을 일거에 쓸어버리기 위해 기다린 몇 년의 세월.

드디어 움직일 시간이었다.

* * *

"아빠! 아빠는 후크 선장이지? 그치?"

어느 날, 유치원을 다녀온 아들이 눈물을 글썽거리며
묻는다.

대체 유치원에서 무슨 말을 들은 걸까.

잘려 나간 왼손이, 그리고 평생을 바쳤던 꿈이 그날따라 후회된 적은 없었다.

"어이, 김 씨! 이것 좀 마시면서 해!"

"감사합니다!"

쿵덕쿵덕 온갖 소음이 울리는 공사장.

시멘트와 먼지투성이인 삼십대 중반의 남성이 콜라를 받아 들어 왼쪽 겨드랑이에 낀 후 뚜껑을 딴다.

꿀꺽꿀꺽!

"꺼흑!"

"오늘 월급날이지?"

"하하. 그러는 형님도 월급날이시잖아요."

"됐고. 아무튼 이번엔 어쩔 거야? 모여야지?"

"죄송해요. 아내랑 아들이 기다리고 있어서요."

"또? 하, 진짜 이러면 김 씨만 힘들다니까? 사람이 나누는 정도 있어야지."

"죄송해요. 손 병신인 남편 때문에 고생하는 아내가 눈에 밟히는 걸 어쩌겠습니까."

그 말에 형님이란 사람의 눈이 김 씨의 목장갑 낀 왼손으로 향한다. 손가락들이 부자연스럽게 굽어져 있는 김 씨의 왼손.

"에휴. 진짜 지극정성이다, 지극정성이야."

"잘 마셨습니다."

옅게 웃은 그는 다시 공사가 한창 이뤄지고 있는 건물 안으로 걸음을 옮겼다.

"주철아, 여기 월급 명세서."

"감사합니다!"

"내일, 토요일은 안 나올 거지?"

"하하."

"그래. 수고했고, 다음 주에 보자."

"옙! 그럼 다음 주에 뵙겠습니다!"

세 가족 한 달 생활비가 입금됐다는 월급 명세서를 마치 보물처럼 소중하게 품은 그는 공사장을 빠져나와 집으로 향했다.

"룰루."

바스락, 바스락.

고소한 향기가 풍기는 검은 봉지를 든 김주철의 입에서 흘러나오는 노랫소리. 치킨을 보고 기뻐할 아들을 떠올리니 지난 한 달 동안 쌓인 피로가 사르르 녹아내리는 것 같다.

"윽!"

집에 키를 꽂아 넣으려는 순간 김주철이 다급히 왼손을 붙잡는다.

있을 리 없는 왼손에서 느껴지는 아득한 고통, 환상통.

"크으윽!"

혹여 집에 있을 아들이 들을까 이를 악물고 비명을 참아 내던 그는 한참의 시간이 지난 후에야 정신을 차릴 수 있었다.

"후우."

땀이 한가득 흐른 몸을 일으킨 그는 애써 웃으며 현관
문을 열었다.

"아빠 왔다!"

"아빠—!"

"여보!"

김주철은 뛰어나오는 아내와 아들를 향해 더 활짝 웃어
주었다.

"얌냠냠냠!"

사람 세 명이 누우면 가득 차는 좁은 거실에 둘러앉아
치킨을 뜯는 세 가족.

김주철은 브랜드 치킨이 아닌, 값싼 시장 통닭임에도
불평 없이 맛있게 먹어 주는 아들의 모습에 고마우면서
도 씁쓸함을 느꼈다.

"맛있어?"

"응!"

"……그래. 많이 먹어."

"응! 아빠도 많이 먹어!"

"자요."

"아, 땡큐. 맞아. 자. 이번 달 월급 명세서야."

맥주를 따른 컵을 넘겨주며 월급 명세서를 받아 든 아
내가 적힌 액수를 보곤 살짝 놀란다.

"저번 달보다 20만 원이 많잖아요. 너무 무리한 거 아
니에요?"

"무리는 무슨. 당신 오빠는 이 정도로 끄떡없어."

"그래도……."

울 것 같은 아내의 입에 치킨을 물려 준 김주철은 컵을 들었고, 아내는 이내 못살겠다며 고개를 젓고는 제 몫의 맥주가 담긴 컵을 들었다.

쨍!

월급날을 축하하는 조촐한 건배였다.

그때였다.

"윽!"

다시 예고도 없이 찾아온 고통에 김주철의 얼굴이 구겨졌다가 펴진다.

"후우."

"아직도 그래요?"

"의사가 시간이 지나면 나아질 거라고 말하긴 했지만……."

손을 자른 지 벌써 3년째임에도 여전히 찾아오는 환상통.

"난 없다고 생각하는데, 내 머리는 아직도 있다고 생각하나 봐. 이놈 진짜 멍청하지 않아?"

"하아. 이럴 줄 알았다면 차라리 그때 어떻게든 치료를 할 걸 그랬나 봐요."

"아니야. 그땐 그게 최선이었잖아."

사람들에겐 생소한 직업인 트레저 헌터.

옛날 인디아나 존스라는 영화를 보며 고고학자를 꿈꿨던 김주철은 그쪽 세상이 자신의 생각과 다르다는 걸 알아차리곤 곧바로 그와 비슷한 트레저 헌터가 되기로 결심했다.

관련 지식을 쌓고, 다이빙 자격증까지 따며 해외 트레저 헌팅 현장에도 참여했던 그.

그러나 실력이 썩 좋지 않은 탓에 결국 꿈을 포기한 채 한국으로 돌아올 수밖에 없었다.

이후 그는 생계를 꾸려 가기 위해 다이빙 강사로 일하고, 시간이 날 땐 마음이 맞는 사람들끼리 모여 바닷속을 청소했었다.

아내를 그때 만나 결혼을 하게 됐다.

그러다 어느 날, 통발을 잡아채다가 손등을 찔리게 됐다. 바다를 청소하다 보면 흔히 있는 사소한 사고였고, 그는 그냥 대충 소독만 하고 신경을 껐다.

하지만 결국 왼손은 통통 붓다 못해 썩어 들어가기 시작했고, 그에 황급히 병원에 달려갔지만 그땐 이미 늦어 버린 후였다.

자칫하면 왼팔 전체를 잘라 내야 했을 상황.

그에게 주어진 선택지는 하나밖에 없었고, 손 병신이 된 그를 써 줄 사람도 없었다.

"난 후회 없어. 덕분에 우리 세 가족 풍족하진 않지만 이렇게 치킨에 맥주 마실 정도는 벌게 됐잖아. 강사였다면 어림도 없을 일이지."

한 달에 80만 원 겨우 받았던 다이빙 강사. 지금은 그보다 몇 배는 더 벌고 있으니 후회는 없었다.

"정말요? 정말 후회 없어요?"

"……우리 마나님께서 갑자기 왜 이러실까?"

그 말에 아내가 주머니에서 접은 신문지를 꺼내 내민다.

보물에 관심 없으신가요?

영화 속의 일만이 아닌 트레저 헌팅!

선유컴퍼니가 러시아에서 함께 보물을 발굴한 다이버를 모집합니다.

월 400 보장! 자격증 우대!

016-……

"서희야."

"물어보니까 신체에 장애가 있다고 해도 괜찮대요."

"서희야!"

"맨날 인디아나 존스만 보잖아! 그거 볼 때마다 오빠 얼굴이 어떤지 알아?!"

"…….."

"엄마, 아빠 싸워?"

"아, 아니야. 안 싸워. 싸우는 거 아니야."

"해요. 가서 미련 다 털어 내고 와요. 그리고 돈 모아서 다이빙 전문 학원을 차리는 거예요. 이제부턴 나도 벌 테니까 우리 그렇게 해요. 네?"

김주철은 간절한 아내의 모습에 얼굴을 구겼다.

정말 그랬던 걸까. 정말 미련이 남았던 걸까.

그랬던 것 같다. 신문 광고에 적힌 트레저 헌팅이란 단어에 심장이 떨리는 것을 보면 말이다.

김주철은 똘망똘망한 눈으로 쳐다보는 아들을 향해 입을 열었다.

"수한아, 아빠가 다시 후크 선장이 되면 어떨 것 같아?"

보물선이 가득 실린 배의 선장, 후크 선장.

"후크 선장?! 아빠 정말 다시 후크 선장 되는 거야?! 피터팬이 쫓아오는 거 무섭지 않아?"

"으응. 이제 안 무서워. 우리 수한이랑 엄마가 있으니까 피터팬도 이길 수 있어."

"그럼 난 찬성! 와아! 이제 친구들한테 아빠가 후크 선장이라고 말할 수 있다!"

김주철은 닭다리를 든 채 집 안을 달리는 아들을 일견하며 아내를 봤다.

"고마워. 해 볼게."

"사랑해요."

"나도."

둘은 잠시 입을 맞추며 서로의 사랑을 확인했다.

* * *

반대쪽 끝이 잘 보이지 않는 바이칼호 위.

둥둥둥둥!

공회전하는 엔진 소리만 가득한 배에 올라탄 선유컴퍼니의, 보물선 인양 사기의 현장 총괄 책임자인 도경수 차장이 담배를 문 채 바람 한 점 없는 푸른 호수와 하늘을 한눈에 담는다.

그런 그에게 부하 직원이 다가선다.

"한국에서 3차 팀이 출발했다고 합니다."

그 말에 도경수의 눈이 빛난다.

"차장님을 대신할 책임자는 김주철. 35세 남성으로 해외 트레저 헌팅에 참가한 경력이 있는 사람입니다."

"괜찮네."

도경수는 다시 하늘과 바이칼호를 보며 기지개를 켰다.

"끄으으. 그럼 이제 한국으로 돌아갈 때인가?"

"1년은 해외에 있어야 하는데요."

"말이 그렇다는 거지, 말이. 도주 루트가 어떻게 된다고 했지?"

"또 까먹으셨습니까?"

"쓰읍."

"일단 한국으로 갔다가 일본으로 밀항, 위조된 여권으로 베트남을 경유해……."

"아아, 됐어. 기억났어. 그보다 최종혁은?"

"엄청 바쁘다던데요? 뭔 성인 사이트 하나 검거해서 거기 이용자랑 피해자들 찾아다닌다고 정신없답니다."

"뭐야, 그 새끼 좌천당했어? 언제? 내년에 총경 된다고 하지 않았어?"

"어쩌다 보니 걸려들었답니다."

"에고. 그 새끼들도 운이 없구만. 하필 걸려도……."

동병상련의 기분으로 명복을 빌던 도경수는 저 멀리 희미하게 보이는 점, 아니 배를 응시하며 입을 악문다.

아진 소코로비쉬. 자신들의 이번 프로젝트를 완벽하게 꼬아 놓은 개새끼들.

"저쪽에서 유물은 더 나왔대?"

"지난 한 달 동안 열 점이나 더 나왔답니다."

"씨부랄. 포인트로 저길 찍었어야 했나."

그러면 보다 확실하고 완벽하게 프로젝트를 진행하면서 짭짤한 부수입도 올렸을 거다.

"한국 분위기는 좀 어때?"

"부산 지부 때문에 난리죠. 매일같이 떠들어 대고 있답니다."

"잘하고 있나 보구만. 아, 겁나 부럽네."

무려 9조 원이다.

말단 사원까지도 억대의 인센티브를 받을 역대 최고의 실적. 당연히 배가 아플 수밖에 없었다.

하지만 그렇기에 그들이 도주할 타이밍이 만들어졌다.

러시아뿐만 아니라 한국에서도 막대한 투자를 받은 그들.

대한민국의 모든 관심이 부산 지부에 쏠려 있을 때 연기처럼 사라져야 하는 게 이번 프로젝트의 피날레였다.

"차장님도 50억 넘게 챙기잖습니까. 전 고작해야 10억입니다."

"그래도…… 에휴. 통장은?"

"잘 챙겼고, 컴퓨터도 다 챙겼습니다."

"오케이. 모스크바 흔들라고 해. 철수하자."

"예!"

부하 직원은 선장을 보며 손을 크게 저었고, 그들을 태운 배는 곧 머리를 돌려 육지로 나아가기 시작했다.

그들에게 있어 투자자의 피해 따윈, 그들의 절망과 절규 따윈 안중에도 없었다.

한편 커다란 망원경으로 도경수 차장이 탄 배를 지켜보던 김경후가 입을 연다.

"저쪽 놈들이 많이 바뀌었다고요?"

"그렇습니다, 사장님. 절반 정도가 모르는 얼굴들로 바뀌었고, 이번에 한국에서 넘어오는 사람들의 숫자도 20명입니다."

현재 남아 있는 선유컴퍼니 직원, 아니 놈들과 얼추 일치하는 숫자.

백발 거구의 육십대 러시아인이 머리를 조아리며 말하자 김경후는 담배를 물었다.

"전에 말한 것처럼 곧 러시아에 진통이 있을 겁니다."

"대규모 마약이나 테러라고요."

"뭐든."

뭐든 러시아 언론과 국민들의 이목을 끌어모을 사건을 터트릴 거다. 어쩌면 크렘린궁이 있는 모스크바의 붉은 광장에 폭탄을 설치했다는 장난전화를 걸 수도 있다.

뭐든 러시아 경찰의 정신을 쏙 빼놓을 거다.

놈들은 그렇게 정신없는 사이 공항을 통해 유유히 빠져나가 종적을 감출 거다.

"그럼 우리도 준비하죠."

철수할 준비를.

어차피 이 모든 것은 한편의 연극이자, 사기. 자신들도 감쪽같이 사라져야 했다.

몸을 돌린 김경후는 핸드폰을 들어 종혁에게 전화를 걸었다.

"놈들이 움직였습니다, 형사님."

* * *

"이모, 여기 소주 한 병이요!"

"그러니까……."

오늘 하루, 또 일주일.

잔뜩 스트레스를 받은 사람들이 시끄럽게 떠들며 술을 마시는 횟집.

철푸덕 순철이 동그란 철제 테이블 위에 머리를 박는다.

"죽갔다야, 진짜."

오늘 하루, 아니 지난 일주일 동안 만난 사이트 이용자가 몇 명이던가. 이젠 입에서 단내가 나는 걸 넘어 목소리조차 나오지 않을 정도다.

"거 좋은 횟집들도 많은데 왜 이런 곳을 와?"

"형님은 괜찮습네까?"

"……아니, 나도 죽을 것 같아."

얼마나 입을 놀렸는지 목과 입술이 퉁퉁 부은 것 같다.

종혁도 테이블 위에 머리를 박았고, 오택수와 최재수, 임세라도 모두 머리를 박으며 차가운 물수건을 목에 가져다 댄다.

하루에 6시간 겨우 자면서 움직인 강행군.

20여 일 만에 겨우 만든 휴식 겸 중간 브리핑이었지만, 그들은 이대로 곯아떨어져 자고 싶었다.

"몇 명 남았지?"

"지금까지 만 명 정도 쳐냈으니…… 5만 6천 명 정도 남았습네다."

"왜 늘었는데……."

이유는 그들 모두 알고 있다.

2만여 명의 사이트 이용자들 가운데 P2P 사이트들을 이용해 사진과 영상을 업로드한 사람이 약 3천여 명.

그들이 올린 사진과 영상을 다운받은 사람들의 숫자가 4만 명이 넘는다. 이 중 또 P2P 사이트에 업로드하지 않은 사람이 없다고 볼 수 있기에 얼마나 더 늘어날지 모른다.

–다음 소식입니다. 검찰이 성인 사이트 일제 단속을 선포한 가운데…….

모두 고개를 돌려 TV를 응시한다.

검찰과 경찰이 단속을 위한 전담 부서 만들고, 각 지청과 지방청에 협력하에 불법 성인 사이트를 쓸어버리겠다는 내용의 뉴스가 흘러나오자 그들의 상체가 슬금슬금 들려진다.

"야, 최 대장. 저거 가이드라인이 우리지?"

"네. 무조건 컴퓨터 확인."

컴퓨터뿐만 아니라 다른 저장 매체도 모두 확인하는 게 수사의 가이드라인이었다.

"……그럼 살았네?"

"살았죠."

원래 사이트 회원을 제외한 다른 범법자들을 합법적으로 토스할 수 있다.

"그래. 살았네, 살았어……. 살았구나!"

"으아아아! 건배!"

채재쟁!

"매운탕 나왔습니다!"

"네, 네! 어서 주세요!"

"크아! 좋구나!"

"아, 이제야 술이 다네."

표정이 확 밝아진 그들은 잠시 동안 술과 안주를 즐겼고, 어느 정도 취할 때가 되자 오늘 모인 목적을 꺼내기 시작했다.

"일단 내가 맡은 곳은 웬만하면 다 순순히 삭제해 줬어. USB나 외장하드 등을 살펴봐도 별거 없었고."

"웬만하지 않은 건 또 뭐야?"

"당신들은 그럴 권리 없다고 지랄하는 거. 깔끔하게 조서 정리해서 검찰에 넘겼지."

"잘했어."

굳이 징역을 살겠다니 그대로 해 주는 게 경찰로서의 참된 도리가 아닐까.

"아, 그건 저도요. 저도 반항하는 놈들은 그냥 검찰에 넘겼습니다."

"최재수도 잘했고, 오 경감님도 잘하셨어요."

말 대신 손을 드는 오택수도 칭찬한 종혁은 순철을 봤다.

"피해자는 이제 몇 분 남았어?"

"국내는 22명 남았습네다."

대가를 받고 촬영을 한 게 아닌, 유린을 당하고 짓밟힌 피해자가 아직도 이렇게나 남은 거다.

"해외로 떠난 분들이 8명인가?"

"그중 영국과 이탈리아로 가신 2명은 연락이 닿았습네다. 곧 한국으로 오신다고 합네다."

이민이든 유학이든 한국을 등지는 선택을 한 피해자들.

가슴이 답답해진 종혁은 임세라를 봤다.

"너 거의 다 끝나 가지?"

"응. 이제 안산만 둘러보면 끝. 왜?"

"최재수는?"

"저도 거의?"

"그럼 세라와 재수가 나랑 오 경감님 동선 맡아."

"넌 뭐하게?"

"해외에 계신 피해자들을 만나러 가야지. 언제까지 미룰 수 없잖아."

지금도 하루하루 피가 말라 가는 괴로움 속에 살고 있을 피해자들. 멀리 있다고 소홀히 할 수 없었다.

물론 경검 합동 단속을 하는 것이기에 이렇게 시간을 낼 수 있는 것이지만 말이다.

"한 일주일 정도 걸릴 테니까 그렇게 알아. 오 경감님도 괜찮죠?"

"안 괜찮을 게 뭐야. 알았어. 그럼 찢어지는 건가?"

"예. 오 경감님께서 싱가포르와 태국 맡으시고, 제가 미국 맡을게요. 그리고 일본에서 보는 걸로 하죠."

싱가포르와 태국, LA, 일본으로 떠난 피해자들.

"오케이."

"자, 그럼 막잔 하고 일어서죠. 오랜만의 휴식이니 만큼 다들 집에 가서 가족들에게 충성하세요. 그리고 내일부터 다시 파이팅합시다."

－해외 토픽입니다. 러시아 모스크바, 붉은 광장에 폭탄 테러 예고가 발생한 가운데……

움찔!

순간 차갑게 가라앉은 눈으로 TV를 봤던 종혁은 이내 언제 그랬냐는 듯 웃으며 잔을 들었다.

"자, 건배!"

"건배-!"

막잔을 단숨에 들이켠 그들은 몸을 일으켜 가게를 빠져나가기 시작했고, 그런 그들의 뒷자리에 앉았던 정장을 입은 사람들 중 한 명이 힐끔 시선을 보낸다.

"아으! 집에서 쫓겨나는 거 아닌가 모르겠네."

"그러게 평소에 잘하지."

"뭐 인마?"

나가는 것도 시끌벅적한 종혁들을 응시하던 사람은 이내 곧 핸드폰을 들고 일어섰다.

"어! 나야! 나 갑자기 출장을 가게 됐거든? 한 나흘 정도. 뭐 사다 줄 거 있을까? 싱가포르? 태국? 미국? 아냐. 일본이야. 일본. 응. 응."

한편 종혁의 차가 세워진 도로 위.

임세라와 최재수가 도로를 향해 사정없이 손을 흔들고, 종혁과 오택수가 담배를 나눠 피운다.

"야. 아까……."

종혁의 얼굴을 본 오택수는 피식 웃었다.

하긴 자신이 느낀 걸 종혁이 못 느꼈을까.

"그 새끼들 같지?"

"박종명 쪽일 수도 있죠."

어느 쪽이든 놈들 회사로 정보가 들어갈 것이다.

"대체 언제까지 기다릴 건데? 이러다 속 뒤집어지겠다, 진짜."

"제가 왜 일본에서 모이자고 했을 것 같습니까?"

"뭐?!"

"쉿."

검지를 입에 가져다 댄 종혁은 나른하게 웃었다.

"이제 배우들이 다 모인 것 같으니 슬슬 막을 열어 보죠."

살육이라는 연극의 막을.

나른한 미소에 끔찍한 살의가 섞이기 시작했다.

(회귀 경찰의 리셋 라이프 26권에서 계속)